미스터. 나이팅게일

미스터 나이팅게일

1판 1쇄 발행 2014. 4. 11.
1판 13쇄 발행 2024. 4. 26.

지은이 문광기

발행인 박강휘
편집 임지숙 | 디자인 정지현
발행처 김영사
등록 1979년 5월 17일(제406-2003-036호)
주소 경기도 파주시 문발로 197(문발동) 우편번호 10881
전화 마케팅부 031)955-3100, 편집부 031)955-3200 | 팩스 031)955-3111

값은 뒤표지에 있습니다. ISBN 978-89-349-6723-1 03810

홈페이지 www.gimmyoung.com   블로그 blog.naver.com/gybook
인스타그램 instagram.com/gimmyoung   이메일 bestbook@gimmyoung.com

좋은 독자가 좋은 책을 만듭니다.
김영사는 독자 여러분의 의견에 항상 귀 기울이고 있습니다.

미스터. 나이팅게일

문 광 기

김영사

지금, 당신은 어떤 모습인가요?

임종을 앞둔 환자들은 대부분 "이렇게 떠날 줄 알았다면, 정말 내가 원했던 삶을 한번 살아볼걸…" 하는 말씀을 하신다. 이루지 못한 꿈, 회복하지 못한 관계, 혹은 잘못된 선택, 충실하지 못했던 가정 등 사람마다 다르지만 누구나 적어도 한두 가지씩의 후회스러운 사연을 품고 떠난다. '나는 떠날 때 무슨 후회를 하게 될까?'

내 직업은 간호사이다. 알고 보면 흔하지만, 직업을 소개하면 한 번쯤 '아' 하는 호기심 어린 눈빛으로 바라보게 되는 남자 간호사. 아픈 이를 돌보는 일에 대한 투철한 의식을 품고 살았던 것도 아니었으며, 스무 살 나이에 간호학을 전공하겠다고 대학을 들어갔던 것도 아니다. 부모님이 친구들 만나서 은근슬쩍 우리 아들은 어느 대학을 들어갔는지, 무엇을 전공하는지, 그리고 수백 대 일의 경쟁률을 뚫고 어느 대기업에 입사했는지 자랑할 만한 요소들을 갖춰가며 살았다. 그때는 그게 잘 사는 인생, 성공하는 과정, 인정받는 사람, 나다운 나라고 생각했다.

하지만 문득, 그런 생각이 들었다. 내 10년 후 모습이 건너편 책상에 앉아 있는 과장의 모습, 내 20년 후 모습이 저쪽 책상에 앉아 있는 부장의 모습이라면? 내가 꿈꾸던 미래가 과연 이것이었을까? 평범한 회사인으로서 보내는 몇 년의 시간은 그런 고민의 연속이었다. 남들에게 보이기 위한 내 모습으로는 완전할지 모르지만, 이 모습이 과연 내가 바라던 내 모습이었을까?

'너 지금 행복하니?', '지금의 모습이 네가 진정으로 바라던 거야?' 나는 오랫동안 이 생각을 품었다. 혹자는 배부른 생각이라며 아직 세상을 더 살아봐야 한다고 말할 수도 있다. 물론 나 역시 이곳에서 만족하지 못하니 저곳을 찾고, 이 일 하나 제대로 끝내지도 못한 채 서둘러 새로운 시작을 꿈꾸는 철부지 같은 생각을 하는 것이 아닌지 끊임없이 고민했다. 하지만 고민 끝에 내린 결론은 남들에게 보이기 위함이 아닌, 내가 원하는 모습을 찾아가는 것이었다. '역시, 이것은 진짜 내 모습이 아닌 것 같아.'

그렇게 나는 남자 간호사가 되었다. 20대가 끝나갈 무렵 잘 다니던 대기업을 때려치우고 대학에 다시 들어가 새로운 공부를 시작했다. 그리고 30대가 시작할 무렵에는 '여성의 일'이라는 사회적 편견이 여전히 남아 있는 새로운 일을 시작했고, 30대가 끝나가는 지금은 병상에 누워 있는 자들과 병상을 지키는 자들을 통해서 새로운 인생의 교훈을 하나씩 배우고 있다. 그 과정에서 나는 다른 내가 되었고, 그 다른 모습이 진정한 내 모습이었음을 비로소 알 수 있었다.

우리는 매번 선택해야만 한다. 하나의 선택이 지나고 나면 또 다른 선택의 갈림길이 놓여 있다. 학교, 학과, 직업, 직장, 배우자, 친구 등 모든 것들을 선택해왔다. 하지만 현대를 사는 많은 이들이 점수에 맞춰서 원치 않은 대학과 학과를 가고, 어려운 취업 관문 때문에 원치 않은 직장을 찾고, 생계 때문에 원했던 꿈을 접고, 사랑하는 사람이 있지만 조건이 맞지 않아 결혼을 미루는… 그러면서도 스스로는 '선택해왔노라' 하고 합리화하며 살고 있다. 과거의 나 역시 그랬던 것처럼.

우리는 우리 자신에 대해 얼마나 알고 있을까? 남들이 인정하는 가방과 옷을 사듯, 남들이 인정하는 인생을 선택해왔던 것은 아닐까? 남들이 좋다고 생각하는 직장, 가정을 꾸리기 위해 내 안에서 울고 있는 나를 모질게 다그치며 살아온 것은 아닐까? 나에게 인정받기 위함이 아닌, 타인에게 더 나은 모습을 보여주려고 내 본연의 모습을 부정한 채 아등바등 살아온 것은 아닐까?

나는 누군가에게 조언을 할 만큼 아는 것도, 깨달은 것도 없다. 내 인생에 대한 이야기를 풀어놓을 만큼 대단한 삶을 살고 있는 것도 아니다. 지극히 평범한 내가 한 권의 책을 쓴 이유는 누군가에게 신선한 자극, 생각의 변호, 하다못해 '이렇게 사는 놈도 있군' 하며 자신에게 한 번쯤 질문을 던져보길 바라는 마음에서이다.

묻고 시작하겠다.
"지금, 당신은 어떤 모습인가요?"

2014년 봄
문광기

차 례

3 삶은 누구에게나 평등하다

4 진정한 삶의 가치를 일깨워준 순간들

1

시작,
미 스 터 나 이 팅 게 일 이
되기까지

눈을 비비고, 귀를 기울이며, 기지개를 켜라

월요일 아침은 언제나 부담스럽다. 주말 동안 쉬는 것이 생활 리듬을 깨는 일일까? 어제 어머니와 맞선 문제로 말다툼을 해서 인지 오늘은 유독 더하다. 어머니는 결혼 문제에 있어 내가 성에 차지 않는 모양이다. 출근길 지하도는 벌써 공해와 시큼한 냄새로 찌들어 있었다. 지하도를 들어설 때마다 찜찜함과 불쾌감이 공존한다. 들어서지 말아야 할 제한구역에 들어온 느낌, 그렇지만 꼭 지나갈 수밖에 없는 통과의례처럼 느껴졌다.

지하도의 마지막 계단에 들어서면 환한 햇빛이 쏟아져 들어와 어둡고 습한 지하도의 분위기를 씻어줬다. 그래서 나는 항상 마지막 계단들을 두세 칸씩 뛰어서 올라갔다. 빨리 벗어나고 싶은 마음과 동시에 뭔가를 얻고 싶은 막연한 설렘을 느끼면서. 지하도를 나오자마자 왼쪽 주머니에서 진동이 느껴졌다.

'젠장, 지각도 아닌데 한 번씩 꼭 전화가 온단 말이야.'

보나마나 회사에서 온 전화일 것이다. 역시 그랬다. 항상 들어도 불쾌한 느낌을 주는 목소리가 흘러나왔다.

"문광기 씨, 어디야?"

"거의 다 왔습니다. 과장님."

"이 친구야, 출근 시간 잘 지키는 것도 능력이야. 나는 15년 넘게 직장생활 하면서도 단 한 번 지각한 적이 없는데, 자네는 그래 갖고 회사생활 하겠나?"

내 계산으론 정시에 도착할 수 있지만 김 과장은 그게 못마땅한 것이다. 김 과장은 자기보다 늦게 출근하는 사람은 무조건 낙오자라고 생각한다.

"죄송합니다. 제가 급하게 처리해야 할 일이라도?"

"능력이 다가 아니야. 태도, 일하는 자세도 그에 못지않아. 오늘 마감결산 때문에 급하게 담당자 회의가 있어. 우리 지점의 이번 달 중요한 사안이니까 늦지 않도록 서둘러 와. 다른 건 잘하는 친구가 출근 시간은 왜 이렇게 못 지키나."

김 과장과 통화하고 나면 항상 불쾌한 느낌이 남는다. 칭찬도 인색하지만, 그나마 칭찬할 때도 꼭 가시가 있다. 틀린 말은 아닌데, 듣고 나면 기분이 상한다. 자신에게는 무척 관대하면서도 다른 사람에 대해선 빈틈없는 처신을 강요한다. 행여 실수라도 할라치면 어찌나 칼날같이 베고 찌르고, 어떨 땐 소름이 돋을 지경이다.

사무실에 도착했을 때 회의는 벌써 시작된 상태였다. 심각한 표정의 김 과장은 나를 힐끗 보더니 계속 말을 이었다. 10분이나 지났을까? 중요하다는 회의가 내가 자리에 앉자마자 끝나버렸다. 평소에 나를 탐탁지 않게 생각하는 김 과장이 내가 들어온 때를 맞춰 서둘러 끝냈다는 느낌마저 들었다. 아침부터 정신적으로 시달린 나는 우두커니 김 과장 자리를 바라보았다. 그러다 문득 이런 생각이 들었다. '이 회사에서 10년 후 나의 모습이 저 과장 모습일지도 모른다'라는….

내가 스쿠버다이빙을 처음 시작한 것은 필리핀 발리카삭섬에서였다. 그곳으로 떠나기 직전까지 내 심정은 한마디로 이랬다. '김 과장의 시끄러운 말 따위는 이제 그만 듣고 싶어!' 번잡한 회사생활에서 정신없이 오가는 의미 없는 말들을 피해 어딘가로 갔으면 하고 멍하게 상상할 때, 문득 바닷속이 떠올랐다. 어떤 소리도 들리지 않는 어두운 물속이라면, 공기탱크와 장비 외에 아무것도 소유하지 않고 내 몸뚱이만 존재하는 곳이라면, 바라던 평온을 얻을 수 있을 것 같았다. 나는 평화로운 한 마리 물고기가 되고 싶었다. 누군가의 표현을 빌리자면 '엄마 배 속 태아처럼 절대적인 평온함' 속에서 엎드릴 수 있겠지. 수영도 잘 못하는 내가 바닷속을 떠올린 것은 왜였을까.

발리카삭섬 해변에 도착했을 때 끈질기게 따라붙는 '삐끼'를 떨쳐내며 무작정 한국어로 쓰인 다이버숍 간판을 찾아 들어갔다. 웃통을 벗은 시원한 차림의 남자 셋과 여자 한 명이 카드게임을 하고 있었는데, 그중 벌떡 일어나 먼저 인사를 건네는 사람이 다이버숍의 사장이란다. 나는 다이빙을 배우러 왔다고 말했다가 얼떨결에 그곳에서 일하는 한국인 여자 강사 이얀을 소개받았다.

이 섬에서 가장 깊은 바닷속을 본 다이버가 바로 이얀이라고 한다. 그녀는 여러 명의 목숨을 살렸고, 불과 한 달 전에는 대마초를 피운 후 바닷속 깊숙이 하강하던 호주 학생을 60미터까지 쫓아 내려가 구했다고 한다. 그때 잠수병에 걸려 그녀는 2주 동안 시체처럼 누워 지내야만 했다. 그 뒤 나와 함께 첫 다이빙을 했으니 얼마나 황송하던지….

그녀의 삶에서 다이빙은 뗄 수 없는 존재였다. 발리카삭섬의 바닷속이야말로 그녀의 천국이고, 행복의 원천지였다. 그녀의 단 한 가지 고민이라면, 결혼 생각은 없는데 남자 친구가 너무 많다는 점이었다. 정말로 사랑했던 남자의 배신 이후 독신으로 살기로 결정했다는 그녀의 말에는 쓸쓸함과 자신감이 묻어났다. 그녀의 이야기를 들으며 함께 저녁을 먹고 나니 석양이 완전히 내려앉았다. 섬 인근 펍에서 이얀을 모르는 사람은 없는 듯했다. 샤프한 교양과 지성을 겸비한 미모의 강사는 어느 나라에서든 통하는구나…. 그렇게 나를 다이빙의 세계로 인도한 이얀은 천국의 문을 열 수 있게 해준 사람이었다. 그날 밤 홀로 바닷가에 서서 수면 밑으로 가라앉은 달을 보았다. 저 아름다운 빛깔만 마음속에 품고 산다면 세상에 힘든 게 뭐가 있을까.

그렇게 시작했던 나의 다이빙. 그곳은 그야말로 천국이었다. 공기탱크가 비어가는 줄도 모를 만큼 다이빙에 흠뻑 빠져들었다. 나는 기억할 수 없을 정도로 많은 생물들과 한 공간에서 어울렸다. 멍하게 생긴 큰 해삼들이 모래바닥 곳곳에 퍼져 놀고 있고, 내가 친해지고 싶어 다가가면 몇 뼘씩 슬슬 도망가는 만타가오리들, 색깔이 화려한 라이언피시, 그곳은 아름다운 생명체로 가득했다. 니모 같은 작은 물고기들이 나를 덩치 큰 물고기인 양호기심을 보내며 나와 함께 유영할 땐 기분이 무척 좋았다. 더군다나 이런 물속의 향연이 산호 위에서 펼쳐지면, 그 광경은 정말 광활한 대평원 위에서 동식물이 유유자적하게 살고 있는 모습을 그대로 바닷속으로 옮겨놓은 듯한 착각마저 들었다. 이얀 강사가 다이빙을 마친 후 올라와서 내게 물었다.

"산호가 식물일까요? 동물일까요?"

산호는 모양을 보고 대개 식물이라고 착각하기 쉬우나, 원시동물인 산호충이라는 자포동물들이 모인 군락이라고 한다. 산호충은 입 부분에 있는 수많은 촉수를 이용하여 동물성 플랑크톤을 잡아먹는다. 이 촉수의 성질에 따라 다양한 모양과 색을 띠는 산호가 만들어진다고 한다. 그렇게 이얀과 함께한 내 생애 첫 스쿠버다이빙 여행을 마쳤다.

대개 좋은 여행을 한 후 그러하듯, 나는 처음 다이빙을 접하고 귀국했을 때 일상으로 돌아가고 싶지 않았다. 영화 〈그랑블루 Le

Grand Bleu〉를 몇 번이나 돌려보는 느낌, 코발트블루 빛깔이 계속 머릿속에서 맴돌았다. 주인공이 로프를 놓고 깊은 바다로 떠나는 마지막 장면을 비로소 이해할 수 있었다. 주인공은 번잡하고 치열한 속세보다는 물속을 훨씬 더 편하게 생각했다. 나도 다이빙에 익숙해지면서 그와 비슷한 감정을 느끼곤 했다. 어느새 나와 물이 하나가 되는 듯한 묘한 느낌….

나는 인생이 재미없다거나 걱정이 많아 머리가 무겁다는 주위 사람들에게 여행을 권하곤 한다. 여행하면서 만나는 사람들의 인생을 관찰하다 보면 인간은 자신의 운명대로 살아간다는 것을, 지금까지의 고민 따위는 별것 아니라는 사실을 몸소 느끼게 되기 때문이다. 그래도 뭔가 부족하다고 느껴질 때면, 가능하다면 여행 중에 스쿠버다이빙을 해보길 권한다. 이것은 세월의 탁한 먼지가 켜켜이 쌓인 자들에게 더 권하고픈, 짧은 시간 안에 감각적으로 뭔가를 느끼고 쌓인 먼지를 닦아내는 나의 처방전이다.

내가 처음 다이빙에 빠졌던 것은 물속에서만 느낄 수 있는 자유로움 때문이었다. 일상에서는 무거운 중력에 대항하며 숨을 내쉬고 땀을 내가며 바쁘게 움직여야 하지만, 바닷속은 달랐다. 몇 번의 호흡만으로 덤블링을 할 수도 있고, 하늘을 바라보며 천천히 앞으로 나아갈 수도 있다. 거대한 자유로움 속에 하나가 되는 순간, 일상의 복잡한 것들이 다 잊힌다. 맑아진 의식과 나의 숨소리만 남아 지금, 현재에 몰입하게 된다. 28년간 나를 묶었던 족쇄 같은 중력에서 벗어나 거대한 자유로움에 녹아든 이 순간

에는 일부러 감사하고, 사랑하고, 겸손하게 살아야 한다고 말할
필요가 없다. 어떤 회의가 올 틈도 없이 바로 온몸으로 느끼는
것이 아름다움, 사랑, 감사, 겸손 같은 궁극적인 진리이기 때문
이다. 영국의 소설가이자 시인인 데이비드 로렌스 David Lawrence는
이렇게 말했다. "인간은 어떻게 자신의 영혼을 구원할 수 있는
가? 자신의 영혼이 원하는 삶을 사는 일에 의해서만 그것이 가능
하다. 중요한 것은 삶을 사는 것, 진정으로 사는 일이다"라고.

나는 필리핀에서 돌아온 지 몇 달 뒤 고민 없이 사직서를 제출
했다. 상사가 붙잡으려고 안달하는 모습에 전혀 흔들림 없이. 만
약 다이빙을 하기 전이었다면 상사 탓을 하면서 회사를 계속 다
녔을지도 모른다. 하지만 한 번뿐인 나의 인생을 재구성할 필요
가 있었기에 누구 때문이 아닌 나를 위한 결단을 내렸다. 스쿠버
다이빙은 특히 삶의 용기가 필요한 사람, 혼자서 뭔가 도전하는
기쁨을 잃어버린 사람에게 권하고 싶다. 나 또한 그럴 때 시작했
으니까. 앞으로의 인생에 있어 고달픔이 얼마나 많겠는가. 그럴
때 과감히 바닷속으로 뛰어들기만 하면 치유될 수 있다는 자기
만의 처방전을 항상 지니고 있는 것이다. 적어도 바닷속에서는
죽도록 괴롭고 슬픈 일 따위는 없을 테니까 말이다.

우리는 흔히 '변화'와 '변환'이란 단어의 의미를 혼동해서 사
용하는 경향이 있다. 하지만 변화와 변환은 명확히 구별해야 한
다. 나는 스쿠버다이빙 여행의 상반된 상황을 통해 그 모두를

경험했다. 회사생활에서 가졌던 회의감과 외딴 섬에서 느꼈던 행복감, 이해관계적이고 틀에 박힌 상사와 자유롭고 인간적인 이얀 강사. 변화란 직장을 옮기는 것, 결혼, 아이의 출생 등 상황적인 것이다. 하지만 변환은 심리적인 것이다. 즉 특정한 사건이 아니라 내적으로 일어나는 자신에 대한 새로운 방향 설정이라 할 수 있다. 변환이 없다면 변화란 단지 집 안의 가구들을 재배치하는 것에 불과하다. 변환이 일어나지 않는다면, 변화를 받아들일 수 없기 때문에 변화 자체가 제대로 되지 않는다. 우리가 가진 문제 대부분은 변환에 대해 제대로 인식하지 못한 채 섣불리 변화만 기대하고 살아가기 때문에 발생하는 것은 아닐까.

우리는 어느 지점에선가 '뭔가가 변했다'는 느낌을 받았던지, 받을 것이다. 사실 그 느낌은 나에게는 매우 강렬한 혼돈으로 다가왔다. 일상생활을 멈추고 내적 탐구와 발견의 시기로 들어가는 시점이었기 때문이다. 대부분의 사람들은 뒤로 물러나 곰곰이 생각하기보다는, 남들에게 보이는 것에 연연하며 부단히 애를 쓰며 살아간다. 하지만 이를 인식하지 못한다 해서 전환점이 존재하지 않은 것은 아니다. 단지 변화의 시기와 마주하게 되었을 때, 마음의 준비가 되지 않았음을 의미할 뿐이다. 언젠가 과거에 성취했던 모든 것들이 아무런 의미 없는 것으로 공허함, 상실감으로 변해 돌아올지도 모른다. 또 어쩌면 그동안 잘못된 방식으로 살아온 것은 아닌지 의심하게 될지도 모른다.

우연히 바닷속 세상과 인연을 맺으면서, 나는 인생 최대의 변환을 맞았다. 다니던 직장을 그만두고 새로운 시작을 꿈꾸는 계기였으니까. 바쁘게 살아가는 현대인이 그러하듯 나도 제대로 뭔가를 끝내지도 못한 채 서둘러 새로운 시작만을 바라보고 있었다. 솔직히, 이렇다 할 전환점을 맞아본 적 없이 살아온 나는 끝냄이 두려웠고, 받아들이려고도 하지 않았었다. 내 주위 사람들은 모두 '남들 다 그렇게 사는데 무슨 배짱이냐'며 '아직 한참 세상을 더 살아봐야 한다'고 조언했다. 하지만 나는 원하는 일이 아닌 것에 내 열정과 자유를 묻어둔 대가로 얄팍한 물질적 안정을 구걸해 살고 있었던 나에게 외쳤다.

"그래, 잘 먹고 잘 살아라. 나는 간다!"

다행스럽게도 나는 '앨리스의 토끼 굴'에서 빠져나와 고개를 들 수 있었다. 쥐구멍에도 볕 들 날이 있다고 하니까. 하지만 요즘 시대는 틀린 말 같다. 1년 내내 햇빛이 들지 않는 지하 단칸방도 있으니까. 그러니 때가 되면 나와야 한다. 눈을 비비고, 귀를 기울이며, 기지개를 켜면서…. 삶이 고통인 것은 바로 변화 없는 일상의 연속이기 때문에 그런 것이다. 우리 모두가 행복하게 잘 살았으면 좋겠다. 다음 또 다른 전환점이 올 때까지.

걷지 않으면 길 또한 없다

사실 첫 직장을 그만두는 데 최후의 관문은 부모님이었다. 사직서를 쓰겠다고 말씀드렸다가 어머니가 거품 물고 쓰러지시는 줄 알았다.

"멀쩡하게 다니던 좋은 회사를 그만둔다니 무슨 소리냐?"

"당장 직장 그만두고 뭐해 먹고 살려고?"

"그러면 김 약사 집이랑 상견례는, 아니 결혼은 어떻게 되는 거냐?"

상견례를 며칠 앞두고, 다니던 회사를 관둔다는 결정을 받아들일 수 없다는 전제 하에 퍼붓는 어머니의 질문이었다. 나는 몇 분간 아무 말 없이 어머니가 진정하시기만을 기다렸다. 그리고 차분히 설득했다.

"지금 제가 하고 싶은 것을 하지 않으면, 나이 들어 후회할 것

사람의 피가 36.5도인 이유는 적어도 그만큼은 뜨거워야 하기 때문이다.
당신에게는 인생을 좀 더 열정적으로 살아가야 할 의무가 있다.

같아요. 제 힘으로 하고 싶었던 공부 시작하려고요. 아무리 반대하셔도 어쩔 수 없습니다."

어머니는 한숨을 내쉬면서 약간은 격앙된 목소리로 다시 말씀하셨다.

"요즘처럼 직장 구하기 힘든 시기에 나오긴 쉬워도 들어가기는 힘들다는 거 네가 더 잘 알잖니? 네가 정 다시 공부를 하겠다면 의대 쪽으로 준비하는 게 어떻겠니?"

부모님 입장에서는 얼마나 황당하고 철없는 행동으로 비춰졌을지 충분히 짐작이 갔다. 하지만 부모님의 반대를 무릅쓰고 나는 밀어붙였다. 부모님 말씀 잘 듣는 효자가 되어 원치 않는 불행한 삶을 사는 것보다 하고 싶은 일을 하면서 만족하며 사는 모습을 보여드리는 게 효도라고 생각했기 때문이다. 지금도 그 마음은 변함없다.

나는 사직서를 제출하기 전까지, 아니 더 정확히 말하면 발리 카삭섬에서 귀국 전까지는 적어도 부모님 말씀을 거역해본 적 없는 아들이었다. 스쿠버다이빙을 마치고 지친 몸을 비행기에 실었을 때, 어두운 창밖을 바라보고 있자니 이런 생각이 들었다. '그동안 나는 남들한테 행복하게 보이기 위한 삶을 살았구나. 부모님한테 칭찬받기 위해, 주위 사람들한테 잘 보이기 위해 살아왔구나.' 만약 이런 것에 내가 행복해했다면 그냥 그렇게 살았을지도 모른다. 하지만 이제는 다른 사람들에게 보여주기 위한 삶이 아닌 내가 행복하고 만족하는 삶을 살아야겠다는 생각이 들었다. 갑자기 하염없이 눈물이 났다. 슬퍼서 우는 것과는 달리 여태껏 한 번도 느껴보지 못한 감정의 눈물이었다.

회사에서 사직하고, 준비해왔던 간호학과 편입학을 바로 실천에 옮겼다. 비싼 등록금이 마음에 걸렸지만, 보험 든다는 생각으로 훗날 내가 행복해할 모습을 상상하며 등록했다. 하지만 다시 시작한 대학생활은 생각보다 쉽지 않았다. 처음 접한 생소한 기초의학, 간호학에 억지로 재미를 붙여갈 무렵, 준규로부터 만나자는 연락이 왔다. 준규는 고등학교 때부터 나를 항상 믿어주는 의리파 친구이다. 명문대 건축공학과를 졸업해 건설회사에서 일하고 있는 그는 일에 대한 약간의 회의심을 품고 있지만 열심히 일하는 유부남이다. 삼겹살집에서 만난 준규는 그동안 일어난 내 삶의 변화에 겸연쩍어 하면서 말을 건넸다.

"회사 관두고 여러 가지로 힘들었을 텐데…. 연락도 못해서 미안하다. 그런데 과감히 회사를 나올 수 있는 용기 하나는 높이 살 만하네. 정말 회사를 나온 이유가 뭐냐?"

준규는 이해해줄 거라는 믿음에 그동안의 일들을 비교적 자세히 설명했다.

"그랬구나. 정말 짧은 기간 동안 한편의 드라마를 찍었네. 마음고생이 많았겠군."

준규는 새삼스레 잘 익은 고기 한 점을 나에게 집어주며 말을 이어갔다.

"다시 들어간 대학교는 마음에 들어? 간호학 공부는 할 만해? 거기 나오면 간호사 되는 거야?"

"아니, 졸업하고 국가고시 봐야지. 졸업생 중 거의 80~90퍼센트 정도가 합격한다고 하니깐."

준규는 뜬금없이 물었다.

"간호사가 되면 뭐가 제일 하고 싶냐?"

"지금은 특별히 생각하는 건 없는데, 그냥 단순히 간호사라는 직업이 아닌 면허증을 가지고 여러 가지를 해보고 싶어. 기회가 된다면 외국에서 일도 해보고 싶고."

준규는 불판 위에 고기를 올려놓으며 말했다.

"로버트 프로스트의 〈가지 않은 길〉이란 시 혹시 아냐? 결국 숲 속에 난 두 갈래 길 중 한쪽을 선택할 수밖에 없다는 내용인데, 딱 지금의 너 상황인 거 같다."

"그렇지 뭐. 앞으로 직업, 회사, 결혼할 사람을 선택하면서 항상 갈림길에 서 있겠지."

준규가 나에게 정작 질문한 것은 '선택한 길이 네가 진정 원하는 것이냐'라는 의미임을 알 수 있었다. 잠시 뜸을 들인 준규가 다시 말했다.

"너 회사 다닐 때는 그냥 열심히 일하는 직장인의 전형적인 모습이었어. 하지만 지금 너한테 느껴지는 분위기는 인생의 터닝 포인트에서 비장하게 뭔가를 준비하는 사람 같아 보여."

나는 준규가 무척 고마웠다. 그동안의 과정만 이야기했는데 내가 어떻게, 왜, 하고 많은 직업 중에 간호사를 선택했는지 말을 꺼내기도 전에 내 마음을 헤아려주는 듯했다. 가슴이 포근해짐을 느꼈다. 준규는 나의 빈 술잔을 채워주며 말했다.

"네가 하려고 하는 것이 뭔지 정확하게는 잘 모르지만, 뭔가를 찾은 듯한 느낌이 들어. 적어도 젊은 객기로 결정한 애매한 꿈은 아닌 것 같다. 옆에서 지켜봐 줄 테니 힘내라."

나는 힘내라는 한마디에 마치 전쟁터에서 천군만마를 얻은 기분이 들었다. 그러고는 30대가 되기 전 인생을 결정할 수 있는 용기가 부럽다며 이내 준규는 쓴 소주잔을 비우며 말했다.

"재수까지 해서 대학에 들어가 건축학 공부하고 대기업에 취직했지만, 막상 건설 현장은 그런 것들이 필요 없는 노동판이더라. 일이 끝나면 먼지 속에서 사람들과 막걸리 한잔하면서 험한 말들 다 받아주고 현장 인부들 비위 맞춰주는… 내가 바랐던 것은 이런 게 아니었는데 말이야."

여태껏 알고 지냈던 준규는 자존심 하나로 대학교를 선택했고, 대기업에 취직해서 결혼까지 한 나의 롤 모델이었다. 준규는 취기 오른 목소리로 다시 말했다.

"네가 한 선택이니까 정말 후회 없이 잘해낼 거야. 시간이 한참 흘러 행복한 삶을 살고 있는 너를 보며, 인생의 갈림길에서 잘 선택했구나 하는 생각이 들게 최선을 다해줘."

사람들은 보통 자기 자신을 평가할 때 '자신이 무엇을 할 수 있는지'를 잣대로 삼는다. 그러나 타인의 경우에는 그 사람이 과거에 '무엇을 했는지'를 가지고 평가한다. 세상은 참으로 빠르게 변하고 있다. 나는 첫 직장을 운 좋게 잘 다녔고, 다시 학교를 다닐 수 있는 경제적인 발판을 마련할 수 있었다. 하지만 10년 후 내 모습을 상상해보는 일이 설레기는커녕 지루했고, 내가 앉은 이 책상 위에 내 미래가 놓여 있지 않음을 일찍 발견했다. 누구나 때때로 맞닥뜨린 갈림길 앞에 서서 망설일 것이다. 어쩌면 지금 내가 가고 있는 곳이 길인지조차 분명하지 않은 안개로 가득한 지점에 서서 당황할 수도 있다. 아무래도 되돌아가야 할 것 같다는 암흑 속의 속삭임 때문에 좌절할 수도 있다. 그러나 그럴 때마다 나는 이렇게 외칠 것이다. "걸어온 것에도 길은 없고, 걸어야 할 것에도 길은 없다. 그렇지만 걸어온 것과 걸어야 할 것 없이는 길 또한 없다"라고.

인생은 나쁜 커피를 마시기에는 너무 짧다

내가 아프리카 탄자니아에 의료봉사를 갔을 때, 어느 작은 허름한 커피숍 천장에 다음과 같은 문구가 있었다. '인생은 나쁜 커피를 마시기에는 너무 짧다 Life is too short to drink bad coffee.' 이 말처럼 인생은 나쁜 커피를 마시기엔 너무나 짧고, 싫어하는 일만 하면서 늙어가기엔 너무나 여행할 곳이 많다. 사실 시간만 주어진다면 재미있게 할 수 있는 일이 무궁무진하다.

하지만 우리는 대게 내일을 염려하며 살아간다. 목표가 생길 때면 먼저 힘겨운 세부 계획부터 세운다. 현재의 즐거움을 희생하고, 각자의 시간과 노력을 들여 돈을 모은다. 그들에게 목표가 무엇이냐고 물어보면 대부분 "나이 들어 편히 여행 다니며, 즐겁고 안정적으로 사는 것이다"라고 한다. 하지만 그런 목표를 세워 노력하고 있는 사람들을 보면 원래의 목적은 잊어버리고 오

로지 돈 버는 일에만 혈안이 되어 있는, 주객이 전도된 경우를
많이 볼 수 있다.

우리 인생을 잘 나타내는 한 편의 우화가 있다. 하느님은 모든
동물에게 30년의 생명을 주었다. 당나귀와 개, 원숭이는 늙는 것
이 두려워 생애 중 몇 년을 깎아달라고 청했다. 하느님은 친절하
게 모든 소원을 들어주었다. 마침 인간이 나타나 30년 세월이 너
무 짧음을 호소하자 하느님은 동물들에게서 잘라낸 세월을 사람
에게 주었다. 그래서 인간은 타고난 첫 30년은 행복하고 건강하
게 산다. 희망과 젊음 속에서 아름다운 인생을 꿈꾼다. 그다음
18년은 당나귀에게서 받은 생애이다. 그래서 쉬지 않고 채찍질
을 당하며 일상의 짐을 지고 살아가는 것이다. 그다음 12년은 개
에게서 받은 생애이다. 양지에 엎드려 으르렁대거나 졸며 지낸
다. 나머지는 원숭이에게서 받은 생애이다. 비로소 이때가 되면
자유로워진다. 자기 좋은 대로 행동하지만 이미 누구의 관심도
받지 못하는 천덕꾸러기가 된다. 건강은 쇠퇴하고 늙었을 때 비
로소 자유로워진다는 씁쓸한 내용이다.

병원에서 임종을 지켜봤던 환자들 대부분이 떠나기 전 하는
한마디가 "꼭 하고 싶은 일을 하면서 후회 없이 살라"는 말이다.
그들은 죽는 그 순간까지 무엇을 하고 싶었기에 그렇게 후회하
며 떠났을까.

나는 여행을 좋아한다. 하지만 사람들이 여행을 비행기를 타

고, 여객선을 타고 가야 한다고 고집하는 것을 보면 이해가 되지 않는다. 걸어가기로 마음먹으면 당장 출발해도 충분한데 말이다. 일단 출발해서 아무리 느리더라도 천천히 앞으로 나아가면 도와주는 사람도 만나고, 여행자들끼리 격려해주기도 하고, 때로는 누군가 차를 태워주기도 한다. 언젠가는 가겠지, 좀 있다가 해야지, 생각만 하고 있는 사람에게는 절대로 일어날 수 없는 일이다.

이렇게 생각해볼 수도 있지 않은가. 너무 죽도록 힘들거나 하기 싫을 때 이 길이 내 길인지 아닌지 의심이 된다면, 한 1년 정도 마음 내키는 대로 해보거나 전혀 다른 길을 한번 가보는 것도 나쁘지 않다. 내가 만일 지금 환자를 돌보는 직업이 아닌 대기업 사무직에 적성을 맞추었더라도, 억지로 삶의 보람은 느낄 수 있었을 것이다. 하지만 그것에 얽매여서 스스로를 괴롭히는 일 따위는 하고 싶지 않다. 모든 것을 잠시 내려두고 여행, 또는 하고 싶은 일을 선택하는 것이 백배 나을 것이다.

인생은 너무 짧다. 의미 없는 것들에 둘러싸여 먼 길을 돌아갈 필요가 없다. 지금은 미약해 보일지 모르지만 본인이 원하는 방향대로 살면 적어도 본인은 만족스럽다. 살아가기 위해 필요한 일은 해야겠지만, 항상 내가 원하는 인생의 본질이 무엇인지를 파악하고 필요한 만큼만 하는 것도 나쁘지 않다.

죽음을 눈앞에 두고 있는 사람들이 말하는 성공한 인생은 많은 일을 이뤄낸 것이 아니었다. 꼭 필요한 일만 하고, 필수적이지 않은 일은 최대한 적게 하는 것이었다. 내가 회사를 다니다가

스물여덟이 됐을 때 그만둔 것도 10년 후 관리자가 된 내 모습을 그려봤을 때 죽어도 그 모습은 되기 싫었기 때문이다.

여행을 하다 보면 높은 연봉과 지위를 포기하고 현지에서 새로운 삶을 사는 사람들을 많이 만날 수 있다. 과거에 비해 적은 수입일지라도 행복과 여유를 누리며 느긋하게 인생을 즐기고 싶어 하는 사람들, 남을 위해 봉사하며 살아가는 사람들이 늘고 있다.

이제 남 보기에 좋은 삶, 남에게 행복해 보이기 위한 시간은 보내지 않겠다. 돌이켜보면 20대 후반부터 지금까지 내게 즐거움과 용기를 준 사람들, 어떤 말로도 표현할 수 없는 자극을 준 사람들이 얼마나 많았던가. 좋아하는 일을 함으로써 진정으로 삶을 사랑하고 스스로에게 당당해지는 것, 그 열정과 에너지가 나에게, 또한 타인에게 줄 수 있는 최고의 선물이 아닐까?

다시 돌아가는 길을 찾지 말고 자신을 솔직하게 드러내고, 자신이 원하는 삶에 올인하자. 아니, 자신이 원하는 삶이 무엇인지를 먼저 찾기 바란다. 모범적인 삶, 안정적인 삶에 남아 있는 미련은 접어두고 과감하게 올인하는 것이 어떤가. 확고한 목표와 결정을 내린 후 자신을 운명에 맡기고 나면, 주변의 모든 것이 나를 중심으로 움직이고 있음을 느끼게 될 것이다. 내 자신에게 정직하지 못하고, 남들에게 보여주기 위한 삶은 이제 내 것이 아니다. 자기 자신을 사랑하고 소중한 주위 사람들을 돌아보며 함께 많은 시간을 보냈으면 한다. 그리고 결국 행복의 선택, 자기 인생의 칼자루는 자신이 쥐고 있음을 빨리 느꼈으면 한다.

한번 생각해보라. KTX를 놓칠까봐 막힌 도로의 차 안에서 초조하게 애태우는 시간은 쏜살같이 지나가지만, 일찍 기차역에 도착해서 KTX의 출발을 기다리는 시간은 느긋하게 흘러간다. 이렇게 같은 시간을 두고 내가 처한 상황에서 인식하는 시간의 속도는 늘 다르기 마련이다. 어떤 재미있는 일을 한다든가 집중해야 하는 시간은 번개처럼 지나가지만, 재미없는 시간이나 빈둥거리는 시간은 더디게 흘러간다.

삶의 태도 역시 마찬가지이다. 나는 '시간이 없다'는 변명을 좋아하지 않는다. 시간은 본인이 내기 나름이고, 해야 할 일을 하는데 부족하다면 그것은 게으름이다. '시간이 없어서 어쩔 수 없다'란 핑계를 흔히 사용하지만 이것은 '쓸모없는 것들을 붙잡고 놓지 않는다'라든지, '즐겁거나 재미있지 않아서 시간을 낼 수 없다'는 의미나 마찬가지이다.

세계적인 스쿠버다이빙 포인트인 팔라우섬 블루홀의 바닥에는 일본인의 비석이 조그맣게 세워져 있다. 일본어로 '바다를 너무 사랑해서, 바다에서 지다.' 그리고 '팔라우 바다에 잠들다'라는 말이 일본인 두 명의 이름과 함께 새겨져 있다. 솔직히 그들이 어떻게 죽었는지는 모른다. 하지만 얼마나 바다를 사랑했기에 죽어서까지 그들의 비석을 바닷속에 세울 생각을 했을까. 무언가를 그토록 사랑하고 좋아하는 것이 있다는 게 얼마나 축복받은 것일까.

낯선 곳에서 발견한 또 다른 운명

사람의 운명이란 때로는 우연한 사건, 사소한 만남에 의해 결정되는 미묘한 것이란 생각이 들 때가 있다. 여러 가지로 뻗어 있는 삶의 길 중, 어떤 하나를 선택하는 것은 어쩌면 희미하게 들려오는 먼 북소리 정도일지 모른다. 하지만 점점 가까워질수록 그 북소리는 자신의 심장을 움직일 정도로 크게 다가오는 경우가 종종 있다. 그러나 막연히 그 북소리의 근원지를 찾기 위해 두려움 없이 이끌려 헤매거나 두리번거리는 순간, 이미 삶이라는 여로에 깊숙이 들어와 있는 자신을 발견할 때도 있다. 우리는 전자든 후자든 물러섬 따위는 상상도 하지 않은 채 걸음을 계속할 뿐이다. 택하지 않은 또 다른 삶이 어떤 모습인지 전혀 알지 못한 채.

내가 중국에 가게 된 것은 우연한 기회였다. 사실 중국은 내가 여행하고 싶은 나라 목록 중 한참이나 뒤로 밀려 있었다. 회사 일 때문이 아니었다면 아마 중국은 갈 생각도 못했을 것이다. 그렇게 출발했던 중국 여행이 남자 간호사가 되기 위한 태동이었음을 그때는 꿈에도 생각지 못했다. 나는 단체 관광을 선호하지는 않았기 때문에 배낭 하나 달랑 메고 북경을 둘러보고 계림으로 향했다. 계림은 평지에 우뚝 솟은 수많은 산봉우리 사이로 흐르는 큰 강물을 따라 배를 타며 구경하는 절경이 꽤나 멋졌다. 배에 편히 앉아 감상을 하고 있는데, 관광객으로 보이는 외국인 한 명이 계속 자리를 요리조리 옮겨가며 셔터를 눌러대고 있었다. 외국인 눈에 비치는 광활한 중국의 산수는 사진 속에 담고 싶을 만한 절경이었으리라. 배는 계림의 산수를 보여주곤 선착장에 도착했다. 그러자 중국 상인들이 물건을 팔려고 벌떼처럼 관광객들에게 몰려들었다.

중국 상인들의 시큼한 땀 냄새가 코끝을 스쳤다. 나는 다음 여행지로 발걸음을 옮기려는 찰나였다. 그때 배 안에서 사진을 찍던 외국인 여행자가 호객 행위를 하는 중국인들에게 둘러싸여 끌려다니고 있는 것이 눈에 띄었다. 한 손에는 배낭족의 필독서인 《론리 플래닛 Lonely Planet》, 또 다른 손에는 카메라가 있어 배낭은 완전히 무방비 상태였다. 순간 그 상황은 내가 예전에 마닐라에서 소매치기를 당했을 때와 매우 흡사하다는 생각이 들었다. 역시나 슬픈 예감은 틀리지 않았다. 굶주린 하이에나가 먹이를 포위하듯 중국인들이 물건을 팔기 위해 접근한 것이 아니란 걸

직감했다.

그때 어떤 정의감이었는지는 모르겠지만 그 친구를 돕고 싶다는 생각에 그쪽으로 뛰어들었다. 그러고는 그에게 가방을 조심하라고 알려주고 나도 물건을 고르는 척하며 무리 속에서 빠져나왔다. 함께 빠져나온 그는 연신 고맙다며 인사를 했다. 여행 중에 이런 상황에 걸리면 빠져나오고 싶어도 포식자처럼 달려드는 그들을 혼자서 감당하기에는 무리가 있다. 꼼짝없이 당할 수밖에 없는 것이다. 고맙다는 인사를 마지막으로 그와는 그렇게 헤어졌다.

이틀의 시간이 흘렀다. 여행이 생각보다 힘들었는지 계림에서 지독한 독감에 걸렸다. 유스호스텔의 여러 명이 함께 쓰는 숙소에 묵었는데, 밤새도록 기침을 해서 본의 아니게 다른 배낭족까지 잠을 설치게 만들었다. 생각해보니 버스 안의 담배연기가 주범인 듯했다. 계림을 다닐 때 버스 앞자리에 앉은 중국인 할아버지가 끊임없이 담배를 피워댔다. 2~3시간 내내 쉬지 않고 내뿜는 담배연기가 얼마나 지독했던지 코가 맵다 못해 감각이 없을 정도였다. 견디다 못해 창문을 열면 1분도 안 되어 춥다고 얼른 닫아버렸다. 밀폐된 공간에서 나의 기관지는 담배연기를 그대로 다 마실 수밖에 없었다.

도착한 유스호스텔도 상황은 좋지 않았다. 샤워장에 온수가 나오지 않았다. 먼저 도착한 사람들이 온수를 다 사용했단다. 나는 언 몸을 녹이겠다고 공동 샤워장 들어섰다. 하지만 약간의 미온수만 쫄쫄 흘러나오다 이내 그마저 찬물로 바뀌어버렸다. 대충 씻고 저녁을 먹기 위해 찬바람이 부는 숙소 밖을 나섰지만 마땅한 식당이 없어 한 시간 동안 헤매기만 했다. 이러니 감기가 안 걸리면 오히려 이상할 정도였다. 몸은 으슬으슬 떨리고, 머리는 깨질 듯 지끈거리고, 콧물과 재채기는 하염없이 나왔다. 기침을 할 때는 가슴까지 타들어가는 느낌이었다. 이러다 중국에서 감기로 죽겠구나 하는 생각마저 들 지경이었다. 콧물과 재채기가 줄어든다 싶더니 이내 온몸이 불덩이처럼 뜨거워졌고 해열제를 사러 갈 기운도 없었다. 펄펄 열을 내며 담요 속에 하루 종일 끙끙대며 누워 있자니 앞이 노랗게 보였다.

"괜찮아?"

희미하게 외국인 친구 하나가 괜찮냐고 물어왔다. 나의 모습이 너무 안돼 보였나 보다. 그러고는 자기가 가지고 다니는 응급 약통을 꺼내어 해열진통제를 건넸다. 모르는 약이었으면 의심했을 텐데 일반적으로 잘 알려진 약이었다. 약을 건네받으며 어디서 본 듯한 낯익은 외국인이란 생각도 잠시, 내 몸 하나도 가누지 못할 정도라 이내 약에 취해 잠이 들었다. 그렇게 몇 시간이 지났는지 기억도 나지 않는다. 약 때문이었는지 어느 정도 시간이 흐르자 몸이 조금씩 편안해짐을 느꼈다. 천천히 눈을 뜨고 창밖을 바라보니 하루 종일 잠에 취해 있는 사이 해가 뉘엿뉘엿 넘어가고 있었다. 그때였다.

"일어났어? 몸은 좀 어때?"

내가 누워 있는 침대 옆에서 그 외국인이 물끄러미 내려다보며 말을 건넸다. 오전에 나에게 약을 건넨 친구였다. 그날 여행을 마치고 다시 숙소로 돌아온 차림이었다. 정신을 차리고 다시 보니 이틀 전 중국 상인들에 둘러싸였던 친구가 아닌가. 무척이나 반가웠다.

"나를 기억하겠어?"

"물론이지. 약 정말 고마워."

그는 내가 하루 종일 한 끼도 먹지 못한 것을 아는지 배낭에서 사과 하나를 꺼내주었다. 갈증도 나고 배도 고팠을 때라, 맛을 음미할 겨를도 없이 사과를 얼른 먹어치웠다. 그제야 정신이 드는 듯했다. 배낭족, 특히 경비를 줄이려는 장기 여행자들은 묵는 숙소도 비슷해서 여행 도중에 몇 번씩 다시 마주치게 되고, 이런 우연한 만남이 인생에 있어 어떤 계기를 주는 경우도 적지 않다. 중국 여행 중에서는 이 친구와의 만남이 그러했다.

미국에서 온 그의 이름은 기욤으로 31세의 간호사라고 했다. 휴가를 한 달 받아서 중국을 20일째 여행 중이라고 했다. 금발에 훤칠한 키, 귀여운 얼굴까지 더해져 '기욤'이라는 이름이 잘 어울렸다. 어머니는 영국인이고, 아버지는 프랑스인이지만 그는 미국에서 태어나 자랐다고 한다. 기욤은 지난 5년간 아프리카, 동남아시아 등에서 유엔 산하 의료봉사단으로 일하다가 그만두고, 미국으로 돌아가 병원에 근무하면서 앞으로 어떤 일을 할까

진로 모색을 위해 떠나온 여행이라고 했다. 그는 자신의 인생사를 짜임새 있게 요약해주며 말했다. 걱정이나 짜증이 없는 밝고 유쾌한 목소리에서 진정한 자유 여행자임을 느낄 수 있었다. 기욤은 대뜸 내게 방학 중이냐고 물었다. 동양인이 서양인의 나이를 가늠하지 못하듯 서양인 역시 동양인의 나이를 잘 가늠하지 못한다.

"일주일간 휴가 중이고 3일을 계림에서 머무르고 있어. 네 덕분에 남은 여행이 가능할 것 같다. 정말 고마워."

이번에는 내가 그 친구에게 고마움을 전했다.

"네가 먼저 나의 가방을 지켜줬잖아. 해열제 정도는 당연한 거지."

기욤은 씽긋 웃으며 도움을 주거니 받거니 했으니 서로 빚진 게 없단다. 그렇게 유창하지 않은 짧은 영어로 나는 대화를 이어나갔다. 도대체 직장인으로 한 달간의 휴가가 가능한가의 궁금증이 떠나질 않았다.

"미국 간호사는 눈치 보지 않고 한 달씩 휴가를 낼 수 있어?"

"경우에 따라 다르지만, 아무 문제 없어."

겉으로는 태연한 척했지만 속으로 '미국에서는 간호사란 직업이 우리나라와 많이 다르구나. 정말 사실이라면 직장인들의 로망이자 꿈의 직업이 아닌가.' 이런 생각이 뇌리를 자극했다. 이내 기욤은 남자 간호사에 대한 본인의 생각을 말했다. 일부러 남을 돕는 일을 찾지 않아도 일 자체가 남을 돕는 것이라고 자랑스럽게 말했다. 게다가 간호는 사람이 살아가는 데 꼭 필요한 부분이며, 언제 어디서든 사용할 수 있는 기술이라고 했다. 그의 말을 듣다 보니 나도 모르게 절로 고개가 끄덕여졌다.

나는 잠시 생각에 잠겼다. '내가 만약 간호사가 된다면?' 우리나라는 의식이 많이 변했긴 하지만 아직 간호사는 여자들의 직업이라는 고정관념이 팽배한 것이 사실이다. 그런 편견에 사로잡혀 있던 것은 나 역시 예외는 아니었다. 기욤의 이지적이고 합리적인 직업관은 내게 신선한 충격이었다. 그는 뉴욕에서 일하다가 다시 국제기구로 가서 간호사로 일할 생각이라고 했다. 기욤의 관심 분야는 국제보건과 난민구호라고 했다. 자기 사촌형도 간호사로서 평화봉사단원으로 근무하고 있다고 덧붙였다. 끝으로 내가 간호사란 직업에 관심을 가지자 자신도 흥미로웠는지 내 눈을 직시하며 말을 건넸다.

"만약 아직 뭘 할까 고민 중이라면, 간호사를 한번 생각해봐."

약간은 엉뚱하면서도 진지한 그의 말은 '멋진 남자 간호사가 저런 모습이구나'를 느끼게 해주었다.

다음 날 기욤이 계림 시내를 함께 둘러보자고 권했다. 나는 흔쾌히 응했다. 하지만 기욤과 함께 멋진 장소와 신기한 광경을 마주할 때도 내 머릿속에는 오로지 남자 간호사에 대한 생각뿐이었다. 여행 중에 나는 귀찮을 정도로 기욤에게 간호사란 직업과 관련된 궁금한 것들을 물어보았다. 그는 친절히 알아들을 수 있게 설명을 해주며, 자신은 내일 청두로 일정을 잡아서 오늘이 계림에서의 마지막 밤이라고 했다. 오전부터 저녁까지 돌아다니느라 몸은 피곤했지만 내일이면 그와 헤어진다는 생각에 벌써부터 아쉬움이 들었다.

"유스호스텔 식당에서 저녁에 맥주 한잔할래?"

기용과 캔맥주를 나눠 마시며 미리 작별 인사와 서로의 연락처를 나누었다. 다음 날 일찍 청두로 떠나야 하는 기용은 먼저 잠자리에 들고, 나는 남은 맥주를 홀로 마시며 '남자 간호사'라는 단어를 머릿속에 굴리고 또 굴렸다.

아침이 되었을 땐 이미 기용은 출발한 뒤였다. 맥주 세 캔밖에 마시지 않았는데 머리가 돌덩이처럼 무겁고 멍한 느낌이 계속 들었다. 가지고 다니던 믹스커피 두 개를 타서 아침 공기와 함께 한 모금 마셨다. 그리고 크게 숨을 쉬어보았다. 약간 정신이 드는 것 같았다. 밖이 환히 내다보이는 침대에 베개를 높이고 눈을 감은 채 다시 누웠다. 다시 잠을 청하기 위함이 아니라 가슴 깊숙이 꿈틀거리는 뭔지 모를 느낌을 정확히 느끼고 싶었기 때문이다.

각고의 노력 끝에 마침내 성지 예루살렘에 도착해 "미라빌레 미라빌레Mirabile mirabile(라틴어로 놀라거나 노력 끝에 무언가를 발견했다는 감탄사)"라고 외친 옛 시인의 희열이 바로 이런 것이었을까. 나는 짧은 시간 동안 기용과 나눴던 간호사란 직업이 점점 더 형언하기 힘든 전율로 다가왔다. 직장을 다니면서 항상 내 눈앞에 자욱이 깔려 있던 안개가 급속히 걷히는 듯했다. 마치 개척자라도 된 듯 남자 간호사의 삶에 대한 동경이 무섭게 불타오르기 시작했다.

"낯선 것과의 조우를 통해 이성이 시작된다"고 독일 철학자 마르틴 하이데거Martin Heidegger가 말하지 않았던가. 우리는 익숙한 것들에 대해서는 생각을 잘 하지 않는 경향이 있다. 습관처럼 반복되는 일상에서는 본능에 의존하는 관성일 뿐 생각의 결과로 행동하지 않기 때문이다. 하지만 익숙하지 않은 상황과 만났을 때는 새로운 생각을 하게 된다. 즉 낯선 것과 조우하지 않는 한 새로운 생각이 일어나기 힘들다는 의미이다.

개인의 행복을 위해 의식적으로 새로운 환경에 도전해 새로운 생각을 이끌어내고, 그것을 통해 새로운 태도를 형성하는 것은 대단히 중요하다. 이렇게 새롭게 형성된 태도는 습관화되려면 많은 노력이 필요하다. 만약 노력 없이 생각만 가득하거나, 그 생각을 정리했다 하더라도 실천으로 연결하지 못한다면 그것은 망상에 불과할 뿐이다.

이별이 내게 가져다준 것들

그녀는 한참 동안 말이 없었다. 상견례를 앞두고 갑작스런 나의 폭탄 발언에 넋을 잃었는지 너무나 태연하게 자리를 지키고 있었다. 화를 내지도, 그렇다고 울지도 않으면서 물끄러미 나만 바라보며 침묵의 시간이 흐르고 있었다.

"만약 내가 다시 학교 다니는 걸 원치 않는다면, 회사 관두지 않을게. 상견례 그대로 진행하자."

타일로 된 커피숍 벽면에는 수증기가 씌워놓은 막 위로 백열 등의 주황색 불빛이 반사되고 있었다. 이따금씩 물방울이 모여 무게에 이기지 못한 채 주르륵 미끄러져 내렸다. 긴장된 침묵의 시간이었다. 한참 만에 그녀는 조용히 말했다.

"그래, 시간을 두고 진지하게 생각해보자."

물론 그것은 쉬운 결정이 아니었다. 샤넬백을 살 것인가, 프라

다백을 살 것인가 하는 결혼 예물의 선택과는 차원이 다른 것이었을 테니까. 그녀에게는 어쩔 수 없었지만, 그때는 스물여덟 인생을 살아오는 동안 나의 첫 번째 선택에 매달려야 한다는 본능적인 사명감만이 있었을 뿐이었다. 그 사명감은 시간이 흐를수록 비장한 각오로 바뀌어갔다. 나는 이미 상견례를 하느냐 마느냐가 아닌, 언제 어떻게 내 결심을 진행할 것인가 하는 고민을 하고 있었다.

그렇게 이틀의 시간이 지났다. 그날 오후 늦게 드디어 그녀에게 문자가 왔다. '그때 거기서 만나자'는 짧고 간결한 메시지였다. 나는 숙연한 마음으로 빠른 걸음을 재촉하며 약속 장소로 향했다. 그녀는 우두커니 앉아 기다리고 있었다. 우리는 눈만 서로 마주친 채 몇 분 동안 말이 없었다.

"사직서 내는 거 미루고, 결혼 그대로 진행하자."

나는 동의할 수 없었다. 그 말은 내 생애 처음으로 내린 결정을 미룬다는 것이기 때문이었다. 그녀는 내가 이미 그 말에 동의하지 않을 것이라는 걸 알고 일부러 뱉은 말이라는 것을 나는 이내 알 수 있었다.

"그냥 해본 소리이고, 네가 내린 결정이니까 일단 상견례는 미루도록 하자. 그 대신 지금보다 더 잘해야 하는 거 알지?"

"고마워. 앞으로 내가 잘할게."

그녀는 무엇 때문에 나의 결정을 승낙했는지 그때는 전혀 알지 못했다. 다가올 5개월 후의 일을 예감하고 있었던 것인지, 아

니면 나의 행복을 정말 바랐는지 모르지만 아무튼 어떤 이유에
서건 그녀의 동의를 구할 수 있었다. 부모님의 허락과 그녀의 승
낙으로 내 가슴은 젊은 포부와 개척의 길을 홀로 떠나는 듯한 영
웅의식으로 충만해 있었다. 다가올 쓸쓸한 이별을 예감하지 못
한 채.

　그녀와의 관계가 별 문제 없을 거라는 나만의 생각에 사로 잡
혀 간호학과 학생으로서의 생활이 시작되었다. 첫 학기는 해부
학과 생리학, 기초의학을 총망라한 수업이 대부분이었다. 직장
생활에 익숙해져 있던 늦깎이 학생이 따라가기에는 쉽지 않았
다. 다시 시작하는 공부인데 하위권에서 머물 수 없다는 생각에
밤낮 없이 최선을 다했다. 내가 결정한 선택에서 물러선다는 것
은 내 자존심으로도 결코 받아들일 수 없는 일이었다. 하루 종일
말 한마디 없이 지내는 날이 계속되었다. 처음에는 혼자서 식사
하고 도서관으로 돌아와 책 읽다가 잠이 들었다. 그러다 잠에서
깨면 잠시 집에 들렀다가 씻고 다시 학교 도서관으로 향했다. 그
런 상황에서 내가 할 수 있는 일이라고는 당연히 공부밖에 없었
다. 책을 읽다 보면 페이지마다 이해되지 않는 부분이 많았다.
너무 답답할 때는 이런 생각마저 들었다. '내가 여기서 포기하
면 다시 취직을 해야 하는데, 그렇게 된다면 나의 가족, 그녀, 친
구들은 도대체 뭐라고 할까. 내가 만족하고 행복하기 위해 선택
한 결정은 불가능한 것이었던가.'

나는 도서관 벽에 걸린 시계 초침의 움직임을 뚫어져라 바라볼 때마다 식은땀이 흘렀다. 그러나 아무리 생각해도 여기서 물러선다는 것은 내 자존심이 결코 받아들일 수 없었다. 여린 감상을 속으로 씹어 삼켜야 했다. 싸늘한 새벽 기운에 눈을 뜨면 지난 28년간 익숙했던 삶의 모습으로부터 너무나 동떨어진 일과에 최선을 다해야 할 의무만 있었던 것이다.

그러나 그처럼 쉬지 않고 나를 몰아가는데도 그녀에 대한 그리움은 날이 갈수록 짙어지기만 했다. 그때 나에게 힘든 것은 결코 공부만이 아니었다. 그리운 모든 것들과 낯선 곳에서 이방인처럼 지내는 내 자신과의 싸움이 제일 고통스러웠다. 그런 나를 구원해주는 사람은 그녀밖에 없었다. 금요일 저녁이면 교문 앞에서 기다리던 빨간 소형차를 보며 나는 벅찬 희열을 느꼈다.

"다시 공부하는 거 많이 힘들지? 그래도 네가 선택한 거니까 힘들어도 잘 참고 해."

그녀는 약학대학을 나온 터라 이쪽 계열의 사정을 잘 알고 있었다. 그녀는 나를 배려해주며 저녁 식사와 가끔 영화 정도만 보고 이내 나를 학교 도서관으로 데려다주었다.

"좀 더 같이 있고 싶지만, 네 얼굴에 여유가 없어 보여. 시간을 더 뺏으면 안 될 것 같아."

헤어지면서 그녀가 나를 꼭 끌어안을 때 나는 뭔지 모를 안타까움이 느껴졌다. 요즘도 금요일 저녁이 되면 왠지 모르게 가슴이 휑하고 불안해지곤 한다.

그렇게 한 학기가 마무리될 즈음이었다. 매주는 아니었지만 여느 금요일 오후처럼 의대 정문 앞에 소형차가 보였다. 살구색 시폰 원피스 차림에 평소에는 잘 하지 않는 액세서리, 화장도 한껏 신경 쓴 모습이었다. 그런데 그녀의 표정은 정반대였다. 할 말이 있다며 그다지 멀지 않은 커피숍에 차를 세웠다. 그녀는 조금의 여지도 주지 않은 채 말을 건넸다.

"우리 서로 시간을 좀 가졌으면 해."

그녀의 심각한 표정에 오늘은 정말 기분을 풀어줘야겠다고 마음먹었다. 내가 상견례를 미루자고 통보했을 때 그녀의 마음도 지금 상황과 비슷한 느낌이었을까.

"나 때문에 많이 지쳤구나. 그래도 네가 여태껏 잘 이해해줘서 항상 고맙게 생각했어."

"난 더 이상 자신이 없어. 몸도 마음도 지쳤어."

"이제 여기 생활도 적응됐으니까 내가 앞으로 더 노력할게."

대화가 오고 가는 내내 그녀는 눈길을 계속 피했다. 나는 조심스럽게 물었다.

"혹시 만나는 사람 있어?"

한참을 머뭇거리던 그녀가 고개를 끄덕였다. 어떤 사람이냐고 묻고 싶었다. 하지만 이미 작정을 한 사람처럼 눈을 마주치려 하지 않았다. 나는 태연한 척하고 있었고 그녀는 작정한 듯 말을 이었다.

"동호회에서 만난 오빠인데 나한테 과분할 정도로 잘해주는 사람이야. 어차피 넌 앞으로 2, 3년 공부를 더 해야 하니깐 서로 시간을 갖는 것도 나쁘진 않을 것 같아. 너도 다른 사람도 만나 보고."

모든 것을 포기하고 그녀를 잡는 것이 현명한지, 그녀에게 다른 사람을 만날 기회를 주는 것이 옳은지 판단할 수가 없었다. 혼란스러운 것은 그녀의 마음이 진정 무엇인지 알 수 없다는 것이었다. 나는 마지막으로 한 가지만 더 물었다.

"내가 간호사가 되겠다고 했을 때, 왜 허락했었어? 반대했으면 우리 결혼할 수 있었잖아."

그녀는 드디어 나와 눈을 맞추며 대답했다.

"네가 하고 싶은 일을 나 때문에 그만두게 하고 싶지는 않았어. 결혼한 뒤 원했던 일을 못한 것에 대한 원망을 평생 들을 수도 있잖아."

그녀는 조금의 흐트러짐 없이 계속 말을 이어 나갔다.

"동갑인 내가 무작정 너만 기다릴 수 없을 거 같다는 생각이 들어서 그래."

내 마음은 현실적인 그녀를 붙잡지도 떠나보내지도 못했다. 하지만 시간의 흐름은 가끔 안부를 묻는 정도의 연락마저 희미하게 만들어갔다. 그녀에 대한 그리움이 참기 힘들어지면 의대 건물 옥상에 올라가곤 했다. 경사진 학교 건물 밑으로 초등학교 운동장이 내려다보여 가슴이 확 트이는 곳이었다. 옥상의 인조 잔디밭에 누워 청초한 하늘을 바라보면 온갖 망상이 스쳐 지나

간다. '내가 그녀에게 확신을 줬으면 어떻게 됐을까?', 아니면 '무리였겠지만 부모님께 부탁해서 결혼을 하고 졸업 때까지 도움을 받았으면 어땠을까?' 그렇게 미련은 한동안 나를 따라다녔다. 어둠이 내리면 이런 감정을 다스리기 위해 글을 쓰곤 했다. 그냥 생각나는 대로 끄적이고 나면 속이 후련해짐을 느꼈다. 그때는 어느 누구와도 내 고민을 같이 나누고 싶지 않았다. 물론 나눌 수도 없었겠지만. 누구를 탓하겠는가, 내가 스스로 택한 길이 아니었던가?

이별하고 며칠, 그리고 몇 달이 흐르면서 서서히 내가 느끼는 감정에 마음을 열다 보니, 하루하루의 소중함을 경험하기 시작했다. 전에는 그런 식으로 하루를 제대로 느껴본 적이 없었다. 말하자면 진정한 감정의 기복이 없는 그런 생활이었는지도 모른다. 물론 그녀와 함께한 좋았던 시간들이 있었다. 하지만 당시는 내게 새로운 삶의 여정이 시작된 시기라는 사실을 이내 깨달았다. 내가 전에 선택했던 것과는 완전히 다른 새로운 길에 들어선 시작의 순간. 그때만 해도 나한테는 그리 명확한 것은 아무것도 없었다. 이런 이해와 깨달음 자체가 시간을 두고 아주 천천히 나에게 모습을 드러냈다. 마치 겹겹의 양파껍질을 벗기듯 서서히 단계적으로.

그때 처음 탐독했던 리처드 바크Richard Bach의 《갈매기의 꿈Jonathan Livingston Seagull》이 생생히 떠오른다. 강렬한 뭔가가 책을 읽으라고 명령하는 듯하여 책을 집어 들었다. 갈매기 조나단 리빙스턴이 들려준 중요한 진실 중 하나는 '생각의 사슬을 끊어버려라. 그리하면 육체의 사슬도 끊어진다'는 것이었다. 이 부분을 읽으면서 나는 이 모든 이야기가 나를 향해 던지는 메시지라는 느낌이 들었다. 어렴풋이 삶의 진실을 엿볼 수 있었다. 조나단은 자유에 대해서 많은 것을 알고 있었다. 나는 본연의 내가 될 자유, 내가 진정으로 원한다면 무엇도 나를 막을 수 없다는 벅차오름을 느낄 수 있었다. 그렇게 나는 꿈을 실현하기 위한 첫 걸음마를 떼기 시작했다.

원래 직장으로 다시 가시죠

나는 스스로 내 운명을 선택했다는 건방진 만족에 들떠 있었다.

"대단히 죄송하지만, 저희 학교는 문광기 학생을 편입시킬 수 없을 것 같네요. 예전 직장으로 다시 가는 게 더 좋겠어요."

"예?"

짙은 검은 머리에 갈색 눈, 깡마르고 날카로운 눈빛의 간호학과 교수. 편입 면접 때 교수님이 내게 건넨 첫마디였다. 사실 내가 예상한 면접 질문은 "왜 간호사가 되려고 합니까?"였다. 이질문에 대한 대답은 머릿속에서 일목요연하게 정리되어 있었다. 교수님은 애써 정중한 태도를 지어 보였지만 그녀의 표정에는 당치도 않다는 듯한 기색이 역력했다. 하긴 어쩌면 당연한 일이었다. 간호사 평균 연봉보다 훨씬 높은 회사를 그만두고, 그것도 28세의 적지 않은 나이에 여대생 그룹에 저 사람이 왜 오려고 하나 했을 것이다. 오히려 순간적인 객기로 편입 시험에 지원한 것일 수도 있으니 원래 자리로 돌아가는 게 좋다는 애정 어린 충고일 수 있었다.

물론 면접이 쉬울 거라고는 기대하지 않았다. 하지만 입학 절차나 자격 요건에 벗어난 것은 없었기 때문에 간호학과에 대한 조언 정도를 듣게 될 것이라는 나의 기대는 완전히 빗나갔다. 나는 가만히 고개만 끄덕이고 있으면 보란 듯이 떨어질 것 같다는 느낌이 들었다. 스트레스성 질문을 던져주고, 그 질문을 슬기롭게 풀어나가는 모습을 보는 면접도 있기 때문이다. 하지만 그런 차원의 질문은 아니었다. 그래서 이왕 면접을 보러온 김에 솔직한 내 의견을 밝히고 싶었다.

"그런 이유에서 저를 받아주지 않는다면, 저는 이미 합격한 다른 대학교 간호학과에 들어갈 생각입니다. 이곳을 모교로 간호사가 되고 싶었는데…. 어쨌든 어느 학교가 되었든 저는 간호사가 되기로 결정한 상태입니다."

"다른 학교 간호학과에 합격한 상태라고요?"

그렇다. 사실 나는 이 대학교에 면접을 보러 오기 전 이미 다른 대학교에 합격을 한 상태였다. 그러나 시종일관 내게 말을 건넨 교수는 의미 없는 눈빛으로 나를 바라보는 것을 끝으로 면접을 종결했다. 사실 내가 이 대학을 선호했던 이유는 부산에서 학교를 다녀야 하는 것도 있었지만, 서울과 부산에 다섯 개의 종합병원을 가지고 있기 때문이었다. 수련병원이 많다는 것은 그만 큰 임상 실습에 있어 큰 강점이었다. 내심 여기 합격을 원했지만 '안 되겠구나. 나를 받아주지 않는다면 언제가 반드시 후회하게 될 거야'라며 속으로 위로했다.

마음이 공허할수록 평범한 일상과 사물들이 한층 따사롭게 빛나고, 거리를 거니는 사람들의 얼굴도 더할 나위 없이 평온해 보이지 않던가. 참담한 심정으로 걸어 나오며 바라본 간호대학은 경이롭고도 아름다운 자태를 뽐내고 있었다. 끝없이 펼쳐진 2월의 맑은 하늘, 세월의 무게가 느껴지는 병원의 흰 벽돌 건물들, 마치 유화 작품을 보고 있는 것 같은 착각을 불러일으켰다. 그러나 무엇보다 나를 사로잡는 것은 간호대학 입구에 당당히 자리 잡은 나이팅게일의 사진이었다. 거기에는 이렇게 쓰여 있었다.

주어진 삶을 살아라. 삶은 멋진 선물이다. 거기에 사소한 것이란 아무것도 없다Live your life while you have it. Life is a splendid gift. There is nothing small in it.

큰 액자 속 나의 영웅은 직장을 관두고 간호사의 길을 가려는 청년을 뚫어지게 바라보며 묻고 있었다. 삶을 스스로 이끌어갈 준비가 되어 있는가? 간호사로서 펼칠 용기가 있는가? 아직 짧고 덧없는 인생이지만 누구보다 멋지게 살아갈 자신이 있는가?

며칠 뒤 나는 이 대학교에서 합격 통지서를 받았다. 나중에 들은 이야기지만, 어차피 불합격 시켜도 다른 대학교로 가서 간호사의 길을 갈 것 같아서 합격 시켰다고 전해 들었다. 합격 소식 후 시간은 쏜살같이 흘렀다. 금방 3주가 지났다. 직장인에서 다시 대학생 신분으로 앉아 있는 내 모습에 뭔지 모를 벅찬 감정이 북받쳐 올랐다. 첫 강의 때 교수님께서는 이번 학기부터 같이 공부하게 될 편입생들을 소개하는 시간을 주었다.

"저는 일반 회사에 다니다가 올해 편입한 문광기입니다. 그전에는 경제학을 전공했고, 직장생활을 2년 넘게 하다가 여기로 편입했습니다. 간호학과, 특히 여학생들이 많은 곳에서 다시 공부하려니 많이 어색하군요. 많은 도움 부탁드립니다."

호기심 어린 눈빛을 보내며 28세나 되는 편입생을 이모저모 뜯어보던 여학생들은 이내 박수를 치며 반겨주었다. 그리고 곧 강의실은 수군대는 속삭임으로 소란스러워졌다. 그때 배 속 깊은 곳에서부터 뭔가 용솟음치는 감정이 느껴졌다. 웅성거리는 학생들을 보면서 나는 한 번 더 다짐했다.

'그래, 이제 정말 다시 시작이구나.'

그동안 잘 다니던 회사에서 사직하고 부모님을 설득하고, 여자친구와의 이별, 여행 등이 머릿속에서 주마등처럼 스쳐 지나갔다. 나는 이제 툭툭 털어버리고 새롭게, 보다 나은 내 인생을 위한 출발선에 서 있었다. 간호학과에서의 첫 수업은 그렇게 시작되었다.

나는 꿈 하나에 매달려 살아왔고 지금도 살아간다. 그렇다고

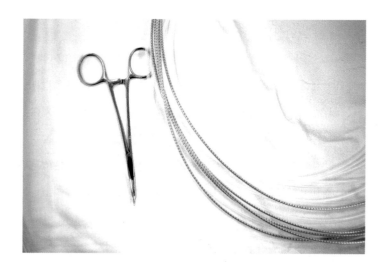

나의 꿈이 간호사란 말은 아니다. 나는 꿈을 직업으로 말하는 것을 선호하지 않는다. 꿈이란 큰 아웃라인에서 조금씩 채워가며 많은 경험으로 수정하고 보완하며 이뤄가는 것이라 생각한다. 내가 원하는 인생의 타임테이블에서 한 부분이 간호사인 것이다. 남들보다 튀어 보이려고, 남들한테 행복해 보이려고 선택한 길이 아니다. 때문에 내가 선택한 길에 대한 부끄러움은 조금도 없었다. 이제 간호학과의 시작이지만 고군분투했던 20대의 막을 마무리하는 단계이기도 했다. 간호사로서 30대의 막이 올라갈 것이고, 그것을 바탕으로 40대의 막을 재구성할 테니까.

솔직히 나는 삶을 연극에 비유하는 것을 좋아하지 않는다. 삶은 절대 연극이 아니다. 우리는 극장 안의 배우도 관객도 아니다. 배우란 배역을 따를 뿐이다. 시나리오대로 움직이는 배역은 결코 내가 아니다. 극본과 연출, 그리고 배역, 관객까지 모두 내가 되어야 비로소 삶이라고 말할 수 있지 않을까. 만약 우리를 삶을 관람하는 관객이라고 비유한다면, 다른 사람들(배우)의 인생을 부러움과 질타로 바라보는 사람이 되어버린다. 우리는 스스로 참여하고 상황에 따라 변신하는 각자의 이야기를 가진 사람들이다. 남들이 꾸며놓은 무대 밖으로 자기를 끌어내야 한다. 누구의 대본이 아닌 내가 쓴 대본으로 내 삶을 살아야 한다.

캔커피 80개의 힘

수직적 관계에 익숙한 남자들과 달리 여자들은 나이나 직급에 상관없이 수평적 관계로 상대를 바라본다. 특히 간호학과 여학생들은 나이, 성별에 상관없이 동등하게 경쟁하기 때문에 경쟁은 더 치열할 수밖에 없다. 남자 조직이 군대 문화의 연장선상이라면 여자 조직은 눈에 보이지 않는 군기와 텃세가 흐른다. 여자 그룹에서 남자가 살아남기 위해서는 카멜레온 같은 사람이 되어야 한다. 즉 대세를 따르고 어느 정도 입지를 다진 후 본연의 모습을 드러내도 늦지 않다. 거기에 눈치와 센스까지 갖춘다면 금상첨화이다. 그런 센스를 기르는 방법은 아주 간단하다. 그냥 상대방 입장에서 생각해보면 답이 보인다.

뒷담화 자리에서는 경청은 하되 중심이 되지 말고, 말을 옮기지 않는 것이 중요하다. 관망의 자세를 유지하는 것이다. 여자는

남자보다 공감 능력이 높은 편이고, 대화를 나눌 때도 상대방이
자신에게 공감해주기를 바란다. 나는 여자 그룹에 소속된 소수
의 남자가 되었을 때, 시행착오를 통해 위 사실을 알게 되었다.
지금은 아련한 추억에 불과하지만.

간호학과는 전공이 2학년부터 시작이라 편입 후 오전부터 오
후까지 빡빡한 강의의 연속이었다. 다시 시작한 공부라 열심히
해야겠다는 마음은 앞섰지만 맨 앞자리에서 강의를 듣는 것은
겸연쩍었다. 그래서 4명씩 앉는 오른쪽 가장 뒷자리가 내 전용
자리였다. 잠이 쏟아질 때 잠깐 눈을 감을 수 있는 여유가 허락
된 공간이기도 했다.

그런 상황에서 위안이 되는 것은 나를 형으로 불러주는 남동
생들이었다. 80명 정원에 나를 포함해 6명의 남자 학생들이 있
었다. 예전 경제학과를 다녔을 때 150명 정원에 여학생이 30명
남짓했던 상황과는 전혀 달랐다. 요즘은 취업 때문에 더 많은 남
학생들이 간호학과에 지원하고 있다. 벽시계는 오후 3시를 가리
키고 있었고, 마지막 생리학 강의만 끝나면 그날 수업은 끝이었
다. 수업에 들어가기 전 부대표인 종민이가 말을 건넨다.

"형! 기본간호학 교수님이 수업 마치고 교수님 연구실에 잠시
들리래요."

"어, 혹시 무슨 일 때문에 그런 줄 알아?"

"잘 모르겠는데요. 그냥 전달만 해달라고 하셨어요."

나는 속으로 무슨 일로 호출하신 걸까 생각했다. 아마 회사에

서 학교로 편입한 지 2개월이 지난 터라 잘 적응하고 있는지 물어보시려는 것이라 짐작했다. 반은 알아듣고 반은 이해가 잘 되지 않던 생리학 강의가 끝나고 부랴부랴 교수님의 연구실로 향했다.

똑, 똑, 똑!
아무런 반응이 없었다. 다시 한 번 노크를 했다. 그제야 전화를 받던 중이라며 들어오라는 대답이 들려왔다. 편입 후 간호학과 교수 연구실을 처음 들어가 보는 순간이었다. 생각보다 넓지 않은 공간에 전공 관련 전문서적이 책꽂이에 가지런히 꽂혀 있었고, 책상에는 논문들이 즐비한 여느 교수와 똑같은 연구실이었다. 나는 간호학과 교수 연구실은 한켠에 간호사 유니폼이 걸려 있고, 연구실엔 나이팅게일과 어울리는 따뜻한 분위기가 흐르고 있을 거라 상상했었다. 잠시 그런 환상에 빠져 있을 때쯤, 교수님의 목소리가 들려왔다.

"학교생활은 어떤가요? 수업 따라가기 많이 힘들죠?"
편입생이라서 그런지, 아니면 내 나이를 의식해서 그런지 교수님은 높임말로 이야기를 건넸다. 나는 서둘러 말했다.
"교수님, 말씀 낮추세요. 그래야 제가 편하게 학교생활에 적응할 수 있을 것 같습니다."
"그래요. 다른 아이들을 통해 이야기는 들었어요. 강의도 열심히 듣고, 특히 남학생들이 잘 따른다고 하더군요."
"아닙니다. 뒤늦게 시작한 공부라 열심히 하는데 생각만큼 쉽지 않네요. 생리학이나 해부학 등의 과목이 아직 낯설고, 하루하루 공부한 분량을 따라가기 어렵습니다."

교수님은 고개를 끄덕이며 언제든지 궁금한 것이 있으면 찾아오라는 당부를 잊지 않았다. 역시나 학교생활에 잘 적응하고 있는지 알아보기 위한 호출이라는 생각이 들 때쯤이었다.

"혹시 우리 학과 여학생들과는 친하게 지내고 있어요?"

"예? 하하하! 남학생들과는 많이 친해졌는데, 아직 여학생들과는 같은 자리에 앉는 친구들과 몇 마디 대화를 나누는 정도입니다. 차츰 이름도 익히고 친해져야죠."

교수님의 얼굴 표정에서 뭔가 말하고자 하는 게 있음을 느낄 수 있었다. 약간 머뭇거리는 모습에 내가 먼저 말을 건넸다.

"사실 여학생들이 저를 어려워해요."

교수님은 내가 먼저 말을 꺼내주기를 기다렸다는 듯 본론을 이야기하기 시작했다.

"여기는 다른 학과랑 다르게 여자들이 많은 곳이다 보니, 본인 의도와는 다르게 여학생들 눈에 비춰질 수도 있어요."

"그렇지 않아도 동생 같은 나이지만, 아직 어떻게 대할지 몰라 조금 난감할 때가 있어요."

"광기 학생의 문제는 아니니 사소한 말에 상처받지 않았으면 해요."

나는 도무지 무슨 뜻인지 알 수 없다는 표정을 지어 보였다. 그러자 교수님이 이런저런 말을 풀어놓았다.

"광기 학생은 나이도 있고 사회생활도 했고 과감히 편입도 했기 때문에 관심의 중심에 있어요. 그런데 몇 명의 여학생들하고만 친하게 지낸다는 소리가 들려서…. 그렇지 않을 거라 생각하지만 여학생들은 질투가 좀 많으니깐 두루 친하게 지내면서 학교생활을 하면 좋을 거 같아요. 언제든지 도와줄 테니까요."

마치 그 자리는 학교생활에 잘 적응하지 못하는 학생이 교무실에 불려가 묵묵히 선생님 말씀을 듣고 나가는 형상과 비슷했다. 나는 그 길로 자주 올라가는 학교 옥상에 있는 나만의 공간으로 향했다. 어둠이 드리운 하늘을 바라보며 잠시 생각에 잠겼다. 간호학과에서의 2개월 남짓 생활을 돌이켜보았다. 하루하루 강의를 따라가면서 학교에 적응하기도 급급한 시간이었다. 그나마 남학생들은 형이라며 잘 따라서 이제야 좀 친해졌지만 아직 여학생들과는 제대로 말을 붙여본 적도, 같이 밥을 먹어본 적도 없었다. 생각해보니 두 번 정도 앞자리 여학생에게 캔커피를 사준 적이 있었다. 전날 새벽까지 공부하다 수업시간에 졸아서 어쩔 수 없이 놓친 필기를 두 번 정도 베껴 썼던 일 때문이었다. 깨끗하게 정리된 노트를 빌려준 고마움과 조금 친해지고 싶은 마음에 캔커피를 사주며 20분 정도 이야기를 나눴던 기억이 떠올랐다.

그것이 질투의 화근이었던 걸까? 솔직히 어떻게 해야 할지 난감했다. 아무렇지 않게 생각했던, 전혀 의식하지 못했던 행동이 누군가의 입을 통해 교수님께 전해졌고 피드백이 온 것이다. 그래도 이런 일은 있을 수 있다고 생각했다. 하지만 다음에 벌어지는 일은 내 인내심의 한계를 느끼게 한 사건이었다.

편입 후 첫 중간고사를 보았다. 소리 없는 전쟁이라는 말이 자연스럽게 떠올랐다. 그래도 남학생들 때문에 간호학과에 빨리 적응할 수 있었지만, 그들의 성적이 바닥이라는 사실을 몇 마디 진솔한 대화를 통해 알 수 있었다. 우리는 스터디 그룹을 만들어 중간고사에 임하기로 의기투합했다. 마치 내가 골목대장인 양 따르면서 다들 열심히 하는 모습이었다. 시험 결과는 눈에 띄게 향상되진 않았지만 바닥에서 맴돌았던 성적보다는 나아졌다고 다들 기뻐했다.

"나도 학교 분위기에 빨리 적응하고 좋지. 계속 이렇게 함께 공부하자."

그렇게 남학생들과 중간고사가 끝난 뒤 매점에서 나른한 오후를 보낼 때쯤, 과대표가 조용히 다가와 멈칫하며 말을 건넸다.

"저기, 오빠. 할 말이 있는데요?"

"어, 그래. 희정아."

80명의 학생들 이름은 다 알지 못했지만 과대표의 이름은 기억하고 있었다.

"저쪽으로 가서 말해도 될까요?"

"그래, 잠시만."

의과대학 매점은 간호학과와 의학과만 사용하는 터라 한산하다. 구석진 매점 자리에서 계속 말을 이어 나갔다.

"저기, 오빠. 이건 제 생각이 아니라 몇 명 아이들의 생각인데요. 저보고 전해달라고 해서 말하는 거예요."

"어, 그래. 무슨 일인지는 모르겠지만 그냥 편히 말해줘."

"공부할 거면 오빠 혼자 했으면 좋겠다고 전해달라고 해서요. 스터디 그룹 만들어서 남학생들과 같이 하지 말고요."

"스터디 그룹 하는 것이 뭐가 잘못된 거니?"

"그건 아닌데. 오빠도 나중에 알겠지만 간호학과는 성적에 따라 취업이 좌우되고, 그런 현실에서 남학생들이 알아서 하게 놔뒀으면 해요."

그 말의 요지는 스터디 그룹을 만들지 않으면 같이 공부하지 않을 것이고, 계속 남학생들이 바닥권을 유지해준다는 것이다. 남학생들이 알아서 바닥을 깔아주고 있는데, 뜬금없이 편입생이 나타나 그들을 조직해 공부를 시켰으니 잘 다져진 바닥권의 변화가 있을까 우려 섞인 일부 여학생들의 목소리였던 것이다. 분명 모든 학생들의 의견은 아니었다. 하지만 과대표를 시켜 이 정도로 전달하는 상황을 고려해볼 때 참 안타깝고 불쌍하다는 생각이 교차했다. 계속 여러 가지 예를 들면서 요지를 벗어나지 않는 과대표의 말에 내 인내심의 한계는 예상보다 빨리 찾아왔다.

"너희 같은 동기 맞니? 알았으니까 이제 그만하고 가라."

과대표에게 화가 난 것은 아니었다. 하지만 격앙된 톤으로 말할 수밖에 없었다. 이런 상황이 너무 삭막하다는 생각이 들었고,

같은 동기끼리 시기 질투하는 것에 울컥했다.

"무슨 말인지 이해하실 거라 생각해요. 그리고 죄송해요."

과대표는 눈물을 글썽이며 이내 자리를 떠났다.

다음 날 여학생들 사이에서 일파만파 퍼졌을, 아니 교수님 귀에까지 들어갔을 거라는 생각에 자꾸 신경이 쓰였다. 그러나 그날 반나절이 지나도록 아무 일도 일어나지 않았다. 나의 예상과는 다르게 과대표는 어제 일에 대해 스스로 입을 다문 듯했다. 아마 일부의 의견을 전달한 것이지만 같이 공부하는 남학생들에게 차마 할 수 없는 이야기라 생각했을 것이다. 평소에 과대표를 생각해보면 그러고도 남을 친구이다. 나 또한 과대표에게 들었던 이야기를 남학생들에게 옮기지 않았다. 그냥 나만 들은 걸로하고 이 일을 매듭지었다. 중간고사도 끝나고 이 일로 밤잠을 설쳐서 그런지 그날따라 강의 시간에 잠이 쏟아졌다. 그렇게 엎어져서 40분은 곯아떨어진 것 같다.

"형, 일어나세요. 잠도 깰 겸 커피나 마시러 가요."

"어, 그러자."

여느 때와 같이 남학생들과 같이 매점으로 갔다. 그리고 나는 매점 직원에게 말했다.

"캔커피 80개 주세요."

매점 직원이 다시 확인하며 묻는다.

"캔커피 80개라고요?"

"예, 박스에 가지고 갈 수 있게 해주세요."

그러고는 남학생들과 강의실로 돌아가 수업을 듣는 동기들에게 나누어주었다. 진작에 같이 커피 한잔하고 싶었는데 이제야 한다는 어색한 말을 건네며…. 그렇게 나는 여학생 그룹 속에 한 명의 편입생 오빠로 적응해가고 있었다.

질투와 경쟁심은 사람의 무의식에 잔존하면서 평생 감정의 지배를 받는다. 그것으로 인해 항상 위만 바라보고 결핍을 느끼고 만족하지 못한다. 평생 무한경쟁 속에서 허우적거릴 수밖에 없는 것이다. 사실 경쟁심은 인간의 본성이자 발전과 진보의 토대가 되는 긍정적인 부분도 있기 때문에 한계선이 존재한다면 경쟁이 무조건 나쁜 것만은 아니다. 하지만 우리가 하고 있는 경쟁은 한계가 없고 욕망만 무한하다는 것이 문제이다.

질투에서 비롯된 경쟁심에서의 성취나 만족은 오로지 타인과의 경쟁 속에서만 느낄 수 있기 때문에 불행만 가중시킨다. 즉 상대의 장점을 선망하기보다는 상대의 성과에 시기 질투를 하게 된다. 이런 질투심, 경쟁심을 버리는 쉽지 않지만 질투가 아닌 선망으로 수용해야 본인의 마음 건강과 발전에 도움이 될 수 있다. 그런 마음이 겸손이라는 것이고, 상대의 마음을 움직일 수 있는 부분이 아닐까. 적어도 남의 몸과 마음을 돌보고 배려해야 하는 사람이라면 꼭 필요한 부분일 듯하다.

내 삶의 유일한 선서

내 안에는 촛불이 있었다. 그 불빛은 처음에는 그저 어둠 속에 숨어 있고 가까운 주위만 밝히고 싶어 했다. 그래서 나 자신을 가능한 작게 만들어 숨기려 했다. 불빛이 너무 작아서 자신을 둘러싼 거대한 어둠이 두려웠는지도 모른다. 그러나 두려움이 결국 불빛으로 하여금 무엇인가를 하게 만들었다. 어둠이 짙어질수록 불꽃은 더 이상 숨을 수 없었기 때문이다.

나이팅게일 선서식의 날이 다가왔다. 의대생들이 의사가 되기 전 '히포크라테스 선서'를 하는 것처럼, 나이팅게일 선서식은 간호학과 학생들이 간호사로서 앞으로 사명을 다할 것을 가족, 친구, 주위 사람들 앞에서 엄숙히 선서하는 행사이다. 강당은 조명 등만 켜진 채 어둠으로 채워져 있었다. 곧 행사가 시작된다는 방송에 모두들 숨죽인 채 고요하다. 이때 80명 남짓 학생들이 도미

노가 넘어지듯 차례로 초에 불을 밝혔다. 어두웠던 강당이 순식간에 환하게 촛불로 채워졌고, 학생들은 한목소리가 되어 일제히 선서문을 낭독하기 시작했다.

나 이 팅 게 일 선 서

나는 일생을 의롭게 살며, 전문 간호직에 최선을 다할 것을 하느님과 여러분 앞에 선서합니다.

나는 인간의 생명에 해로운 일은 어떤 상황에서도 하지 않겠습니다.

나는 간호의 수준을 높이기 위하여 전력을 다할 것이며, 간호하면서 알게 된 개인이나 가족의 사정은 비밀로 하겠습니다.

나는 성심으로 보건의료인과 협조하겠으며, 나의 간호를 받는 사람들의 안녕을 위하여 헌신하겠습니다.

Florence Nightingale Pledge

I solemnly pledge myself before God and in presence of this assembly to pass my life in purity and to practice profession faithfully.

I will abstain from whatever is deleterious and mischievous and will not take or knowingly administer any harmful drug.

I will do all in my power to elevate standard of my profession and will hold in confidence, all personal matters committed to my keeping, and all family affairs coming to my knowledge in the practice of my calling.

With loyalty will I endeavor to aid the physician in his work and develop myself to the welfare of these committed to my care.

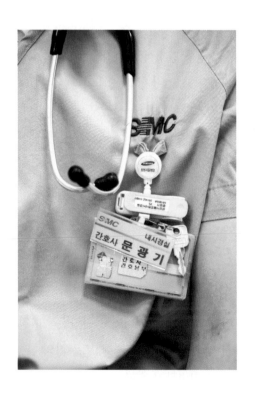

선서문 낭독이 끝나면, 간호대학 학과장님이 한 명씩 차례로 시상대로 올라온 여학생들 머리에 캡을, 남학생에게는 휘장을 달아주거나 수술용 캡을 씌어준다. 앞으로 간호사로서 최선을 다할 것을 굳게 다짐하는 것도 잊지 않는다. 나이팅게일 선서식은 내게 있어 30대를 간호사로 시작할 수 있게 해준 날이었다. 그래서인지 지금도 그날이 가끔 꿈에 나타나곤 했다. 추억과 회상이 교차하는 간호학과의 학창 시절도 어느덧 막바지에 이르렀다. 나는 그렇게 우수한 성적으로 졸업하지는 못했다. 그래도 다행히 내가 가려고 했던 병원에서 임상 경력을 쌓을 수 있게 되었다. 직장인에서 학생으로 전환했던 편입 초기, 힘겨웠던 병리학과 해부학 등의 생소했던 기초의학 공부들. 그래도 별 무리 없이 해냈다는 사실에 감사했다. 어떻게 보면 내 결정에 대한 책임과 투지만으로 고된 싸움을 벌였고, 기어이 3년이란 긴 장벽을 조금씩 깨 나간 것이다.

졸업식은 아직 겨울이 다 지나가기도 전인 2월 14일 아침, 의과대학 강당에서 엄숙히 진행되었다. 새로운 삶의 한 계단을 오르는 당신의 아들을 지켜보기 위해 부모님은 강당 뒤편 멀리 서 계셨다. 처음에는 반대했지만 나의 결정에 동의한 후 묵묵히 지켜봐주셨던 부모님을 바라보니 눈가에 눈물이 맺혔다. 모든 자식들이 그러하듯 부모님 생각에 짠한 마음이 앞섰다.

나는 국가고시 합격이라는 목표를 이룸과 동시에 그해 6월에 입사를 할 수 있었다. 무엇을 얻었고, 무엇을 잃었는지 생각해볼 여유는 없던 시기였다. 다시 30대의 막을 열어야 하는 상황이 바로 눈앞에 있었기 때문이었다. 그동안 사랑하는 사람과 이별도 했고, 학생의 시간도 다시 보냈고, 간호사란 직업을 가지게 되었다. 그렇게 인생의 시간은 흘러가고 있었다.

졸업식이 있은 다음 날, 나를 응원해줬던 친구들이 졸업파티를 열어주었다. 친구들은 수고했다며 연이은 술잔을 권했다. 기분 좋게 받아 마셨지만 걱정이 조금 앞섰다. 사실 다음 날 3년 동안 수고한 나에게 주는 선물인 유럽 배낭여행이 기다리고 있었기 때문이다. 그런 나를 친구들이 곱게 보내줄 리 없었다. 술자리는 새벽까지 이어졌고, 취한 몸을 가누며 비행기를 타야 한다는 생각은 잊지 않은 채 시간을 보내고 있었다. 잠깐 잠이 들었던 모양이다. 새벽 5시 20분. 항상 나를 챙겨주던 준규가 툭툭 치며 깨웠다.

"공항 가야지, 얼른 일어나라."

그러고는 미리 챙겨왔던 백팩을 쥐어주고는 택시를 태워 공항까지 데려다주었다. 그 덕분에 여유 있게 공항에 도착할 수 있었다. 우리는 공항 로비에 있는 레스토랑으로 들어가 커피와 아침 식사를 주문했다. 커피가 도착하자마자 준규가 말을 건넸다.

"네가 간호학과에 들어갈 때가 생각난다. 너의 결정이 맞았던 것 같아?"

나는 뭔가 멋있는 대답을 해야겠다는 생각이 들었다.

"글쎄…. 간호사가 되어 뭘 하던 하지 않던 미래에 대해 생각할 필요는 없다고 생각해. 그럴 틈도 없이 너무 빨리 시간이 지나서 말이야."

준규가 피식 웃으며 다시 말을 이었다.

"아마 넌 간호사든 뭐든 잘할 거야. 유럽여행 잘 다녀와라."

"고맙다. 잘 다녀올게."

비행기 출발 40여 분을 앞두고 우리는 자리를 떴다. 밖은 어슴푸레 날이 밝아오고 있었다. 준규는 나를 출국하는 입구까지 배웅하며 손을 흔들어주었다. 나는 헤어짐에 익숙한 사람인 양 발길을 재촉하며 뒤도 돌아보지 않고 바로 출국장으로 들어갔다. 준규에게 멋있게 보이기 위해서가 아니라 3년 동안 부단히 달려왔던 간호학과 학창 시절을 매듭지으려는 노력이자 삶의 단계를 명확히 구분하려는 의지였다. 전혀 서운하거나 안타까운 생각은 들지 않았다. 이미 돌아갈 수 없는 소중한 추억이 되었기 때문에 그저 무사히 마친 것에 감사할 뿐이었다. 분명 다가올 미래는 더 다양하고 활동적인 삶이 나를 기다리고 있다는 것을 예감했다.

도전은 할 수 없는 것을 하는 것이 아니라, 매번 다른 상황을 이겨내고 '나'라는 내 모습에 운명적으로 들어서는 것을 말한다. 첫 번째 도전은 여러 상황을 이기는 것이다. 두 번째 도전은 실패하더라도 마음에 담아두지 않는 것이다. 세 번째 도전은 그런 상황을 즐기는 것이다. 그러면 이미 실패라는 것도 성공이라는 것도 의미를 두지 않게 된다. 여정을 즐기는 여행자가 끝없는 호기심으로 새로운 여행지를 탐닉하는 것처럼.

2

생사를 넘나드는

그 곳 에 서 의

삶

누구나 자신만의 날개를 가지고 있다

나는 한국에 있을 때는 새를 잊고 살았다. 정확히 말하면 새들이 날 수 있다는 사실을 한동안 잊고 살았다. 서울에 있는 새들의 절반은 나는 법을 잊은 듯한 모습의 비둘기이고, 나머지는 치킨집의 닭, 그 이상의 새는 생각하지 못했으니까. 발리카삭섬 해변가를 따라 산책할 때면 정말 많은 갈매기와 마주쳤다. 마치 자유를 알고 나서야 속박을 깨달을 수 있듯이, 갈매기를 보고 있으면 비로소 우물 안에 갇혀 있던 자신을 인지하게 된다. 새들에게 지상의 장애물은 아무런 의미가 없다. 갈매기들은 이 해변가에 서만큼은 공기가 되고 바람이 된다. 갈매기의 비행이 이렇게 경이롭다는 걸 아직까지 모르고 있었다니.

일을 관두고 간호대학에 들어갔을 때 나는 일본 드라마 〈너스 맨이 간다〉에 등장하는 주인공처럼 일은 서툴지만 정 많고 돌봄을 잘하는 간호사를 상상했었다. 그러나 병원의 현실은 그리 녹록지 않았다. 드라마에서는 주인공이 따뜻한 표정으로 투병 중인 환자를 간호하면서 감동스러운 장면을 만들지만 현실은 그렇게 단순하고 극적인 과정이 아니다.

밥도 제대로 먹지 못하고 8시간 가까이 병실을 오가며 서 있다 보면 머릿속에 남는 건 따뜻하고 싹싹한 '너스맨'의 모습이 아니라 그저 앉아 있고 싶다는 생각뿐이다. 물론 실력과 임상 경험을 쌓으려면 힘든 과정을 거쳐야 하지만, 남자 간호사가 되기 위해서는 드라마 주인공처럼 되고 싶다는 유치한 바람, 그 이상의 확신과 의지가 필요하다. 실습을 하면서 여러 과를 돌았지만 좀처럼 마음을 잡을 수 없었다. 내과에서는 늙고 병들어가는 육체를 지켜보기가 너무 힘들었다. 신경정신과에서는 환자들의 비정상적인 심리 상태에 압도당하기 일쑤였고, 산부인과는 여자 환자들의 차가운 시선에 눈을 마주칠 수가 없었다.

직장을 관두고 나름 큰 뜻을 가지고 간호사를 생각하고 있었는데, 나는 생각했던 것보다 의지도 약하고 신념도 부족했다. 드라마 주인공의 멋진 '너스맨'은커녕 '간호사'가 될 수 있을지조차 의문이었다. 그러던 중 간호학과 3학년 실습을 마칠 때쯤 돼서야 가슴 설레는 일을 하는 것이 얼마나 중요한가를 다시 깨닫게 되었다.

나를 다시 설레게 해준 건 희준이라는 다섯 살짜리 꼬마아이였다. 희준이는 소아백혈병에 걸려 치료를 받았다. 실습 과제로 백혈병 병동 어린이와 놀아주기 위한 풍선 마술을 한 적이 있는데, 그 이후 나는 아이들에게 '마술 삼촌'이라고 불렸다. 성인도 감당하기 힘든 병을 앓고 있는 어린아이였는데도 불구하고, 병원에서 너무나 많은 백혈병 환자를 만났던 나는 희준이를 그저 항암치료를 받고 퇴원할 '507호실의 어떤 소아환자'라고 생각했을 뿐이었다. 그리고 난 가끔씩 혀 짧은 소리로 아이들 말투를 흉내 내며 풍선 마술로 같이 놀아주는 정도의 실습생이었다.

항암치료 과정 중에는 '요추천자 lumbar puncture'라는 시술이 있다. 말 그대로 척추 사이의 틈을 바늘로 뚫어 중추신경계에 항암제를 주입하는 시술이다. 주치의가 와서 시술을 할 때면, 실습생은 울면서 몸부림치는 아이를 같이 붙잡아주는 것밖에 할 수 있는 것이 없었다.

요추천자를 하기 위해 병실에 가 보니 희준이는 선잠이 든 채 이리저리 뒤척이고 있었다. 곧 자기가 받을 시술을 예감하듯 수면제를 먹였는데도 아직 충분히 잠이 들지 않은 모양이었다. 주치의는 아이와 엄마의 얼굴은 잠시 잊고, 해부학적 구조에 집중하며 머뭇거림 없이 과감히 시술을 시작했다. 하지만 두 번이나 시도했지만 실패하고 말았다. 희준이의 등은 바늘자국으로 퉁퉁 부어버렸다. 항암제를 투여하기 위해서는 세 번째 시도가 이뤄져야 하는 상황이었다. 희준이는 잠에서 깨어 자지러지는 목소리로 울부짖었다.

"하지 마세요. 살려주세요, 엄마!"

희준이의 엄마는 한 발짝 뒤에서 눈물을 글썽이며 말했다.

"희준아, 조금만 참아. 금방 끝날 거야."

희준이는 엄마가 이 시술을 그만두게 하지 못한다는 것을 알았는지 대상을 바꿔서 울부짖었다.

"마술 삼촌, 하지 마세요. 제발 살려주세요!"

시술하는 중에 움직이면 정확한 위치에 천자를 할 수 없기 때문에 절규하는 아이의 눈을 마주하면서도 움직이지 못하게 잡고 있어야 했다. 희준이는 계속 울면서 몸부림쳤고, 그런 상황에 나도 모르게 눈물이 맺혔다. 다섯 살 희준이가 감당하기에는 너무나 큰 고통이었다. 마치 시한부 환자의 절규처럼, 산전수전 다 겪은 듯한 희준의 울부짖음이었다.

결국 다른 레지던트가 손을 바꾸면서 세 번째 시도로 요추천자를 끝낼 수 있었다. 희준은 시술이 끝난 뒤에도 뭐가 그렇게 서러운지 계속 울먹였다. 엄마의 품에 안기는 것마저 거부할 만큼 다들 미웠던 모양이었다. 나는 어른들도 힘들어하는 시술을 잘 참아준 희준이가 대견해 보였다.

"우리 희준이 많이 아팠지? 너무 잘 참아줘서 삼촌이 풍선 마술로 사탕 만들어줄게."

그러나 희준이는 세상만사가 다 싫다는 듯 고개를 돌려버렸다. 그렇게 그날 모두가 희준이를 가만히 옆에서만 지켜봐야 했다. 다음 날 회진이 끝난 뒤 희준이를 볼 면목이 없었다. 살려달라고 그렇게 외쳤지만 못 움직이게 꽉 잡고 있었던 마술 삼촌이

아니었던가. 병실로 찾아갔더니 희준이는 나를 보자마자 과자봉
지를 든 채 놀란 사슴처럼 엄마 뒤로 숨어버렸다. 평소 같았으면
인사만 하고 병실을 나왔겠지만, 찔리는 것이 있던 나는 애써 친
한 척을 했다.

"희준아, 삼촌 과자 하나만."

희준이가 나를 말똥말똥 쳐다봤다. 어제 기억을 더듬어 울어
버릴 줄 알았는데, 의외로 살짝 미소를 짓는가 싶더니 조심스럽
게 입을 열었다.

"마술 삼촌."

"응?"

"이거…. 마술 보여주세요."

희준이가 과자 하나를 건네주며 마술을 보여달라고 한다. 다
정다감하지도 못한 데다가 서툴기까지 한 실습생 삼촌을 향해
희준이가 내민 손은 아무런 경계심이 없었다. 어른이 보면 정말
허술한 마술이지만 항상 가지고 다니는 롤리팝을 마술로 희준이
에게 건네주었다.

"삼촌, 한 번만 더."

그때 몇 달 만에 내 가슴은 다시 두근거리기 시작했다. 어린
환자 아이였지만 소통하는 게 이렇게 짜릿하다는 사실을 그동안
잊고 있었다니. 그때부터 희준이는 병동에서 나를 볼 때마다
"삼촌" 하고 외치며 달려와 안겼다. 한번 안기면 품에서 벗어나
지 않으려 했다. 물론 아동간호학 실습이 끝나 희준이의 영원한

마술 삼촌이 될 수는 없었다. 하지만 실습이 끝나도 가끔씩 희준이가 있는 병동에 들러 몇 달에 걸친 항암치료를 무사히 마치고 퇴원하는 것까지 지켜볼 수 있었다.

그리고 1년 남짓 지났을까. 4학년 실습 중에 외래에서 우연히 희준이를 다시 만났지만 더 이상 나를 '마술 삼촌'이라고 부르지 않았다. 나를 기억조차 하지 못한 것이다. 옆에 있던 엄마의 강요에 못 이겨 "안녕하세요"라는 말을 겨우 내뱉고는 엄마 뒤로 숨어버렸다. 이제 나는 희준이의 마술 삼촌이 아니라 병원 로비를 지나다니는 수많은 낯선 '병원 사람' 중 한 명일뿐이었다. 나는 희준이가 병원에서 겪었던 힘든 시간들과 함께 희준이의 기억 속에서 밀려나고 있었다.

아이들은 병이 나으면 어른보다 훨씬 오래 살 수 있다. 그 오랜 시간을 살아가기 위해서 아이들은 자신이 아팠다는 사실을 무의식 속으로 묻어버려야만 한다. 나는 잠시 아픈 아이들의 마술 삼촌이 될 수는 있겠지만 시간이 지나면 그 아이들이 겪었던 고통의 시간과 함께 기억에서 사라질 수밖에 없다. 희준이가 어른이 되면 생사의 갈림길에서 백혈병이라는 무서운 병과 싸우며 오랫동안 병원을 다녔던 일은 어렴풋한 기억으로 변하겠지. 그 기억 속에 나는 잠깐 동안 간호와 돌봄을 담당했던 '마술 삼촌'이라는 실습생 중의 한 명일 것이다.

하지만 나는 희준이를 영원한 조카로 기억할 수밖에 없다. 살려달라고 내 눈과 마주치며 절규했던 다섯 살짜리 꼬마가 나를

'마술 삼촌'이라고 부르며 달려와 안길 때 그 순간의 설렘을 결코 잊을 수 없다. 누구나 자신만의 날개를 가지고 있다. 나는 자이언트페트럴giant petrel의 거대한 날개나 갈매기처럼 튼튼한 날개를 가지고 있지 않다. 다만 내게는 그저 환자들과 소통하면서 느끼는 조그마한 설렘이 있을 뿐이다. 언뜻 보기에는 초라해 보여도 바닷속에서 튼튼한 모터가 되는 펭귄의 날개처럼 나의 설렘도 차가운 바다를 헤쳐 나가는 동력이 되기를 바랄 뿐이다.

죽으려고 하는 자, 살려고 하는 자

의료인을 가장 지치고 힘들게 하는 사람은 바로 자살 환자이
다. 비가 억수같이 쏟아붓는 기분 나쁜 월요일 자정쯤, 빗소리를
뚫고 119 구급대의 사이렌 소리가 점점 가까워졌다. 우리는 사
이렌 소리를 들으면서 모든 준비를 마치고 대기하고 있었다. 이
렇게 비오는 날은 한가롭거나 교통사고가 많을 거란 예상쯤은
병원에 있는 사람이라면 누구나 할 수 있다.

구급차가 도착했다. 뒷문이 열리자 코끝에 닿는 피 냄새가 먼
저 환자의 상태를 알렸다. 도착하기 전 119 구급대를 통해 전달
받은 내용으로는 서른두 살의 여자로 TA(교통사고) 환자였다. 얼
굴에서부터 어깨와 허벅지까지 골절과 찰과상이 보였다. 다행히
의식은 있는 상태였다. 119 구급대원은 추가로 환자의 정보를
알려주었다.

"단순한 TA가 아니라 여자분이 자살하려고 차에 뛰어들었어요. 깨어나도 주의관찰이 필요할 거 같습니다."

응급실 담당 주치의는 응급처치를 시행한 후 후유증이 될 수 있는 사인을 찾기 위해 CT, MRI 등 각종 검사를 바로 진행하기로 결정했다. 의료진들은 그녀가 자살 환자라는 것을 감안하여 모든 행동을 주의 깊게 관찰하고 있었다. 죽으려고 시도했던 사람이라서 그런 걸까? 의식이 있는 교통사고 환자치고는 겁에 질린 모습이 아닌 너무나 담담한 얼굴로 누워 있었다. 내가 침대 옆에서 잠시 동안 그녀를 바라보니, 그제야 그녀는 원망하듯 울음을 터트리며 말문을 열었다.

"왜 살려준 거예요? 그냥 죽게 놔두지. 아무것도 하지 말고 그냥 죽게 내버려두세요."

그녀는 자살 미수에 그친 것을 억울해하며 계속 눈물을 흘렸다. 그녀의 울음은 30분이 넘도록 지속되었다. 이윽고 진정하는 듯한 모습을 보이자 나는 그녀에게 물었다.

"어디로 가던 길이었어요?"

"여기보다는 더 나은 곳."

"그래요? 거기가 어딘데요?"

"다시 갈 거예요. 저는 더 이상 살 가치가 없어요."

서른두 살 그녀에게 살 가치조차 없게 만든 일이 무엇이었을까 잠시 생각에 잠겼다.

"그런데 어쩌죠. 당신의 심장은 그 반대인 것 같은데요. 병원까지 오는 동안 당신의 심장은 살기 위해 얼마나 격렬하게 싸웠는지 아세요?"

그녀는 계속해서 눈물만 흘렸다.

"그 누구도 억울하고 힘든 제 마음을 모를 거예요."

나는 그녀의 기구한 사연이 무엇인지도 모른 채, 일단 그녀를 진정시켜야 했다.

"그래서 심장이 뛰는 거 아니겠어요. 당신의 억울한 마음을 알리려고."

그녀는 나의 말에 서러웠는지 멈췄던 울음을 다시 터트렸다. 눈물이 얼굴의 상처를 지나 핏물로 흘러내렸다.

"저기…. 당신이 가려고 했던 더 나은 곳 말인데요. 그곳이 정말 존재하는 곳인지 확인부터 해보세요. 무턱대고 가려고 하지 말고요."

나는 그녀의 흐르는 눈물에 섞인 핏물을 거즈로 닦아주었다.

"지금보다 더 좋은 데가 있으면 언제든지 가는 것이 좋겠죠. 저한테도 알려주시고요. 그때는 말리지 않을 테니까."

그녀는 신경안정제 때문인지 이내 잠에 빠져들었다.

한숨 돌린 후 그녀의 간호 기록을 남기려는 찰나, 또 한 통의 119 응급전화가 울렸다. 계속 내렸던 비 탓일까 그날의 밤근무는 TA 환자의 연속이었다. 손발이 본능적으로 응급실에 먼저 도착한 환자들을 살피고 다음 TA 환자를 받을 준비를 하고 있었

다. 구급차가 도착해 문이 열리자 119 구급대원이 이내 외치면서 말했다.

"17세 여학생, TA 환자로 1톤 트럭과 정면충돌! 사고 상대 차량 탑승자로 창밖으로 튕겨져 나간 상태에서 응급처치가 이루어졌습니다."

그때 어머니로 보이는 중년 여성이 이마가 찢어진 채 피를 흘리며 구급차에서 뛰어내려 외쳤다.

"우리 아이 좀 살려주세요. 제발 살려주세요!"

구급대원의 인계사항이 계속 이어졌다.

"의식 상태는 부르면 반응을 보이는 정도이며, 2분전 바이털 사인Vatal Sign(활력징후)의 경우 혈압은 90/46, 맥박은 150, 호흡수는 20회, 산소포화도는 98이며 출혈량이 많았습니다."

여학생의 어머니도 같이 사고를 당한 모습이었다. 하지만 자기 상처는 전혀 신경 쓰지 않은 채 딸 옆에서 발을 동동 구르며 눈물 섞인 간절한 외침만 지를 뿐이었다.

"내가 오늘 학원에만 태우고 가지 않았어도…. 살려주세요. 제발 살려주세요!"

이내 응급처치실로 옮겨 학생의 상태를 살펴보니 예상보다 훨씬 심각했다. 팔이 부러지면서 뼈가 밖으로 나오는 개방성 골절로 곧바로 응급수술을 요하는 긴박한 상황이었다. 학생은 본인이 교통사고를 당한 것을 아는지 모르는지, 엄마의 절규에 계속 엄마를 불렀다.

나는 다음 처치를 준비하며 학생의 흙과 피 묻은 손을 닦아주었다. 그때 갑자기 여학생이 나의 손을 꽉 움켜잡았다. 물에 빠진 사람이 살기 위해 지푸라기를 움켜잡듯 살려달라는 무언의 외침처럼 느껴졌다. 마치 붙잡은 손을 놓으면 큰일이라도 날 듯 강한 움켜쥠이었다. 나는 의료용 장갑을 낀 손으로 학생의 손을 꼭 잡은 채 서 있었다.

끝나지 않을 것만 같은 밤근무가 끝났다. 다음 근무자에게 인계 후, 나는 땀에 젖은 근무복을 갈아입고 지친 상태로 앉아 있었다. 같이 일했던 책임 간호사도 힘들었는지, 아니면 시원한 맥주 한잔을 갈구하는 내 마음을 알았는지 병원 근처에서 한잔하고 퇴근하자고 권했다. 맥주가 나오자마자 단숨에 들이켰다. 급하게 마셔서 그런지 순간 머리가 멍해짐을 느꼈다. 책임 간호사가 한숨을 푹 쉬며 말을 건넸다.

"오늘 근무 진짜 힘들었지? 계속 몰려드는 TA 환자 때문에 죽는 줄 알았어. 넌 어땠어?"

나는 잔에 남은 맥주를 다 비우고 한 잔을 더 주문했다.

"첫 번째 환자는 기를 쓰며 천국인지 어딘지도 모르는 더 나은 곳으로 가겠다 하고…."

책임 간호사가 말을 거든다.

"아! 그 달려오는 차에 몸을 던진 자살 환자?"

환자에게는 살아야 한다는 입장에서 더 비중을 두고 말했지만, 사실 마음 한켠에는 이런 감정도 있었다.

"살려달라고 하는 환자들도 넘쳐나는데, 기를 쓰며 죽겠다고 하는 사람까지 살려줘야 해요?"

책임 간호사가 공감하며 말을 이어간다.

"하지만 환자가 일단 병원에 오면 의료진은 환자를 살리는 게 의무가 아닐까?"

같은 응급실 공간에서 죽으려고 했는데 왜 살렸냐고 하는 환자, 살려달라고 내 손을 꽉 움켜쥐었던 학생과 엄마의 절규가 다시금 뇌리를 스쳤다. 통계적으로 가장 대표적인 자살 원인은 우울증이나 조울증 같은 마음의 병이다. 하지만 마음의 병으로 자살하는 사람들 역시 대부분 마음의 고통 앞에 삶을 놓아버리는 것이지, 결코 죽음을 선택했다고 볼 수 없다. 자살 관련 연구에서도 자살은 심적 고통을 피하려는 절박한 몸부림으로 규정한다. 사랑하는 사람, 직장, 재산 또는 명예를 잃은 상실감, 학교나 직장에서 따돌림으로 소외감이 원인이라면 다친 마음을 알아주는 누군가가 손을 잡아주면 자살로까지 이어지지 않는다. 어쩌면 진정한 의미의 자살은 없는지도 모른다. 단지 사는 방법을 모를 뿐이지.

사실 나 역시 단호하게 말할 자신은 없다. 자살을 선택할 정도의 절망을 겪어보지 못한 내가 삶과 죽음을 감히 이야기하기가 송구스럽기 때문이다. 또한 자살을 선택할 수밖에 없는 극한으로 몰고 간 이 사회의 구성원으로서 도의적인 책임을 느끼기 때문이다. 진짜 죽으려 했던 것이 아니라 다만 죽을 만큼 절실하다는 것을 알리기 위한 수단으로 자살을 택한다면 얼마나 애처롭고 허무하고 혼란스러운 죽음일까. 힌두 경전에 따르면 자살한 사람의 영혼은 원래 자기 수명이 다하는 순간까지 하늘에 오르지 못하고 지상을 떠돈다고 한다. 벗어나고자 했던 삶에서 온전히 자유롭지도, 사랑하는 사람들과 함께하지도 못하니, 자살이 삶보다 더 큰 고통일 수도 있다는 뜻이 아닐까.

응급벨의 악동, 브루가다증후군

나는 가끔 이런 생각을 해본다. 의료진이 환자의 겉으로 드러난 증상뿐만 아니라 마음까지 헤아릴 수 있다면 진정한 간호, 진정한 의료를 할 수 있지 않을까? 병원에 입사해서 심장내과중환자실ccu에 배치된 지 얼마 되지 않아서의 일이다.

띠링~ 띠링!

중환자실 7번 방에서 환자 응급전화벨이 울렸다. 선배 간호사와 나는 이내 그곳으로 달려갔다.

"승빈아, 괜찮아? 어디가 불편해?"

"아…. 가슴이 아파요."

중환자실에서는 일단 응급벨이 울리면 응급카트를 준비하고 만일을 대비하는 상황으로 전환한다. 마치 군인이 전시 상황으로 전투태세에 돌입하듯 말이다.

"가슴이 아프긴 아픈데요. 다음에 벨을 누르면 더 빨리 달려
와주세요. 저번보다 10초 늦었어요. 그리고 선반 위 오른쪽에 있
는 만화책 좀 주고 일 보세요."

나는 속으로 '장난이었구나' 하며 놀란 가슴을 쓸어내리던 찰
나 선배 간호사가 화가 난 말투로 다그쳤다.

"너 또 응급벨로 장난친 거야? 제발 적당히 좀 해라."

"거짓말인 거 알면 안 오면 되잖아요."

브루가다증후군Brugada Syndrome(심장부정맥을 일으켜 심장돌연사를
일으키는 질병)을 가진 승빈이는 선배 간호사의 주의에도 전혀 아
랑곳하지 않는 표정으로 이어폰을 한쪽 귀에 꽂고 만화책을 뚫
어져라 바라볼 뿐이었다. 승빈이는 이제 열아홉, 한창 학교에 있
을 고등학교 3학년 수험생이다. 아버지, 형은 이미 세상을 떠났
고, 가족이라곤 어머니 하나뿐이었다. 중환자실 특성상 하루 중
오전, 오후 면회가 30분밖에 되지 않는 터라 중환자실 생활이 더
욱 갑갑하고 지루했던 모양이었다. 나는 잠시 후에 승빈이를 찾
아갔다.

"지금 가슴 불편한 것은 없는 거지? 특별한 치료도 없이 중환
자실에 있으려니 답답한 거 이해해. 그래도 간호사 누나들 골탕
먹이다가 양치기 소년처럼 되는 수가 있어."

승빈이가 읽던 만화책을 내려놓고 물었다.

"형! 형은 왜 화를 내지 않아요? 다른 간호사 누나들처럼. 화
를 안 낸다고 해서 형 근무 때 벨을 누르지 않을 거라는 기대는

하지 마세요."

"그래? 너 편할 대로. 난 응급벨에 대해 나름대로 정한 원칙이 있어. 응급벨이 울리면 언제든지 어떤 상황이라도 내 근무일 때는 달려올 테니 걱정하지 마."

"형, 그 말 믿어도 되는 거죠?"

그날 이후 승빈이와 조금 가까워진 듯했다. 하지만 여전히 다른 간호사 근무 때 응급벨을 누르는 장난이 계속되고 있었다. 그러던 어느 날, 내가 초번 근무자로 중환자실을 돌고 있을 때였다. 띠링~ 띠링~ 뚝! 중환자실 7번 방 응급벨이었다. 여느 때 같이 응급카트를 준비하고 그곳으로 달려갔다.

"승빈아, 괜찮아?"

승빈이의 의식은 명료했지만 가슴의 답답함 때문인지, 혹은 통증 때문인지 호흡이 곤란한 상태였다. 간호사 스테이션에 바로 연락을 취하고 도움을 요청했다. 이내 선배 간호사들이 도착했다.

"승빈이 주치의 호출하고, 응급카트 열어서 준비해주세요."

"심전도 12Lead로 검사해주고, 산소마스크 10L 유지해주세요. 담당 간호사는 환자 의식 상태 및 바이털사인을 계속 관찰해주세요."

"승빈아, 괜찮으니까 걱정하지 말고."

"형, 나 이제 이러다 죽는 거겠지?"

"임마! 그럴 리가 있어? 정신 차리고 심호흡 크게 하고."

주치의가 24시간 부착된 심전도를 관찰한 후 순간적으로 심실에서 이상 파형이 지나갔음을 발견했다. 심장질환 환자는 상태가 안정적이었다가도 갑자기 나빠질 수 있으므로 항상 예의 주시해야 한다. 브루가다증후군인 승빈이가 중환자실에 입원하고 있는 이유이기도 했다. 다행히 응급소생술까지는 가지 않고 안정 상태를 유지하며 승빈이는 잠이 들었다.

다음 날 출근해서 초번 근무하기 전, 승빈이 상태가 궁금해서 바로 7번 방으로 향했다. 약간 의기소침한 표정을 지으며 TV를 우두커니 바라보던 승빈이는 바다가 나오는 장면에서 나를 돌아보며 물었다.

"형, 바다 좋아해?"

"어? 당연하지. 내 고향이 부산이잖아. 너도 바다 좋아해?"

"나 원래 바다 싫어했는데, 지금 TV에 나오는 동해에는 가보고 싶어."

"나중에 좀 나아지면 가면 되지."

"거짓말! 나도 아버지랑 형처럼 어차피 죽을 거잖아. 동정 따위 필요 없어!"

"그래, 그럼 동정은 안 할게."

"형, 지금 나 버리는 거야? 이제 동정조차 안 해준다 이거지?"

"야, 네가 동정 따위 하지 말라며? 나중에 괜찮아지면 바다에 같이 가자."

"형, 약속한 거다?"

승빈이의 심장발작은 기질적인 원인 없이 발생하는 질환이기 때문에 갑자기 발작이 일어나면 목숨을 잃을 수도 있다. 다행히 중환자실이라 즉각적인 처치가 가능하지만 평생 중환자실에서 지낼 수는 없는 노릇이다. 이대로 두면 언제 어디서 심장발작을 일으켜 돌연사 할지 모른다. 유일한 방법은 심장마비가 왔을 때 자동으로 바로 잡아주는 삽입형 심박조율기Pacemaker 시술밖에 없다.

승빈이가 가장 두려워했던 것은 자기도 아버지나 형처럼 어느 날 소리 없이 세상을 떠날 수 있다는 불안감이었다. 가족력인 브루가다증후군을 진단받은 후 승빈이의 일상은 모든 것이 바뀌었다. 언제 터질지 모르는 시한폭탄을 심장에 장착하고 살아야 한다는 것은 고등학생에게는 너무나 가혹한 형벌이었다. 승빈이는 그날 나에게 자신의 속마음을 털어놓기 시작하며, 처음 진료 때를 회상했다.

"승빈 학생, 자네는 산송장이나 다름없네. 언제 죽을지 모른다는 말이지. 하지만 너무 걱정하지 말게나. 심박조율기를 가슴에 삽입하면 일상생활을 하면서 살 수 있으니깐 말이야."

교수 옆에 서 있던 레지던트가 심전도의 파형을 보고 매우 좋지 않은 부정맥이라며 수군거리고 있었다.

"처음엔 방망이로 한 대 얻어맞은 것처럼 아무 말도 할 수 없었어요. 그리고 언제 들이닥칠지 모르는 죽음의 그림자가 내 발밑에까지 와 있음을 직감했죠. 이 몹쓸 병 때문에 우리 엄마가 제일 불쌍하게 느껴졌어요."

그때 승빈이의 머릿속에는 아버지의 돌연사와 형의 갑작스런 심장마비, 죽음, 기계장치, 가엾은 엄마 등등 이런 단어들만 돌림노래의 도돌이표처럼 계속 떠올랐다. 마음 한구석에서는 현실이 아니기를 바라면서 말이다. 승빈이는 아직 실감이 나지 않았다. 나쁜 꿈을 너무 오래 꾸는 듯한 느낌이었다. 아버지가 회사에서 야근 중 갑자기 돌아가셨을 때도, 형이 일본 출장 중 변을 당했을 때도 그랬다. 그냥 아무것도 모르는 학생이었는데, 시련은 마치 비극적인 영화의 한 장면처럼 불현듯 다가왔다. 아버지에게 물려받은 유전자는 자식에게 이어졌고, 자식들이 결혼해서 낳은 그 자식들에게도 대물림될지 모른다는 생각이 엄습했다. 어쩌면 요절할 운명으로 태어났을지도 모른다는 생각마저 들었다.

승빈이가 왜 응급벨을 계속 눌러야 했는지 그동안의 이야기를 들으며 이해가 되었다. 승빈이의 입장에서는 양치기 소년 이야기 따위가 아니었다. 죽음이란 시한폭탄을 심장에 안고 살면서 아버지처럼 형처럼 되지 않으려는 몸부림이었고, 위험할 때 도와달라는 절규였던 것이다.

심박조율기를 삽입하는 수술을 한 지 7일째. 4시간에 걸친 수술로 승빈이의 왼쪽 가슴에는 심장마비가 왔을 때 심장에 충격을 주어 다시 뛸 수 있게 하는 기계가 성공적으로 심어졌다. 100그램도 채 되지 않는 심박조율기가 심장의 움직임을 계속 살피고

있다. 약 5년마다 심박조율기를 교체하는 방법으로 새 삶을 얻
게 되었다. 왼쪽 가슴에 손을 갖다 대면 돌출된 기계장치가 만져
진다. 아마도 승빈이는 갑자기 '툭툭' 치는 심장의 움직임을 느
낄 때, 심장이 잠시 멈추었다는 사실을 평생 느끼며 살아갈 것
이다.

심장은 심방에서 온몸을 돌아온 혈액을 받아 심실에서 다시
산소가 결합된 혈액을 온몸으로 보내준다. 하루에 약 10만 번의
운동을 하며, 한번에 70밀리리터씩 혈액을 내뿜는다. 하루에 약
7,000리터 이상 펌프질을 하는 것이다. 심장은 늘 과중한 역할을
담당하지만 우리 신체 가운데 죽을 때까지 외로이 뛰는 걸작품
이기 때문에 견딜 수 있다. 하지만 월급쟁이가 과로를 치료할 수
없듯이 심장도 자기를 치료할 시간이 없다. 심장은 쉬지 않고 펌
프질을 하기 위해서 심장의 근육을 두껍게 만든다. 그러나 심장
의 근육이 두꺼워지면 심장을 에워싸고 있는 관상동맥에서 공급
하는 산소로는 부족하여 허혈성 심장이 되어 타격을 받는다. 그
리고 시간이 지나면 회복하지 못하고 정지하게 된다.

나는 승빈이가 퇴원하는 날 숙면을 취했다. 잠시 동안 침대 밖
으로 나오지 않고 그대로 누워 있었다. 오른손을 내 심장에 갖다
대어 본다. 여전히 잘 뛰고 있다. 나는 잤지만 심장은 잘 수 없
다. 심장이 잠들면 심장마비인 것이다. 나는 이런 생각에 잠긴
다. 아마 심장이 조금은 천천히 박동해도 될 것이라고…. 그것이
바로 내 심장에게 주는 조그만 휴식일 것이다.

떠나는 자에 대한 마지막 예의

어느 60대 대장암 말기 환자가 투병 중이었다. 임종 며칠 전, 아들과 일상적인 대화를 나누던 중 어머니는 미안함을 전했다.

"내 제삿날이 네 생일과 겹칠지도 모르겠구나. 미안하다."

그러자 아들은 눈시울이 붉어지며 말했다.

"그런 말 하지 마세요. 얼마 동안 더 사실 수 있다고 의사 선생님이 그랬어요."

아들은 어머니 앞에서 거짓 없는 솔직한 울음을 터트렸다. 어머니도 아들이 우는 모습을 보고 위로하며 눈물을 글썽거렸다.

"그래도 어쩌겠니. 이해하지?"

만약 어머니에게 병명을 숨겼더라면 아들은 결코 그 앞에서 울 수 없었을 것이다. 어머니는 자신의 죽음을 준비하고, 아들은 어머니를 떠나보낼 준비를 하고 있었다. 살날이 얼마 남지 않은 환자에게 그 사실을 알리느냐 알리지 않느냐는 보호자와 의료진 모두에게 정답 없는 고민이다. 하지만 난 환자에게는 준비할 시간을 주고, 보호자에게는 사랑을 표현할 시간을 주는 것이 좋다고 생각한다. 서로 눈물지을 수밖에 없는 상황이지만 어머니는 아들의 사랑을 알고, 삶의 마무리를 준비할 수 있을 테니까.

사람은 누구나 평탄한 길만 걸으며 인생을 보낼 수 없고, 가시덤불 길을 지나왔다고 해서 평온한 나날이 기다리고 있는 것도 아니다. 일에 쫓겨 하루하루를 보내다가도 마침내 좀 더 나은 인생을 보낼 수 있겠구나 싶을 때 뜻하지 않은 청천벽력 같은 소식을 접하는 경우도 종종 있다.

65세의 김막달 할머니. 나이에 비해 너무 늙어 보였던 그녀 또한 그런 인생의 비정함을 체험할 수밖에 없었다. 첫 번째 수술을 마치고 중환자실에서 회복을 기다린 지 6일째가 되어서야 인공호흡기를 빼고 말을 할 수 있었다. 생사를 오갔던 사람들은 입을 열기 시작하면 참 할 말이 많다. 죽음의 문턱까지 갔다가 후회하는 것이 너무나 많아서 그런가 보다. 하지만 그녀는 곧 다시 2차 수술을 위해 수술실로 들어가야 했다.

수술하기 전날 밤, 중환자실에서 겨우 마음을 터놓고 말하기 시작한 그녀는 다음 날 또다시 생사의 갈림길에 서게 된다. 그 길 앞까지 배웅하던 나에게 해주었던 그녀의 인생 이야기는 정말이지 눈시울을 붉게 만들었다. 지금까지 살아오면서 그녀는 행복하다고 느낀 날이 단 하루도 없었다고 한다. 아니, 그보다 정신없이 일만 하다 보니 그런 생각을 할 틈이 없었던 것이다. 남편은 결혼한 지 10년 만에 교통사고로 세상을 떠났고, 아이들을 키우기 위해 억척스럽게 식당에서 일을 해야 했다. 내세울 만한 능력이 없었기 때문에 몸 편한 일을 찾을 수도, 몸이 아파도 쉴 수도 없었다. 그녀는 닥치는 대로 일했고, 힘겨운 여건에서도 두 남매가 엇나가지 않게 잘 키워야 했다.

"도둑질 말고는 안 해본 일이 없다네."

그리고 시간이 흘러 자식들은 그녀에게 수입의 일부를 생활비로 드리면서 이제부터는 한가롭게 지내라고 말했다. 하지만 우리네 어머니들이 그러하듯 쉴 수 없었다.

"앞으로 쉬엄쉬엄 내 일만 할 테니까 염려 마라. 일 없이 놀면 병만 생긴다."

잘 자란 자식들을 보며 이제 막 행복하게 살 수 있다는 느낌도 잠시, 운명은 그녀의 삶에 또다시 불행을 안겼다. 그해 가을이 끝나갈 무렵 그녀는 지속적인 기침과 가슴 통증, 객혈에 시달렸다. 게다가 다른 때 같으면 여름에 줄었던 몸무게가 가을이 되면 원래대로 돌아오는데, 이번에는 전혀 회복될 기미가 보이지 않았다. 결국 아들과 함께 병원을 찾았고 폐암을 진단받았다. 왼쪽 절반가량을 차지하는 진행성 암이었다. 아들은 작은 병원에서 큰 병원에 가보라고 할 때 이미 짐작을 하고 있었던 모양이었다. 하지만 아들은 어머니가 살아온 인생을 누구보다 잘 알기에 눈

앞에 닥친 불행을 절대로 알리고 싶지 않았다. 폐렴이 좀 심해서 입원할 정도라고, 치료하면서 수술 여부를 결정하겠다고 의사와 말을 맞춘 상태로 중환자실까지 오게 된 것이다.

이런 경우는 의료진과 보호자를 비롯한 모든 사람이 비밀이 누설되지 않도록 특히 조심해야 한다. 만약 누군가 말실수를 해서 진실을 알아버린다면 환자가 받을 충격과 상실감 등 후폭풍이 거세기 때문이다. 사실 나는 환자에게 병이 발병했을 때 바로 알리는 것이 옳은 건지 아직 잘 모르겠다. 경험이 쌓일수록 판단하기 더 어려운 문제인 것 같다. 하지만 개인적으로는 환자한테 조금이라도 빨리 알리는 것이 좀 더 낫지 않을까 하는 생각을 하곤 한다. 대부분 환자들은 처음에는 절망에 사로잡히다가 아닐 거라고 부인도 하지만, 이내 현실을 인정하고 주위 가족들의 격려로 이겨내겠다고 의지를 다지는 경우를 많이 보았다. 의지를 보일 때까지 시간이 좀 걸릴 때도 있고, 절망으로 자포자기하는 경우도 분명히 있긴 하다. 그때는 섣부른 위로가 아닌 감정을 표현할 수 있게 돕고, 살아온 이야기를 들어주는 것이 무엇보다 중요하다.

그녀는 아직 본인이 폐암 때문에 수술한지 모르고 있는 듯했다. 아니 알지만 모른 척하고 있는지도 모른다. 아들은 의도대로 의료진과 함께 계속 폐렴으로 밀고 나가기로 한 것이다. 하지만 진실을 숨기는 아들 본인도 분명 괴로울 것이다. 면회를 마치고 중환자실을 나온 아들은 여동생에게 말했다.

"어머니한테 이제 잠깐 찾아온 평화로운 일상이었는데…. 그 깟 폐렴쯤이야 하고 혼자 힘으로 이겨내려고 하시는데 어떻게 암이라고 말할 수 있어."

"그래 오빠, 엄마 너무 불쌍해서 안 돼. 뒤로 미룰 수 있으면 조금이라도 그렇게 하자."

남매의 마음속에는 그런 생각이 확고한 듯했다. 그날 밤, 2차 수술을 위해 안정을 취하며 잠든 줄로만 알았던 그녀가 눈을 떴다. 그러고는 옆에서 수액을 교환하고 있는 나에게 넌지시 말을 건넸다.

"앞으로 나 얼마나 남았어요?"

"예? 아직 안 주무셨어요?"

"사실 내가 폐암이라는 거 알고 있어요."

그녀는 슬픔에 젖은 눈으로 나를 바라본 후 고개를 떨어뜨리며 말했다. 나는 순간 아들이 신신당부한 말이 뇌리를 스쳤다. '혹시 어머니가 물어보시면 폐렴이라고 말씀해주세요. 2차 수술만 하면 집에 가실 수 있다'라고. 그때 그녀는 이미 다 알고 있다는 눈빛을 보냈다. 이미 초월의 단계에 올라선 태연한 시선을 내게 보내고 있지 않은가.

"이번 수술로 경과가 좋을 겁니다. 힘내세요."

그렇다. 서로 진실을 알고 있지만 빤한 거짓말만 돌려 하고 있는 상황. 나는 정말 죄를 짓는 기분이었다. 그녀가 살아온 이야기에 공감도 했고, 이제 이야기를 주고받기 시작했는데…. 결국 나도 그녀도 알고 있는 진실을 말할 수 없었다. 그냥 진실을 알려드리고 뒷수습은 내가 감당해버릴까. '지금까지 거짓말해서 죄송합니다. 환자분 마음을 생각해서 차마 진실을 말씀드릴 수 없었어요. 실은 2차 수술 결과를 살펴봐야 알겠지만 치료하기 어려울지도 모릅니다. 물론 여기 의료진들도 치료하려고 최선을 다하고 있습니다. 부디 용기 잃지 마시고 힘내세요.' 하지만 나는 말하지 못했다. 모든 것을 달관한 듯한 그녀의 눈빛에서 그간의 마음고생이 모두 읽히는 듯했다.

아마 모두가 필사적으로 노력한다면 며칠 동안은 그녀에게 희망을 줄 수 있을지도 모른다. 하지만 자기 몸은 자기가 더 잘 알지 않는가. 그녀는 주위에서 뭐라 해도 자신의 몸이 보내는 신호, 날카롭게 엄습하는 불안감을 알아차릴 수밖에 없었을 것이다. 자신을 위해 거짓을 말해야 하는 자식들의 마음을 헤아리고, 또 자신에게 다가온 죽음을 받아들이는 것은 누구에게나 감당하기 힘든 괴로움일 것이다. 그녀는 아들과 딸을 위해 차마 자신이 알고 있음을 말하지도 못한 채, 홀로 고독하게 두려움과 슬픔을 견뎌내고 있었다.

2차 수술 날이 밝았다. 시계는 아침 7시를 막 지나고 있었다. 아직 어둠이 완전히 가시지 않은 아침을 맞이하고 있었지만 나는 우울함을 떨칠 수 없었다. 하지만 그녀는 나의 우울함 따위는 하찮을 정도로 더 힘겨운 아침을 맞이했을 것이다. 나는 평소와 다름없이 가벼운 어조로 인사를 건넸다.

"안녕히 주무셨어요?"
"네, 아침 공기를 맡고 싶으니 창문 좀 열어주시겠어요?"
그녀는 담담하게 청했다.

　2차 수술 후 다시 중환자실로 돌아온 지 열흘째 되는 날 밤, 그녀는 가족이 지켜보는 가운데 억척스런 65년의 생을 마감했다. 아들은 어머니의 심장이 멈추려 할 때, 의료진에게 응급소생술을 하지 말아달라며 그냥 편히 보내드리고 싶다고 말했다. 나는 그녀의 인생을 판단할 수 없다. 그리고 환자에게 병명을 숨긴 것에 대한 자녀의 결정에 대한 판단 역시 할 수 없다. 다만, 떠나는 사람과 남겨지는 사람이 서로 부둥켜안고 눈물을 흘리는 시간, 서로를 얼마나 사랑하는지, 서로가 얼마나 소중한 존재인지를 표현하는 시간을 가졌으면 좋았을 걸 하는 안타까움이 남는다.

나는 얼마나 떳떳했던가

나이팅게일 선서를 마음에 새긴 한 사람으로서 나는 환자 돌봄에 충실할 것과 나의 간호를 받는 사람에게 헌신을 다하겠다는 약속을 어긴 적이 있다. 간호사로 일한 지 1년쯤 되었을 때였다. 인간면역결핍바이러스HIV, 즉 에이즈 환자를 통해 씻을 수 없을 만큼 부끄럽고 수치스러운 나의 위선을 보고야 만 것이다.

대한에이즈예방협회 통계자료를 접한 적이 있는데, 결코 우리나라도 에이즈에 안전한 국가가 아니다. 보건복지부에 따르면 집계된 환자수가 이미 만 명을 넘은 지 오래이고, 한 해 새로 발생하는 환자수도 700명 이상으로 늘었다. 하지만 통계적 수치는 별 의미가 없다. 보건소에서 검사를 받고 감염내과가 있는 종합병원에 방문해 치료를 받을 정도의 환자는 그래도 이 병에 대한 식견이 있는 편이다. 하지만 자기가 감염되었는지도 모르거나,

또는 감염 사실을 숨기고 있는 환자까지 예상한다면 그 수는 과연 얼마나 될까? 요즘처럼 해외여행이 자유로운 시대에 에이즈 보균자 내외국인을 감안하면 예상 수치를 10배, 아니 20배수를 해야 하지 않을까?

에이즈 예방이나 퇴치운동을 이 글에서 다루고자 하는 것은 아니다. 그래도 에이즈에 대한 경각심은 몇 번이나 강조해도 지나치지 않는다. 에이즈는 말 그대로 후천적으로 면역이 결핍되는 병이라 그 자체보다는 면역력이 떨어져 아무 질병에 쉽게 감염되어 생명을 위협하는 병이다. 예를 들면, 감기가 심해 폐렴에 걸렸을 경우 보통 입원해서 항생제 치료를 병행하면 거의 완쾌된다. 하지만 에이즈 환자가 면역력이 떨어져 있을 경우에는 폐렴이 사망의 원인이 되기도 한다. 그래서 에이즈 환자 대부분은 폐렴, 결핵, 칸디다증(진균의 일종인 칸디다에 의해 발생하는 감염질환), 암 등 면역력 결핍이 원인이 되는 병원균 때문에 생을 마감하는 경우가 많다.

그날 나를 혼란에 빠뜨린 환자는 내시경 검사를 받으러온 에이즈 환자였다. 감염내과에서 소화기내과로 대장내시경 의뢰가 들어온 경우였다. 대장암으로 발전하는 경우도 종종 있기 때문에 에이즈 감염자라도 검사를 받아야 한다. 감염내과에서 진료를 받은 터라 진료기록이 소화기내과 의사, 간호사가 볼 수 있게 전산으로 넘어온다. 의료진이라도 최소한의 예방을 해야 하기 때문이다. 간호사들이 먼저 검사 전 처치를 해야 하므로 다들 누가 할 것인가에 신경이 곤두서 있었다. 겉으로는 태연한 척했지만 다들 신경 쓰는 눈치였다.

하지만 사람은 누구나 아프면 치료와 검사를 받을 권리가 있고, 의사는 환자를 검사하고 치료해줘야 할 의무가 있다. 간호사 또한 의료인으로서 검사와 치료에 있어 준비와 도움을 줘야 할 의무가 있다. 어느 나라든 국가로부터 면허를 교부받은 간호사라면 빈부귀천, 지위고하를 막론하고 모든 이에게 평등한 마음으로 간호 및 돌봄을 실행해야 한다. 아니 엄밀히 따지자면, 그것은 의무라기보다는 생명을 존중하는 한 사람으로서 당연히 해야 할 기본적인 자세이다. 한 사람이 태어나서 죽는 데는 차별이 없기 때문이다. 하지만 이건 머릿속 이론일 뿐이었을까?

그 환자가 대기실에 도착했다. 다들 조심스럽게 행동하는지라 그동안 병원을 다니는 일이 얼마나 외롭고 힘들었을지 짐작이 가고도 남았다. 환자는 그런 어색한 관심이 당연하다는 듯 받아들이면서도 작은 도움에도 감사하다는 말을 잊지 않았다. 검사 전 처치를 위해 대기실에서 준비실로 들어왔다. 1년 선배인 간호사가 나에게 대뜸 말했다.

"문 선생님이 남자니까 그 환자 혈관주사 잡고 링거 연결해주세요."

"예?"

선배가 의도적으로 나에게 떠넘기는 게 느껴졌다. '내가 남자 간호사니까 준비하라고? 남자 간호사는 에이즈에 안전하기라도 하다는 말인가.' 보통 일할 때 평정심을 잃지 않으려고 노력하는데, 선배의 그 말에 처참히 무너지고 말았다. 그래도 표정으로 드러낼 수 없어서 웃으면서 거절했다.

"하하! 우리가 하는 일에 언제부터 여자, 남자가 있었나요? 지금 급하게 다른 시술을 준비해야 해서 어쩔 수가 없네요."

선배는 나의 거절에 당황하는 기색이 역력했다. 나의 거절로 본인이 직접 에이즈 환자의 혈관을 찔러야 하기 때문이다. 의료인이 혈관주사의 바늘로 에이즈에 감염되는 경우는 드물지만, 주사바늘 관리의 부주의로 문제가 발생하는 건 사실이다. 장갑을 착용하면 손 감각이 좀 무뎌지기는 하지만 최대한 주의해서 하면 별 문제는 없다. 하지만 에이즈라는 편견으로 그런 상황에 노출되는 것이 싫은 것이다.

나는 급하게 준비하지 않아도 되는 시술 준비를 위해, 남자 간호사라고 시키려고만 드는 선배를 피해 통쾌하게 대기실 문을 나가려던 순간이었다. 대기실에서 두리번거리는 에이즈 환자와 눈이 마주쳤다. 도둑이 제발 저리 듯 나는 순간 당황함을 감출 수 없었다. 자기를 피해 도망간다는 사실을 아는 듯한 눈빛이었다. 아직도 그 순간을 잊을 수가 없다. 나는 그 자리를 피해 시술 준비하는 곳으로 서둘러 갔지만 아무 일도 할 수 없었다. 내 머릿속에 선과 위선이 한참을 다투고 있었기 때문이었다.

'이봐, 솔직히 에이즈 환자가 오는 게 반갑지 않지? 자신을 속이지 말라고. 남자 간호사라는 선배의 말 이전에 주사바늘로 감염될 수 있는 그 상황 자체가 싫은 거 아냐. 주사바늘을 넣으려면 그 사람의 손을 잡아야 하고, 혈관을 찾기 위해 팔을 여기 저기 만져야 하는 게 싫은 거지? 그 정도 접촉은 감염이 되지 않는다는 사실을 잘 알고 있는 의료인인데도 말이야. 그런데 일반인은 오죽하겠어? 만약 일반인이 한 대기실에 같이 있다는 사실을 안다면 숨 쉬는 것조차 피할 텐데 말이야.'

위선의 악마는 애써 회피하려는 나에게 속삭이듯 말했다.

'어차피 너도 착한사람 콤플렉스 같은 거 있지 않니? 환자를 그렇게 보내면 마음이 편치 않을 테니까 가끔 써먹는 수법 있잖아. 검사 마치고 퇴실할 때 가서 친절하게 설명하고, 이겨낼 수 있다는 희망찬 눈빛을 보내는 것 말이야. 이 경우도 그렇게 하면 돼. 너의 마음이 조금이라도 편해지는 방법일 거야.'

내 안에서 활개를 치는 위선의 유혹에 나는 순순히 마음을 빼앗기고 말았다. 검사를 마친 후 그 환자가 회복실에 있음을 확인하고 수면에서 깰 때쯤 그쪽으로 향했다. 그때까지도 내가 전부는 아니지만 일부는 좋은 일을 하고 있다는 자아도취에 빠져 있음을 깨닫지 못했다. 나는 수면에서 깨어난 환자에게 검사 후 주의사항과 식사시간, 향후 일정을 친절하게 안내했다. 그는 침상에서 일어나 주섬주섬 신발을 신으며 내게 말했다.

"선생님, 고맙습니다. 그런데 죄송하지만 이 병원은 오늘이 마지막일 것 같습니다. 그냥 고향으로 내려가 보건소에서 약을 지어 먹고 좋은 공기와 물을 마시며 살려고 합니다. 큰 병원에

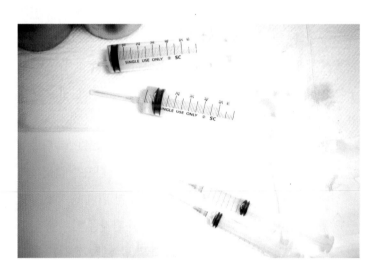

주사기는 그대로인데 우리는 그것을 필요에 따라 때로는 필요한 도구로,
때로는 위험한 기구로 만든다.

가면 나을 방법이 있지 않을까 지푸라기라도 잡고 싶은 마음에 눈치 없이 매달렸군요. 그동안 봐주신 것에 감사합니다."

아무것도 한 게 없는 내가 졸지에 의료진을 대표하여 그 환자의 인사를 받은 형국이 되었다. 환자가 회복실을 나가려는 순간 비로소 내 귀를 가리고 눈을 멀게 했던 위선의 유혹에 빠져 있음을 깨달았다. 내가 얼마나 위선덩어리였는지 내 자신을 조롱하는 웃음밖에 나오지 않았다. 환자를 돌본다는 미명 하에 마음 한 구석에 자리 잡고 있었던 위선 가득한 능구렁이의 실체를 그제야 알아차린 것이다.

그동안 당연하게 생각해왔던 나의 가치관이 강목으로 뒤통수를 한대 맞은 듯했다. 남자 간호사니까 에이즈 환자를 준비하라는 선배의 말에 반기를 든 것은 진심을 감추기 위한 핑계에 불과했고, 그 이면에 깔려 있던 내 행동은 이미 환자를 가리고 있었던 것이다. 그것도 내가 다루기 편하고 별 탈 없을 것 같은 환자들 위주로. 하지만 이미 엎질러진 상황을 주워 담을 수 없었고, 그날 이후 그를 다시는 만날 수 없었다. 회복할 기회마저 사라진 것이다. 그는 어느 한적한 시골 보건소에서, 대기실 구석에 웅크리고 앉아 이런 저런 눈치를 보며 자신의 몸을 보살펴줄 의료진을 찾고 있지 않을까. 다시 그를 만난다면 용서를 구하고 싶다. 환자를 환자로 간호할 수 있고, 돌볼 수 있는 눈을 뜨게 해주셔서 진심으로 감사하다고 또 죄송했다고….

거울 앞에서 우두커니 내 얼굴이 움직이는 것을 보았다. 순간 순간 변하는 얼굴은 내가 평소에 알고 있던 내 얼굴이 아니었다. 저런 표정은 그동안 어디에 있었던 것일까? 내 얼굴과 표정은 사회가 인정하는 한계 속에 머물면서 겨우 몇 가지의 모습으로 고착되어 있었다. 거울 앞에서 마음대로 표정을 지어보는 것 역시 익숙하지 않았다. 내 표정이 나도 어색했고, 마음 한구석에 내 의식은 갇혀 있었다. 일반적 기준과 위선이 나의 몸에 이미 자리 잡고, 나에게 허용된 개인적 밀실은 끊임없이 감시받고 있었다. 내 위선으로부터 나를 구해주고 싶었다. 사회적 편견에서 벗어나 나답게 살고 싶었다. 우리는 많은 사회생활을 통한 의도적 왜곡 속에서 다른 사람이 되어간다. 나는 슬그머니 내 얼굴 위에 존재했던 가면 하나를 벗어버렸다. 페르소나를 벗어버렸다.

세상에서 가장 쓸쓸한 죽음

DKNY는 독거노인의 약자이다. 브랜드 이름이냐고 물어보는 사람도 있지만, 독거노인 환자를 앞에 두고 말하기 힘들 때 이니셜만 따서 간호사들끼리 통용하는 은어이다.

"보호자는 연락됐나요?"

흉부외과 중환자실에 들어서자마자 교수님께서 담당 간호사인 나에게 던진 질문이었다. 나는 고개를 흔들며 대답했다.

"교수님, 아무도 연락이 안 돼요. 자제분 그 누구도 전화를 안 받아요."

"참, 너무하는군."

교수님께서 한숨을 내쉬며 수시로 전화해보라고 재촉했다. 보호자의 동의 없이 기관절개술 Tracheostomy을 할 수 없으니 답답할 노릇이었다.

할머니는 폐암으로 오른쪽 폐를 완전히 드러냈다. 왼쪽 폐로만 호흡하기는 힘들지만, 어느 정도 중환자실에서 자발호흡이 가능했고 의식도 원래대로 회복되었다. 하지만 본인이 스스로 가래를 뱉지 못해서 종종 90~100을 유지해야 하는 산소포화도 oxygen saturation가 정상 이하로 떨어지곤 했다. 대개 수술을 받으면 폐의 기능이 정상으로 돌아올 때까지 많은 기침을 해야 한다. 가래가 차서 기관지에 염증이 생기거나, 흉부 수술 시 통증으로 호흡을 깊게 하지 않아 정상적으로 증발되어야 할 수분이나 기관지 분비물이 모세기관지에 고이면서 기관지를 막는 경우도 있다. 그러면 폐 전체가 호흡이 원활하지 못하게 되고, 제대로 폐 조직에 공기가 들어가지 못해 무기폐가 발생하거나 분비물이 고인 채 썩어 폐렴으로 진행된다.

그래서 병원에서는 전신마취를 오래했거나 가슴, 복부 수술을 한 경우에는 환자에게 계속 기침을 하도록 시키고 기관지에 붙은 분비물이 떨어지도록 가슴이나 등을 두드리게 한다. 하지만 할머니는 분비물 배출이 원활하지 않은 상태가 지속되었다. 이런 경우는 빨리 기관절개술을 하고 일반 병실로 옮겨 다른 사람이 가래 배출을 도와주는 것이 좋다. 기관절개술에 대해 주치의가 설명하려고 하는데, 처음에 오던 보호자가 언제부턴가 병원에 나타나지 않았다. 간신히 전화 연결이 되어도 주치의와의 면담 시간에 나타나지 않더니 이젠 전화조차 받지 않는 것이다. 주치의도 교수님 눈치를 보면서 나에게 말했다.

"벌써 열흘 전부터 이야기했는데 왜 이렇게 안 오는 거지?"

나는 마지막 면회 때 보호자들이 주고받은 말을 조심스럽게 전했다.

"지난 번 면회 때 보호자가 그냥 퇴원하고 싶다고 말한 적이 있어요."

주치의는 교수님보다 더 깊은 한숨을 내쉰다. 사실 자발호흡이 가능하다고 해도 가래를 뱉을 수 없는 상태였고 자칫 폐렴이 올 수도 있었다. 한쪽만 남은 폐가 위험할 수 있는 것이다. 그래서 기관절개술을 하자는 것인데 수술 없이 퇴원하게 된다면, 최악의 경우 가래가 기도를 막아 죽음에 이를 수 있다. 주치의는 회진을 끝내면서 재촉했다.

"여하튼 연락되는 대로 꼭 병원에 오시라고 전해주세요."

며칠 뒤 전화 연결은 됐지만 지방이라는 핑계로 면회를 피했다. 끈질긴 연락 끝에 할머니의 아들과 딸이 주치의와 면담을 할 수 있었다. 하지만 이번에는 면담이 끝나자마자 다짜고짜 중환자실에서 퇴원을 하겠다는 것이었다.

"의사 선생님께서도 말씀하셨지만, 기관절개술을 하고 힘들어지면 결국 가정용 인공호흡기까지 달고 살아야 된다고 하니까…. 그냥 이대로 퇴원하고 싶습니다. 어차피 돌아가실 분이라면 고생시켜드리고 싶지 않아요. 퇴원시켜주세요."

주치의는 보호자에게 열변을 토하듯 다그친다.

"고생시켜드리는 것이 아닙니다. 기관절개술을 안 하고 지금

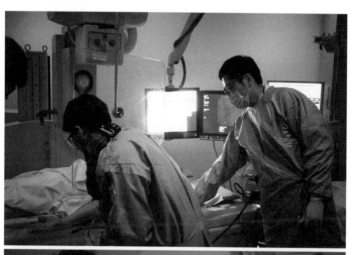

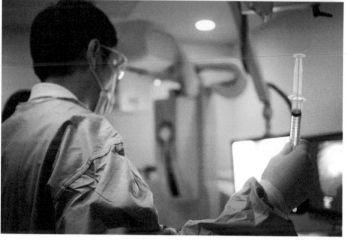

당장 퇴원하면 얼마 못 사시기 때문에 해야 한다는 것입니다."

보호자는 너무나 강경한 주치의의 태도 때문인지 마지못해 기관절개술에 동의했다. 기관절개술은 이비인후과에서 흉부외과로 협진으로 하는 것이라 곧바로 수술 날짜가 잡혔다. 이윽고 기관절개술 당일이 되었다. 나는 보호자가 왔는지부터 확인했다. 간단한 시술이라도 수술 당일인데 오겠지 하는 마음으로 기다렸지만 수술이 끝나고 나서도 아무도 면회를 오지 않았다.

"정말 너무들 하시네."

아무리 보호자가 관심이 없어도 수술할 때만은 얼굴을 비치곤했는데, 수술 날짜를 알고서도 오지 않은 경우는 처음이었다. 어차피 수술 동의서야 주치의가 지난 번에 받아놓은 상태였지만, 씁쓸한 마음을 감출 수 없었다. 기관절개술을 한 후 잠들어 있는 할머니를 우두커니 바라보고 있자니 한없이 가엾다는 생각이 몰려왔다. 얼굴과 손을 보니 전형적인 평범한 시골 할머니였다. 평생 자식들 뒷바라지만 하다가 자신이 쥐고 있는 것은 하나도 없는 초라한 모습. 자식이 있어도 독거노인이 따로 없구나 하는 생각이 들었다.

할머니가 과연 상속할 재산이 많았어도 이런 대접을 받았을까? 절대 아닐 것이다. 환자 중 365일 보호자가 옆에 있는 경우가 있다. 순수하게 효성이 지극한 보호자도 분명 많을 것이다. 하지만 중환자실 밖 대기실에서 오가며 이야기를 들어보면 백이면 백 쌓아둔 재산이 많은 환자일수록 보호자가 항상 곁에 있다.

재산은 참으로 요물인 것 같다. 살아 있을 때도 죽을 때도 그 놈의 돈은 사람을 놓아주지 않는다. 재산을 움켜쥔 사람은 죽을 때도 사람들의 애도를 받지만, 재산이 없는 사람은 아무도 거들떠보지 않는다. 심지어 자식마저도.

"할머니, 재산이라도 좀 움켜쥐고 계시지 그러셨어요."

마취에서 덜 깬 할머니 앞에서 나도 모르게 원망 섞인 말을 내뱉고 말았다. 마취에서 아직 덜 깨어나 듣지 못하실 것이었다. 차라리 마취에서 천천히 깨어나 아무도 오지 않은 이 사실을 조금이라도 늦게 알았으면 하는 마음마저 들었다. 할머니는 기관절개술 4일 후, 보호자의 요청에 따라 퇴원했다. 시골의 요양병원으로 옮기라는 의료진의 의견을 거절하고 집으로 가셨다. 나는 가래 뽑는 방법을 성의를 다해 알려드렸지만 건성으로 배워가는 것을 보면, 아마 며칠 못 넘기셨을 것이다.

한번은 소화기센터 내시경실로 부서이동을 했을 때의 일이다. 점잖게 옷을 차려 입은 할머니가 어눌한 걸음으로 비수면 위내시경을 받기 위해 혼자 방문했다. 70세의 할머니는 노인성 질환으로 파킨슨병을 앓고 있어 말과 행동이 부자연스러웠다. 검사에 앞서 할머니가 약간 경직된 어투로 말을 건넸다.

"최근에 살이 너무 많이 빠져서 검사를 받는 게 겁난다."

"할머니, 너무 걱정하지 마세요. 최대한 편안하게 검사해드릴게요."

담당 소화기내과 의사는 할머니를 안심시킨 후 바로 검사를 진행했다. 나는 옆에서 조직검사를 할 수 있게 도왔다. 조직검사를 할 때의 슬픈 예감은 틀린 적이 없다. 육안으로 관찰할 수 있을 만큼 이미 위암이 상당히 진행된 상태였다. 검사를 마친 후 할머니께 혹시 보호자가 같이 왔는지 여쭈어보았다.

"할머니, 혹시 아드님이나 따님 있으세요?"

"왜 많이 안 좋아? 안 좋으면 안 되는데. 나 혼자라서 아무도 없어."

"나중에 병원 왔다 갔다 하실 때 힘드실 것 같아서 말씀드리는 거예요."

"우리 할아버지는 10년 전에 먼저 죽었고 자식도 없어 나는. 그래서 주민센터에서 자주 와서 매일 도시락도 주고 해. 사회복지사가 올 때 같이 와야겠네."

그나마 할머니는 사회 제도권 안에서 돌봐주는 혜택을 받고 있었다. 자원봉사자들이 도시락을 전달하며 할머니에게 관심을 기울이고, 긴급한 일이 생기더라도 전화기에 부탁된 호출버튼을 누르면 119에서 즉각 달려오는 안전장치가 설치되어 있다고 했다. 쓸쓸하게 투병하는 환자들 중 가족이나 자식이 있어도 연락 두절인 경우가 많고, 아예 보호자가 없는 경우도 있다.

고독사孤獨死라는 말을 들어본 적이 있는가. 대개 혼자 사는 환자나 노인이 제대로 간호를 받지 못하고 본인이 사는 집에서 돌연사하는 것을 말한다. 이런 경우 죽은 후 오랫동안 발견되지 못하는 경우도 적지 않다. 우리 주위에 생의 아름다운 마무리는커 녕 외로이 죽음을 맞이하는 이가 없는지 관심 있게 둘러봐야 한 다. 지금 바로 이 순간에도 쓸쓸하게 투병하며 죽음과 맞닥뜨린 누군가가 있을 것이고, 자신의 상황이 발견되기를 바라는 사람 도 있을 것이다. 누구나 나이를 먹고 병이 생기고 죽음을 맞이하 게 된다. 우리 자신이 이런 것과 마주했을 때 쓸쓸한 투병생활, 고독한 죽음이 되지 않으려면 이제라도 이런 일에 조금의 관심 을 가져야 할 것이다.

오토바이 사고, 그 이후

병원 응급실에 실려 오는 교통사고 빈도수를 볼 때, 가장 치명적이고 후유증이 많은 것은 오토바이 사고이다. 밤에 가끔 운전을 하다 보면 대로변에 안전장비 없이 오토바이를 몰고 질주하는 젊은 친구들을 발견할 수 있다. 사실 안전장비를 착용하느냐의 문제는 죽느냐 혹은 반신불수냐의 차이이지 그다지 큰 의미가 없다. 도로를 질주하는 그들을 중환자실로 데려가 오토바이 사고 환자를 보여주며 '이런 일 당하고 싶지 않으면, 오토바이 타는 거 다시 한 번 생각해보세요'라고 말해주고 싶다.

이렇게 위험한 오토바이를 왜 타는 것일까? 물론 이렇게 말하는 사람들도 있다. 타고 싶은 욕구는 아무도 말릴 수 없다. 자동차 사고도 위험하기는 마찬가지이다. 암벽등반이나 익스트림스포츠 사고가 났을 때 죽을 확률 역시 높지 않나. 오토바이에 대한 편견을 갖지 말라는 것이다. 충분히 설득력 있는 말이다. 하지만 나는 오토바이 사고를 오로지 의료인의 시각에서만 바라보고 말하려 한다.

신경외과 중환자실 간호사의 사직으로 한 달간 지원요청을 나갔을 때의 일이다. 그때 그는 45세의 오토바이 사고 환자로 10시간에 이르는 대수술을 거쳤음에도 불구하고 생존 여부가 불투명한 상태였다. 경막하출혈로 신경외과에서 머리 쪽 수술을 담당했고, 비장파열로 외과에서 비장 절제술을 시행했다. 비뇨기과에서는 손상된 신장을 제거하는 적출술을 시행했고, 기타 손상 부위는 추후 환자 상태를 보면서 치료를 진행하기로 결정된 상태였다. 하지만 수술 중 마취과에서 인공호흡기를 걸고 산소를 공급해줘도 산소포화도는 80퍼센트 정도에 불과했다. 수술이 마무리되고 중환자실로 이송하여 가슴 사진을 확인하니, 역시나 폐 좌측으로 공기와 피가 고이는 긴장성기흉과 혈흉이 나타났다. 환자의 혈압과 산소포화도가 유지되지 못했기 때문에 심장이 우측으로 심하게 쏠려 있었던 것이다.

흉부외과에서 혈흉을 치료하기 위해 흉관을 삽입하자는 회신이 있었지만, 바로 시술이 시행되지 않았다. 흉부외과 중환자실에서의 경험으로 비추어볼 때 내심 불안했었는데, 그 예상이 정확히 들어맞았다. 산소포화도를 알리는 알람이 계속 울렸다. 산소를 불어넣는 암부백을 미친 듯이 짜도 90~100퍼센트가 유지되어야 할 산소포화도가 45퍼센트밖에 되지 않았다. 흉부외과적

응급상황이라 판단한 신경외과 주치의는 바로 흉부외과에 지원
요청을 하였다. 대개 그런 상황일 때, 가슴에 구멍을 뚫고 흉관
을 삽입하여 긴장성기흉과 혈흉으로 인한 압박을 풀어주는 것이
급선무이다.

나는 흉부외과 의사가 도착하면 바로 흉관을 삽입할 수 있도
록 준비하고 있었다. 요청한 지 2분 만에 흉부외과 의사가 도착
했다. 바로 늑간 쪽으로 1센티미터 정도 절개한 후, 캘리(절개한
부분을 벌린 상태로 고정하는 기구)로 늑간근을 벌리고 흉막을 확인
했다. 곧바로 '뻥' 하는 소리와 함께 흉막이 뚫렸다. 그 사이로
'쉬쉬' 공기가 빠지는 소리와 함께 빨간 혈액이 배액排液되었고,
튜브를 밀어 넣어 배액을 유지했다. 1분도 되지 않아 600cc에 달
하는 시뻘건 핏물이 쏟아져 나왔다. 충격으로 폐조직이 손상되
었을 때는 흉막강pleural space(호흡할 때 폐가 늘었다 줄었다 하는 공간)
의 삼출물이나 공기를 제거해야 했다. 염증 및 흉막강 내에 폐의
허탈이 동반되어 호흡부전의 위험이 있기 때문이었다.

눈 깜짝할 사이에 벌어진 일이라 당황스러웠지만, 한 번씩 흉
부외과 중환자실에서 하는 일이라 무사히 시술을 도울 수 있었
다. 다행히 환자의 산소포화도가 95퍼센트까지 상승했다. 하지
만 이미 벌어진 동공과 혼수상태로 접어든 의식은 돌아오지 않
았고, 결국 인공호흡기에만 의존하는 보존적 치료만 시행하며
경과를 관찰해야 했다. 응급상황 정리 후 면회를 위해 보호자들
이 들어왔다. 혼수상태인 환자를 보며 부모와 아내는 너무나 슬

프게 울었다. 그렇게 타지 말라고 말렸던 오토바이로 결국 이렇
게 되었다면서 말이다.

한 달 남짓 시간이 지났을까, 병원 법당 앞을 지나다 우연히
오토바이 사고 환자의 아내를 보았다. 초췌한 모습의 아내는 울
먹이면서 스님과 대화를 나누고 있었다. 혼수상태인 남편을 보
기가 심적으로 고통스러워서일까 한탄 섞인 말이었다.

"스님, 제가 전생에 무슨 잘못을 했다고…. 그렇게 타지 말라
고 했던 오토바이를 타서 사고 난 남편이 밉고, 그 모습을 계속
지켜보기가 너무 힘들어요."

오토바이 사고로 인해 한 가정이 풍비박산 나고, 아내가 혼자
감당하기에는 힘든 상황임이 절실히 느껴졌다.

"처음에는 그런 남편이 야속하기만 했는데 시간이 좀 지나니
현실이 눈에 들어와 어떻게 해야 할지 모르겠어요. 제가 계속 병
원에 붙어 있어야 하니 남편이 운영하는 식당에도 못 나가고, 기
적적으로 깨어난다 해도 중증장애를 안고 살아야 하고…. 저는
앞으로 아이들과 어떻게 살아가야 할까요?"

대부분 오토바이 사고는 최대한 수술과 보존적 치료를 지속하
다가 결국 장기이식을 하는 경우가 많다. 이식이 결정되면 외과
이식팀에서 장기적출을 위한 수술을 진행한다. 대부분 혼수상태
에 빠진 오토바이 사고 환자의 경과는 이런 식이다. 하지만 부모
님의 완강한 거부로 오로지 기계에 의해 생명을 유지했던 이 환
자는 한 가정의 남편이자 아이들 아버지였다. 이런 상황에서 아

내에게는 남편이 죽어도 문제이고 살아도 문제였던 것이다.

오토바이 사고로 인해, 아니 오토바이 사고뿐만 아니라 중증 질환으로 인해 이차적으로 발생하는 주위 사람들의 심적 고통과 갈등을 짚고 넘어가야 한다는 생각에 많은 고민을 했었다. 적어도 내가 생각하는 돌봄이라는 것은 환자뿐 아니라 보호자, 주위 사람들에게도 같이 이루어져야 한다. 물론 환자 본인이 제일 힘들겠지만, 환자를 돌봐주는 보호자 또는 주위 사람들도 육체적, 정신적, 경제적으로 힘들기 때문이다. 적어도 이런 상황일 때 보호자들에게 정서적인 지지라도 해줄 수 있는 부분이 없을까.

나는 불자가 아니지만 우연히 읽은 법륜스님의 《스님의 주례사》를 통해 막연했던 그 질문에 어렴풋한 한 가닥의 해답을 찾을 수 있었다. 한 아내가 뇌사상태에 있는 남편을 보고 느끼는 복합적인 감정에 대해 스님은 이렇게 말씀하셨다. '차라리 죽었으면' 생각하다 죄의식을 느끼게 되고 '안 죽고 오래 살면 어떻게 하나' 하는 걱정을 하게 되는, 이래도 문제이고 저래도 문제인 곳이 중생세계라는 것이다. 아내의 입장에서는 남편을 바라보고 있는 것이 힘들긴 하지만, 그래도 살아 있기 때문에 가능한 것이 아닐까. 반대로 환자로 누워 있어 남편이 아내를 돌보는 것이 나을까, 아니면 자신이 힘들어도 남편을 돌보는 게 나을까? 그래도 병상에서 인공호흡기에 의지하며 외롭게 사투를 벌이고 있는 남편보다는 낫지 않을까. 그렇게 남편을 돌보다가 회복이 되던 임종을 하게 되던 최선을 다했다면 자식과 스스로에게는 떳떳할 수 있다. 이때 다른 누구도 아닌 바로 아내 마음이 가장 편안하고 행복해질 것이라는 말씀이었다.

45세의 오토바이 사고 환자는 결국 부모님, 아내의 동의 하에 장기이식이 결정되었다. 수술 몇 시간 전, 여전히 말없이 누워 있는 남편을 바라보며 아내는 하염없이 눈물만 흘렸다. 누구도 오토바이 사고 환자의 아내와 부모님의 선택을 옳다 그르다 판단할 수 없을 것이다. 죽은 자도, 남은 자도 서글플 뿐이다.

이대로 가버리면 억울해서 어쩌나

추운 겨울의 어느 날 새벽, 여든일곱 살의 한 남자가 생을 달리했다. 그가 생애 마지막 5주 동안에 겪은 중환자실에서의 고난은 실낱같은 희망조차 가질 수 없는 비참함의 연속이었다. 실제로 그는 중환자실에서 인공호흡기에 의지한 채, 혈액 투석을 위한 지속적 신장대체요법Continuous Renal Replacement Therapy, CRRT을 통해 수면상태를 유지하면서 이루 말할 수 없이 고통스러웠을 것이다. 이 고통에서 벗어날 길은 오직 죽음밖에 없는 건 아닐까 하는 생각마저 들었다.

압좌증후군Crash syndrome이었다. 사고나 재해 등으로 장시간 좁은 공간에서 신체의 일부가 압박당했을 때 발생하는 것으로, 파괴된 근육세포에서 흘러나온 칼륨이나 미오글로빈 단백질과 같은 독성물질이 압박에서 해제되면서 급속히 혈액 속으로 흘러들어가 환자의 생명을 위협하는 현상이다. 발견자의 이름을 붙여 '바이워터 신드롬Bywater syndrome'이라고도 한다. 이 질환은 압박 이 풀려남과 동시에 적절한 수액 공급이나 혈액 투석으로 막을 수 있지만, 환자가 의식이 있고 대화를 할 수 있는 등 상태가 나 쁘지 않다고 잘못 판단해 방심할 경우 사망에 이를 수 있다. 2008년 5월 12일 발생한 중국 쓰촨성 대지진으로 매몰됐다 구 조된 사람 가운데 상당수가 압좌증후군으로 사망한 것으로 알 려졌다.

할아버지의 상태는 경운기 전복사고치고는 다행히 처참한 광 경은 아니었다. 밭고랑 개울가에 경운기가 전복되면서 핸들 앞 부분이 할아버지의 오른쪽 무릎과 대퇴골을 덮쳐 골절과 함께 압좌된 상태로 3시간 남짓 지난 후에 발견되었다. 다행히 생명 에 영향을 미치는 부위는 빗겨갔고 정상적으로 걷지는 못했지만 할머니의 부축을 받으며 보건소에서 간단한 치료를 받고 집으로 귀가했다. 보건소 의사가 시내 큰 병원에 가서 진료를 받아보라 고 권유했지만, 할아버지의 고집으로는 당치 않은 말이었다. 다 리가 시큰거리고 아팠지만 부축하면 걸을 수는 있었고 시간이 지 나면 괜찮을 거라는 자가진단 때문이었을 것이다.

할아버지가 다시 응급실에 도착했을 때는 사고가 발생한 지 꼬박 하루가 지난 뒤였다. 갑자기 쓰러진 후 급성심부전으로 이 미 사색이 된 채 의식이 없었고, 호흡 또한 금방이라도 정지될 것만 같은 상태였다. 도착하자마자 산소 흡입 조치와 심전도 모

니터링을 실시하며 수액을 보충하기 위해 혈관을 잡기 시작했
다. 그러나 혈압이 떨어져 있어 좀처럼 혈관을 잡기 힘들었다.
그러던 중 환자의 호흡이 정지되었고, 심전도 화면도 고르지 못
한 심장 박동을 나타냈다.

"기관 내 삽관 intubation 준비해주세요!"

환자의 정지된 호흡을 인공적으로 관리하는 데 필요한 응급조
치였다. 얼마 지나지 않아 심전도가 일직선을 그렸다. 마침내 심
장도 멎은 것이다. 바로 심장 마사지를 시작했다. 응급주치의와
인턴 의사가 뛰어들어왔다. 응급주치의는 기관 내 기도를 확보
한 후 바로 기관 삽관을 실시했고, 인턴들은 교대로 심장 마사지
를 지속했다. 간호사들도 일사분란하게 움직이면서 그 상황에
대처하고 있었다. 환자의 심장은 그제야 다시 규칙적으로 뛰기
시작했다. 하지만 자발적인 호흡은 회복되지 않았다. 환자는 다
양한 약물과 인공호흡기에 의지하며 바로 중환자실로 옮겨졌다.
일련의 일들이 적혀 있는 간호 기록을 보자 영화처럼 그려졌다.
만약 사고 후 병원으로 바로 갔었다면 급성신부전이 발견되었을
것이고, 혈액 투석으로 칼륨 농도 조정이 이루어져 심장이 멈추
는 사태는 막을 수 있었을 것이다.

중환자실 면회시간에 보호자인 할머니가 오셨다. 자식도 없이
혼자였다. 할머니는 덧가운을 입은 채 침착하게 할아버지 옆에
서 계셨다. 주치의는 할아버지의 상태를 상세히 설명했다.

"할머니, 할아버지 상태가 많이 심각해요. 심장이 멈췄다가

다시 뛰게 만든 상태이고 콩팥이 다 망가져서 투석을 계속해야 해요. 그리고 혼자 숨을 못 쉬기 때문에 기계가 계속 숨을 쉬게 해야 하고요."

"선생님, 나 저 양반 옆에 있게 해주면 안 되겠소? 내가 저 사람이랑 같이 있으면 얼마나 있겠소? 여기는 하루에 오전과 오후 30분씩밖에 면회가 안 된다던데, 귀찮게 안 하고 쥐 죽은 듯 가만히 있을 테니 저 양반 옆에 있게 해주오."

당연히 안 되는 일이다. 외부의 병균이 중환자실 내로 들어오는 것도 문제이지만, 중환자실 규칙이 깨지면 다른 보호자들도 들여보내 달라고 요구할 것이 분명했다. 할머니의 간절한 부탁에도 야박하지만 어쩔 도리가 없었다.

"할머니, 죄송하지만 안 될 것 같아요. 다른 환자에게도 방해가 되고 지금은 할머니가 옆에 계셔도 알아보지 못하고 계속 잠만 주무실 겁니다. 차도가 있으면 바로 연락할 테니 염려 마세요."

그러자 할머니는 긴 한숨을 내쉬면서 넋두리처럼 말한다.

"우리는 자식도 없고 할아버지와 나 단둘이라오. 저 양반 이대로 가버리면 억울해서 어쩌나…."

할머니는 힘없이 중환자실을 나가며 사고 후 할아버지의 고집을 꺾지 못하고 병원에 데리고 가지 못한 것을 후회했다. 대부분의 중증 중환자들이 그러하듯 할아버지의 상황은 날이 갈수록 악화되었다. 가슴 사진을 보니 폐 주변으로 삼출액이 가득 차 있었고 투석에도 불구하고 신장이 손상되어 복수가 찼으며 팔다리에 부종도 생겼다. 병원의 모든 의료진이 필사적으로 매달렸지만 결국 할아버지는 그 길로 세상을 떠나고 말았다.

할아버지가 그렇게 가시던 날, 할머니는 아무 말 없이 눈물만 흘리셨다. 통곡의 울부짖음도 없었다. 할아버지의 손을 놓지 않은 채 마지막 숨이 멎는 순간과 심전도기기의 파동이 늘어지는 순간을 지켜보며 그렇게 서 있었다. 중환자실 내에는 기계 알람 소리 외에는 무거운 침묵만이 흘렀다. 할아버지의 몸에 들어가 있던 수액관, 바늘들을 다 제거하고 깨끗하게 씻겨드리고 사후 처치를 한 뒤에 중환자실 밖으로 옮겼다. 단순 골절 정도로 알고 멀쩡히 하루를 잘 생활하다가 갑자기 마른하늘의 날벼락 같은 죽음이었다.

중환자실에서는 그다지 드문 일도 아니지만, 나는 문득 인간이 죽음을 맞이할 장소로 한 평 남짓한 병상 위가 적합하지 않다는 생각이 들었다. 간호사로서 환자를 대하면서 무책임하다는 소리를 들을지 모르지만, 할머니는 사랑하는 할아버지를 중환자실에 두고 고작 하루에 30분씩 두 번씩 35일간 짧게 만나고 보내야만 했다. 사실 할아버지는 중환자였기 때문에 어쩔 수 없이 그곳에서 생명을 유지할 수 있었다. 그런데 내가 만약 불치병에 걸리거나 생이 얼마 남지 않았다면, 내 마지막 삶을 결코 답답한 침대 위에서 보내고 싶지는 않을 것 같다.

한 가지 덧붙이자면 만약 마지막 순간에 인간으로서 존엄을 지키며 죽음을 맞이하고 싶다면 이런 제안을 감히 하고 싶다. 자신의 죽음이 확실해졌을 때, 절대로 무의미한 심폐소생술을 하지 말고 그냥 조용히 생을 마감할 수 있게 해달라고 말이다. 보호자 입장에서 보면 마지막까지 어떤 처치라도 해드리는 것이 최선이며 마땅한 도리라고 생각할지 모른다. 하지만 많은 환자들처럼 최후의 순간에 엉망진창이 되어버릴 가능성이 많다.

대부분 사람들은 죽음을 앞둔 환자에게 무엇을 더 해주어야 하는가의 관점에서 생각하고 행동한다. 환자의 입장보다는 의료인의 입장에서, 보호자의 입장에서 최선을 다하려고 노력한다. 회생 가능성이 있는 환자이든 그렇지 않은 환자이든 최선을 다해야 하는 것도 분명 당연하다. 하지만 과연 말기 암환자와 같은 죽음을 받아들여야 하는 환자에게 그것이 최선일까? 환자의 입장에서가 아닌 각자의 입장에서 고군분투하는 모습이 환자가 생을 마감한 후 남게 될 고통과 후회를 애써 외면하려는 것처럼 느껴지는 건 왜일까.

인생은 한 번밖에 없고 죽음이라는 것도 인간에게는 단 한 번밖에 주어지지 않는다. 그 한 번뿐인 시간을, 비록 생을 다하는 순간일지라도, 주위 의지가 아닌 본인 의지로써 충분히 존중받으며 보낼 수 있다면 환자에게 있어서 그것이 최선일 것이다. 내 삶이 내 것인 것처럼 결국 목숨의 주인공도 본인이라는 것을 본인도 주위 사람도 간과하지 않았으면 한다.

3

삶은
누 구 에 게 나
평등하다

3만 피트 상공의 위급상황

나는 내게 일어나는 일에 가끔 놀랄 때가 있다. 특히 비슷한 상황이 내 의지와는 상관없이 일정한 간격을 두고 다시 발생할 때 뭔가 모를 세상이 반복해서 돌아가고 있다는 느낌마저 든다. 두 번이나 겪은 내 경험을 바탕으로 말이다.

첫 번째 일은 나중에 내가 중환자실을 선택한 계기가 되어준 사건이기도 했다. 당시 나는 무조건 하와이행 비행기에 몸을 실었다. 간호사 국가고시를 합격한 후 병원 신입교육 때까지 2개월의 여유가 있었기 때문이다. 사실 하와이행이 처음은 아니었다. 예전에 간호학과 교환학생으로 하와이주립대학교에서 1개월 남짓 실습을 하고 돌아온 적이 있었다. 그때 했던 '꼭 하와이를 다시 오리라'는 굳은 결심이 나를 하와이로 인도했던 것이다.

일본 하네다를 경유하여 하와이로 들어가는 비행기를 탔다.

경유 항공권이라 시간이 더 걸렸지만 일본 국적기라 안도하는 마음으로 기다렸다. 오후 늦게야 하네다 공항에서 하와이로 출발했는데, 새벽부터 나선 탓인지 비행기가 이륙하자마자 나는 잠이 들었다. 시간이 한참 지났을까. 깊은 잠을 자고 있는데, 통로를 가운데 두고 내 옆자리에서 뭔가 어수선한 분위기가 느껴졌다. 곧 연이은 승무원의 기내방송이 나의 잠을 깨웠다.

"긴급환자가 발생했으니 의사나 간호사, 의료진이 있으면 40D 자리로 와주십시오!"

일어, 영어 번갈아가며 계속 안내방송이 나왔다. 나는 잠결에 눈을 뜨면서 옆 상황을 지켜봤다. 기내에 의사가 아무도 없는 것인가. 한 승무원은 바닥에 누워 있는 환자를 두고 응급처치를 할 자리를 확보하며 의식을 확인하고 있었고, 다른 승무원은 의료 장비를 신속하게 준비하고 있었다. 솔직히 그때 나는 "저요!"라고 손들고 나서지 못했다. 나는 이제 갓 간호사 국가고시를 합격한 상태였고, 군대와 간호학과에서 응급처치를 배우기는 했지만 실제 임상에서 해본 적이 없었기 때문이었다. 그리고 자다 일어난 내가 간호사라고 나서면 사람들이 주목할 텐데, 그 순간을 상상하자 등에 식은땀이 흘러내리는 듯했다.

응급처치는 기억을 더듬어 배운 대로 한다고 하자. 하지만 상황 설명을 시키면 어떻게 하나? 일어는 인사나 겨우 할 정도이고 영어도 자신이 없는데, 영어로 말을 해야 하는 상황이 올까봐 지레 겁도 났다. 그래서 일단 숨죽이고 가만히 있었는데, 2분 이상을 기다려도 의사가 나타나지 않았다. 기내 스피커에서는 의사, 간호사가 아니더라도 기타 의료계 종사자라도 나와서 도와달라고 계속 방송이 나왔다. 드라마에서 보면 이런 위급한 상황에 누군가 멋지게 나서서 환자를 구하곤 한다. 하지만 지금은 현실이 아닌가, 그것도 땅이 아닌 하늘이란 곳에서 말이다.

시간만 지체되고 있는 상황에서 누군가 의사라며 손을 들고 나타났다. 내 앞자리에 앉은 신혼여행을 떠나는 신랑이었다. 심지어 그는 한국인이었다. 그 용기가 대단하고 멋져 보였다. 비행기에서 의사호출doctor call을 받으면 선의로 호출에 응하더라도 환자에게 합병증이 발생할 경우, 의료사고로 소송에 휘말릴 수 있다. 그때문에 선뜻 나서지 못하는 경우가 대부분이다. 더구나 그는 신부랑 단둘이 가는 신혼여행 중인데 얼마나 많은 심적 갈등을 겪었을까.

다행히 한국어를 할 수 있는 승무원이 의사에게 환자에 대해 상황을 설명하기 시작했다. 나는 옆에서 그 상황을 그대로 들을 수 있었다. 70대의 일본 할아버지였는데, 협심증과 고혈압으로 약을 복용하는 분이었다. 가슴 통증이 있을 때 먹는 약을 챙겼다고 했는데 가방에 들어 있지 않았다. 소변을 보기 위해 화장실에 가려고 좌석에서 일어서는 순간, 가슴을 쥐어짜는 듯한 통증이 몰려왔던 것이다. 할아버지는 그 자리에 주저앉았고, 식은땀이 흐르고 몸이 차가워지며 얼굴을 찡그리고 있었다. 만약 통증이 계속되면 심장마비까지 올 수 있는 상황이었다.

비행기 전체를 관장하는 운항 승무원은 무선으로 기장과 환자의 상태를 교신하고 있었고, 나머지 승무원들은 다른 탑승객을 안정시켰다. 그러고는 의사의 지시대로 기내방송을 반복해서 내보냈다.

"혹시 탑승객 중 협심증 약을 복용하는 분이 있으시면 알려주십시오!"

우리가 탔던 비행기는 승객을 많이 태울 수 있는 2층짜리 비행기였기 때문에 분명히 심장질환 약을 갖고 있을 확률이 높았다. 천만 다행이었다. 승객 중 누군가가 그 약을 가지고 있었다. 협심증 약물 중 하나인 니트로글리세린Nitroglycerin이었다.

협심증angina pectoris은 3개의 관상동맥 중 어느 한 곳이라도 급성이나 만성으로 협착이 일어나는 경우, 심장의 전체 또는 일부분에 혈류 공급이 감소하면서 산소 및 영양분이 급격하게 줄어들어 심장 근육이 이차적으로 허혈상태에 빠지게 되는 현상을 말한다. 쉽게 말해 심장 근육에 혈액을 공급하는 관상동맥 장애로 관상동맥의 산소 공급량이 심근의 산소 요구량보다 부족해서 흉통, 호흡 곤란 등이 발생하는 질환이다. 이때 니트로글리세린을 삼키지 말고 혀 밑에 두고 녹여서 흡수되도록 하고, 흉통이 사라질 때까지 5분 간격으로 3회 연속 복용한다. 그러면 관상동맥이 확장되어 통증이 완화되는 것이다.

일본 할아버지는 고맙다며 연신 고개를 숙여 감사를 표했다. 의사가 다시 기내 객실로 들어섰을 때 탑승객들이 일제히 환호

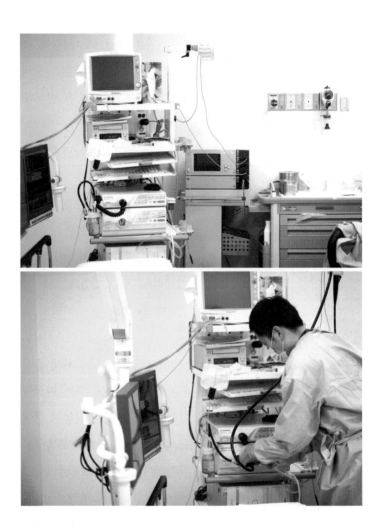

하기 시작했다. 그때의 벅찬 감정이란 말로 표현할 수 없을 것이다. 비행기가 호놀룰루 공항에 착륙하고 탑승구 문이 열리자 대기 중이던 의료진 두 명이 기내로 들어와 할아버지를 진료하기 시작했고, 그 사이 승객들은 다른 쪽 통로를 이용해서 내려갔다. 한국인 의사는 미국 의료진에게 간략하게 상황을 설명하고, 구급차에 할아버지가 실려 가면서 사건은 일단락되었다.

이렇게 입사 전 마지막 하와이 여행을 마치고, 간호사로서 첫발을 내딛게 되었다. 심장내과 중환자실, 흉부외과 중환자실을 2년 동안 거치며 기본적인 소생술 BLS Basic Life Support를 비롯하여 전문심장구조술까지 습득할 수 있었다. 그리고 잠시 회상에 잠긴다. 만약 그때 하와이행 비행기 상황으로 돌아간다면, 나는 어떤 모습이었을까?

병원에 입사한 후 3년 차가 되던 해, 하와이행 비행기의 영웅이었던 그 의사를 지금의 병원에서 다시 보게 되었다. 아버지의 비뇨기과적 질환 때문에 진료에 따라갔다 우연히 만난 것이다. 우리 병원 비뇨기과 전공의였다니. 아버지가 오전 마지막 진료 환자여서 진료가 끝난 뒤, 나는 그때의 상황을 꺼내며 반가움을 표하고 정말 멋있었다고 덧붙였다.

"어떻게 아세요? 그때 같은 비행기에 타고 계셨나요?"

"네, 그날의 기억이 아직도 생생해요."

그도 그때 상황을 떠올리며 고개를 절레절레 흔들다 쓴웃음을 지으며 이야기를 이어갔다.

"사실, 그때 저도 많이 난감했어요. 신혼여행 중이었고 명색이 의사 남편인데 아내 옆에서 그냥 앉아 있기도 창피하고 그래서 나서기는 했지요."

"많은 고민을 했을 거라 짐작은 했었어요."

"보시다시피 저는 비뇨기과 전공의라⋯. 주로 허리하학적인 과잖아요. 실제로 신장이나 방광, 전립선 쪽 문제였다면 자부심을 가지고 대처했을 거예요. 하지만 심장 문제라고 하니 그때는 정말 비뇨기과 의사라고 외치고 싶은 심정이었죠."

"그랬군요. 승객들이 의사라고 할 때 얼마나 다행으로 생각했는데요. 그때 전공까지는 아무도 생각할 겨를이 없었죠."

"어쩌겠어요. 이미 의사라고 나선 상태인데 비행기 안이라 숨을 수도 없고. 머릿속으로 인턴 때 응급실 근무 경험을 되살리며 환자를 보았죠. 다행히 흉통만 있었고 활력징후는 괜찮았죠."

"그래도 정말 침착하게 잘하더군요. 정말 부러웠습니다."

"승무원이 항공사 소속 의사와 연결해주더군요. 의무기록을 공식문서로 남기는 것과 응급키트를 열었을 때 중요한 물품이 어디에 있는지도 알려줬어요. 응급키트에 없는 게 없다 싶을 정도로 물품이 많았는데 저는 찾지도 못하겠더라고요."

당시의 상황을 직접 시행했던 의사에게 들으니 다시 그때로 돌아간 듯했다.

"그래도 아무 일 없이 무사히 착륙해서 다행이었죠."

"지상 착륙 후 사무장과 기장이 나와 회항할 수도 있는 상황이었다며 고맙다고 하더군요. 참, 돌아올 때는 항공사의 호의로 일등석으로 옮겼고, 그곳에서 기내식까지 제공받았습니다. 저와 와이프는 덕분에 일등석에서 편안히 기내식을 먹으며 왔죠. 정말 잊을 수 없는 신혼여행이었습니다. 하하하."

해피엔딩이라 이렇게 웃으면서 지난 이야기를 꺼낼 수 있지 않았을까. 그래서인지 나는 비행기만 타면 하와이행 비행기에서의 상황이 떠오르곤 한다. 그러나 그때까지도 내 앞에 또다시 응급상황이 재현될 거라고는 꿈에도 예상하지 못하고 있었다.

파리에 가기 위해 비행기에 몸을 실었을 때였다. 말동무도 없이 오랜 비행을 하자니 무척 심심하던 참이었다. 더군다나 외국 항공사라 동양인보다 서양인들이 훨씬 많은 비행기 안에서 이방인이 된 느낌마저 들었다.

나는 항상 통로 쪽 자리를 선호한다. 다리를 뻗을 수 있고 화장실도 다른 사람에게 양해를 구하지 않고 다녀와도 되기 때문이다. 내 자리에서 대각선 쪽에 앉아 있는 프랑스 여성이 눈에 들어왔다. 그녀는 탑승하자마자 승무원에게 안대를 요청해 고개를 돌린 채 잠을 청하고 있었다. 나는 묵묵히 책을 읽다가 졸다가 영화를 보다가 그럭저럭 지루한 시간을 버티고 있었다. 그동안에도 그녀는 밥 먹을 때 한 번 일어나고, 와인을 서너 번 받아 마시는 것 말고는 계속 잠을 잤다. 그런데 그녀가 자리에서 일어나려는 순간 휘청거리며 그대로 거꾸러지는 것이 아닌가. 승무원이 달려오고 조용한 기내가 갑자기 소란스러워졌다.

승무원은 그녀 주위의 승객을 다른 곳으로 안내한 후, 팔걸이를 치우고 의자 네 개를 침대 삼아 그녀를 눕혔다. 그러는 동안 다른 승무원이 불어와 영어로 기내방송을 하기 시작했다. 응급 환자가 발생했으니 의사가 있으면 와달라는 내용이었다. 나는 예전 상황과 현재가 오버랩되며 그 광경을 지켜보고 있었다. 그래도 다행인 것인 멀리 통로 쪽에서 동양인으로 보이는 40대 남성이 선뜻 자기가 의사라고 자청하며 나오는 것이었다. 언뜻 보기에 중국인 또는 대만인처럼 보였고 간단한 셔츠 차림새였다. 사무장으로 보이는 사람은 그를 아래위로 훑어보더니 몇 가지 질문을 했다. 불어식 영어라 잘 알아들을 수는 없었지만, 뭔가 동양인 의사를 미심쩍어 하는 모양이었다. 국제적으로 통용되는 의사 면허증이 있느냐, 국적이 어디냐 등을 묻더니 결국 사무장과 승무원은 지상의 의사와 교신을 취하면서 환자를 동양인 의사에게 맡기지 않았다. 그 의사는 의아한 표정을 지으며 자리로 돌아갔다.

나는 이 상황이 전혀 이해되지 않았다. 의사가 있는데도 다시 돌려보내는 사무장의 행동은 과연 무슨 이유에서였을까? 단지 환자가 서양인인데 의사가 동양인이라서 그런 것일까? 아니면 그 항공사의 기내 응급상황 발생 시 규약이 그랬기 때문이었을까? 만약 서양인 의사가 있었다면 환자를 순순히 맡겼을까? 그 상황을 두고 여러 가지 생각에 휩싸였다. 환자는 다행히 의식을 차리는 듯 보였다. 하지만 비행기 안에서 벌어지는 응급상황에

서 국제적으로 통용되는 자격증이 있느냐가 정말 적절한 질문이
었을까. 분명 그 의사도 책임감으로 어려운 결정을 하고 나섰을
텐데 말이다.

과연 이런 생각의 차이는 어디서 오는 것일까. 단순히 동서양
을 떠나 아픈 사람이 있고 응급상황이 발생하면 의료적인 시각
에서 접근해야 하는 것이 옳은 것이 아닐까. 분명한 것은 상황만
놓고 봤을 때 환자의 입장에서든 의료인의 입장에서든 아찔하고
씁쓸한 3만 피트 상공의 비행이었다.

항공사는 승무원들에게 인명구조에 관한 기본적인 교육을 실
시하고 있다. 'BLS'라는 기본적인 소생술과 심장이 멈췄을 때
사용하는 제세동기에 대한 교육도 진행한다. 그러나 이러한 교
육에도 응급상황에서 능숙하게 대처하기란 쉽지 않기 때문에 의
료진을 찾게 된다. 솔직히 의사나 간호사가 있다 하더라도 능숙
한 응급처치가 이루어지긴 힘들다. 탑승객으로 온 사람들이기
때문에 기본적으로 진료실에서처럼 손발이 맞춰진 상태가 아니
고, 어떠한 약물과 장비가 구비되어 있는지도 모르기 때문이다.
더 큰 문제는 심정지心停止라는 초응급상황에 있어 전문심장구조
술ACLS을 시행한 지 오래된 경우도 있을 수 있다. 상공에서는 지
상에서처럼 완벽한 응급구조가 사실상 불가능한 것이다.

게다가 의사와 간호사 등 의료인의 응급구조 결과에 따라 소
송 문제가 자주 발생하곤 한다. 그래서 의료인이 아닌 경우 승무

원이 지상 의료진과 교신을 하면서 의료 행위를 하기도 한다. 하지만 승무원도 소송의 예외는 아니다. 여러 가지 기록을 남기고 항공사에서 보호해준다 하더라도, 소송은 판결 결과와는 별개로 많은 피해를 준다. 그러한 분쟁 소지 때문인지, 미국연방항공청 FAA 권고안에는 승무원들이 혈관에 약물을 주사하지 말 것을 권고하고 있다. 한마디로 의료진이 아니라는 것이다.

비행기에서 119 구조대를 불러 신속하게 병원에 갈 수 있다면 최선의 선택일 것이다. 하지만 3만 피트 상공에서는 비행기 내부의 구급함과 혹시나 탑승한 의료진에 의지해 회항할 것인가, 아니면 목적지까지 가는 것이 적절한 선택인가 고민만 있을 뿐이다. 만약 만성질환자나 최근 수술한 사람, 혹은 암환자의 경우 비행기를 타야 한다면 꼭 주치의와 상의하여 비행 여부를 판단하는 것이 좋다. 동승자에게 복용하는 약물과 기저질환에 대해 미리 알리거나 병력카드를 작성하여 소지하는 것도 중요하다.

인생은 때때로 악몽 같다

마치 꿈을 꾼 듯했다. 악몽이었다. 가까웠던 친구와 그의 아들
이 한없이 깊은 늪에 빠져 살려달라고 외치는데, 아무리 나뭇가
지를 던져 구하려 해도 그 친구 손에 닿지 않았다.

11월의 셋째 주 토요일, 병원에서 매달 진행하던 의료봉사의
마지막 날이었다. 의료봉사 버스 창밖으로 몇 잎 남지 않은 은행
잎들이 바짝 다가온 겨울을 알리고 있었다. 영월의 한 초등학교,
한적한 시골 마을의 쾌청한 바람과 풍경은 봉사단의 심신을 정
화시켜주는 듯했다. 그런 감상도 잠시, 아침부터 기다리고 있는
영월 지역 주민을 위해 선발대가 먼저 와서 배치한 의료지원 흐
름대로 각자의 위치에서 의료봉사가 바로 시작되었다.

시간이 흘러 어느덧 오전 진료가 끝나가고 있었다. 식사교대
도 할 겸 학교 주위를 한 바퀴 돌고 있는데 나의 상념을 깨우는

소리가 들려왔다.

"아빠가 먹어. 나 배불러."

"아냐, 아빠는 많이 먹었어. 이건 건우 거니깐 많이 먹고 무럭무럭 커야 돼."

나는 소리가 나는 쪽으로 잠시 발걸음을 멈추었다. 학교 담장을 등에 기댄 채 라면박스를 깔고 앉아 노숙자처럼 보이는 남자와 다섯 살 정도 돼 보이는 어린 아들이 함께 무언가를 먹고 있었다. 봉사 지역에 가면 대개 그 지역 농협에서 의료봉사하는 우리에게 점심식사를 제공한다. 얼핏 보기에 그 식사를 한 끼를 얻어 먹이는 듯했다.

나는 막연하게 노숙자들은 왠지 아이들을 잘 돌보지 않을 거라는 편견이 있었다. 아이를 제대로 보살필 수 없는 형편의 사람들이기 때문에 그만큼 자식에 대한 사랑도 없을 것이라 단정지었던 것이다. 하지만 그 아빠는 아들을 끔찍이 챙기는 모습이었다. 아들을 쓰다듬으면서 음식을 먹이는 모습은 자상한 여느 아빠와 다를 바가 없었다. 그 순간 어린 아들과 눈이 마주쳤다. '저 어리고 아무것도 모르는 아들은 춥고 배고픈 현실에서 얼마나 상처를 많이 받았을까' 하는 생각이 머릿속에서 떠나질 않았다.

그 부자의 모습을 떠올리며 오후 봉사를 하기 위해 발길을 돌렸다. 식사를 마친 후 양치를 하러 학교 화장실로 향했다. 화장실이 붐벼서 잠시 밖에 나와 기다리고 있는데, 화장실 앞에 아까 그 노숙자와 어린 아들이 있지 않은가. 한 손에는 아들의 감기약 정도로 보이는 우리 의료봉사팀에서 제조한 약봉지를 들고, 한 손은 아들의 손을 잡고 있었다.

"아빠, 나 쉬 마려워."

"그래, 아빠가 화장실에 데려다줄게."

약간의 침울한 목소리의 노숙자는 아들을 업고 화장실로 들어갔다. 나도 그들을 따라 양치를 하러 화장실로 들어갔다. 아들은 볼일을 본 후, 아버지가 볼일을 마칠 때까지 세면대 앞에 선 나를 물끄러미 바라보고 있었다. 나도 모르게 그 아이에게 말을 걸었다.

"아가야, 너 이름이 뭐니? 몇 살?"

그 아이는 나를 뚫어지게 보더니 갑자기 울음을 터뜨렸다. 그 순간 아이 아빠가 옆으로 다가왔다.

"뭐야, 왜 우리 아들을 울리는 거야?"

험악한 말투에 나는 공연히 말을 걸었구나 후회가 들었다. 처음으로 그와 정면으로 얼굴을 마주한 채 이야기를 듣는 순간, 너무 놀라 정적이 흘렀다.

"일부러 울린 건 아닌데, 죄송…."

그도 놀란 표정은 마찬가지였다.

"아니, 너 설마… 정영복?"

그는 이내 아들의 손목을 붙잡고 화장실을 빠져나갔다. 나도 바로 뒤따르며 다시 한 번 물었다.

"저기, 잠깐만. 너 경남고 정영복 맞지?"

그는 머뭇거리며 멈춰서더니 한숨을 푹 내쉬었다. 아들은 콧물이 흐른 채로 고개를 돌려 나를 쳐다보았다.

"참, 세상 좁네. 이런 촌구석에서 너를 만나다니. 내가 이런 모습이라 아무도 나를 알아보지 못할 거라 생각했는데…."

"영복아, 너 어디 가지 말고 잠시 기다려줘. 바로 나올 테니."

다행히 내가 맡은 파트는 오후에 진료차트를 정리해야 하는 터라 양해를 구하고 빠져나올 수 있었다.

대개 어려움을 이겨내고 성공하는 인생역전은 너무 흔한 이야기였던 것일까. 영복은 그 반대의 인생이었다. 그는 고등학교 때 내가 제일 동경했던 친구였다. 부산에서 잘 나가는 사업가인 아버지 덕분에 부유한 가정에서 공부는 기본, 운동 실력과 남자다움까지 갖춘 멋진 성격의 소유자였다.

"넌 초야에 묻힌 선비 같아. 나중에 내가 관직에 오르면 너를 등용할 테니 부르면 바로 달려와야 돼."

영복이가 학창 시절, 같이 도시락을 먹으면서 나에게 했던 말이 뇌리를 스쳤다. 그는 명문대 경영학과를 입학했고 군대에 입대하기 전 행정고시에도 합격했다. 1997년 IMF 때 아버지의 사업이 어려움을 겪었지만 위기를 잘 넘길 수 있었고, 아버지 건강이 악화되어 사업을 물려받았다. 더욱이 조건 좋은 여자와 결혼도 해서 친구들의 부러움을 샀던 것까지는 기억에 남아 있었다.

한국의 중소기업들이 그렇듯 부정적인 영업 행태와 만성적인 접대 문화는 항상 갑의 위치에만 있던 영복에게 힘들었던 모양이었다. 회사경영이 점점 어려워지고, 환율불안과 수출판로 문

제가 더해져 그가 서른두 살이 되던 해에 부도가 났다고 했다. 그 사이 부모님은 돌아가시고, 아들이 태어났다. 집이며 부동산이며 모두 은행과 사채업자들에게 넘어가고, 본인은 신용불량자가 되고 보니 아내마저 이혼을 요구했다고 한다. 밀린 임금이며 빚을 청산하고 나니 남은 건 아들뿐이었다.

몇 달간은 친척들의 도움으로 살았지만, 친구들에게는 절대 연락하지 않았다. 신용불량자라는 멍에 때문에 취직도 쉽지 않았고, 돌봐줄 사람 없는 어린 아들 때문에 어렵게 구한 직장도 버티기 힘들었다. 이런 모습을 그 누구에게도 보이기 싫다는 생각에 지인들에게도 연락을 끊고 길거리로 나섰다. 그리고 2년 가까이 이곳저곳을 돌다가 어머니 고향인 영월까지 오게 되었다고 한다. 어쩌다 일당 벌이가 되어 돈이 좀 생기면 여인숙이라도 들어가서 자고, 아니면 화장실과 무료 급식소를 배회했던 차에 아들의 감기약을 지으러 의료봉사를 하는 곳에까지 왔던 것이다. 나는 가슴 한쪽이 아려오는 통증을 느꼈다. 옆에 있는 영복의 아들을 바라보았다. 이제는 낯이 좀 익었는지 화장실에서처럼 울지는 않았지만, 눈이 마주침과 동시에 아빠 품으로 파고들었다.

나는 영복에게 의료봉사하는 초등학교 체육관 안에서 몸을 녹이며 기다려달라고 했다. 초겨울이라 그런지 오후 3시가 지나자 환자가 거의 없었다. 시간이 좀 더 지나 봉사팀은 진료를 마무리하면서 다시 서울로 올라갈 준비를 했다. 공식적인 일정이 끝난 뒤 봉사팀 담당자에게 영월에 볼 일 있어 내일 개인적으로 올라가겠다는 허락을 받은 후, 영복과 그 아들을 데리고 저녁을 먹으러 체육관을 빠져나왔다. 영복은 믿기지 않을 만큼 나이가 들어 보였다. 얼마나 고생을 했는지 30대 중반의 얼굴에 주름이 가득했다. 그는 고기를 제대로 씹지도 않고 허겁지겁 삼켰다.

"천천히 먹어. 체하겠다."

"고맙다. 고기 먹어본 지 하도 오래 돼서…."

그러면서 아들의 식사는 꼬박꼬박 챙겼다. 영복이가 아버지의 사랑을 받고 자라서 그런지 아들에게는 정말 잘하는 아빠처럼 보였다. 나는 가슴 저 밑에서부터 울컥하는 마음 때문에 고개를 돌릴 수밖에 없었다. '어떻게 저 지경까지 망가질 수 있단 말인가? 이것이 학창 시절 같이 도시락을 먹으면서 동경과 선망의 대상이었던 영복의 모습이란 말인가.' 나는 영월 시내에 있는 모텔로 부자를 데려갔다. 아들은 피곤했는지 씻지도 못한 채 잠이 들었다. 우리는 편의점에 들러 사온 소주와 간단한 안주로 잔을 기울였다. 그리고 혹시 필요할지도 모른다는 생각에 편의점 ATM기에서 현금서비스 100만 원을 받았다.

"영복아, 이렇게 만나서 이런 소리 하기 좀 그렇지만, 애를 친척이나 다른 곳에 맡기고 잠시 떨어져 살면서 돈을 버는 건 어떨지 생각해봐."

영복은 아무 말도 하지 않았다. 한참을 침묵으로 일관하던 그가 말문을 열었다.

"사실은 그런 생각으로 영월에 온 거야. 이모님이 계신다고 해서 왔는데 이사를 가셨네."

"그랬구나. 어쨌든 아들 생각해서 좋은 방법을 모색해보자."

영복은 한참 동안 말이 없었다. 벽에 걸린 시계는 새벽 3시를 넘기고 있었다. 취기도 오르고 새벽부터 서울에서 영월까지 온다고 서둘러서인지 잠이 쏟아졌다.

"그래, 우리 눈 좀 붙이고 일어나서 이야기하자."

그렇게 새벽 4시쯤 잠자리에 들었다. 그러나 막상 누우니 잠이 오질 않았다. 영복은 아들을 보며 돌아누웠다. 가끔 어깨가 들썩이는 걸 봐서 소리 없이 울고 있는 듯했다.

눈을 뜨니 오전 11시였다. 나는 침대 위를 올려다보았다. 영복과 아들이 곤히 자고 있었다. 나는 지금 내가 할 수 있는 최선이 무엇일까 고민하면서 조용히 몸을 일으켰다. 그러고는 돈과 함께 간단히 메시지를 남겼다.

"너 자존심 강한 놈이란 거 잘 안다. 이 돈 얼마 되지 않지만 그냥 주는 거 아니다. 빌려주는 거니까 너 여유 되면 갚아. 혹시 몰라서 내 명함 남겨둔다. 급한 일이 있으면 언제든지 연락해."

마치 꿈을 꾼 듯했다. 악몽이었다. 가까웠던 친구와 그의 아들이 한없이 깊은 늪에 빠져 살려달라고 외치는데, 아무리 나뭇가지를 던져 구하려 해도 그 친구 손에 닿지 않은 꿈.

마지막 사랑, 어머니

때 이른 봄날, 창밖에서 들어오는 햇살이 너무나 포근한 소화기병동 702호. 희끗희끗 보이는 흰머리가 가지런한 60대 여자가 침대에 누워 있다. 약간 세워진 침상에서 곤히 두 눈을 감고 있는 그녀, 마약성 진통제에 의존하지 않은 것이라면 편안한 모습일 텐데…. 그녀는 진행성 위암 말기 환자였다.

준석은 그녀의 아들이자, 작은 건축사무실의 대표인 건축설계사이다. 어느 날, 준석의 아버지는 병문안을 왔다가 잔뜩 먹을 것만 사두고 떠났다. 한때 아내였던 그녀가 위암으로 금식이라는 사실을 아는지 모르는지. 나는 준석의 아버지와 어머니가 15년 전에 이혼했다는 사실을 뒤늦게 알았다. 준석의 아버지가 돌아간 다음 날부터 준석 어머니의 항암치료가 시작되었다.

"속이 너무 답답하고 더부룩하네. 꼭 넘어올 것 같아. 우웩."

준석 어머니의 구역질과 구토에 침상 옆 비닐봉지는 침과 휴지로 뒤범벅이었다. 금식 상태라 영양공급은 수액으로 대체하고 있지만, 계속된 헛구역질에 괴로워하는 모습이었다. 준석은 그런 어머니를 보며 항암제가 어머니와 맞지 않는 건지, 아니면 항암치료가 다 그런 건지 의아해하면서도 어쩔 수 없음에 눈물만 글썽거렸다. 20여 분이 지났을까, 어머니는 항암제 부작용의 한계에 다다랐다는 듯, 한 손으론 침대 난간을 붙잡고 무릎을 꿇고 엎드린 채 처절하기까지 한 신음소리만 내며 울부짖고 있었다.

"욱! 욱! 우웩."

준석은 손가락을 깨물며 터져나오는 울음을 참고 있었다. 나는 이내 주치의에게 연락해 항구토제와 마약성 진통제를 처방받아 투여했다. 애써 울음을 참고 있는 준석의 어깨를 쓸어내리며 달래주었다.

"조금 지나면 진정되실 거야."

한 5분쯤 지났을까, 약 기운이 돌면서 어머니의 호흡은 안정되었고, 지친 몸을 침대에 웅크린 채 잠이 들었다. 준석의 어머니는 고통스러웠지만 항암치료를 그만두겠다는 말씀은 절대로 하지 않으셨다. 그렇게 길고 힘들었던 항암치료의 한 단계가 끝났다.

"준석아, 어머니는 살려고 하시는 걸 거야. 살고 싶으셔서 포기 안 하고 잘 참아내시는 거야."

나는 준석을 위로해주었다. 준석과 나는 어머니의 입원으로 우

연히 병원에서 다시 만났다. 중학교 때 꽤 친했던 동창이었지만,
서로 다른 고등학교를 가면서 연락이 끊어졌었다.

"네가 간호사가 되어 있을 줄 꿈에도 몰랐어."

"그래, 참 시간이 많이 지났지?"

우린 그렇게 병실 앞 로비에서 잠깐 서로의 안부를 물어가며
중학생 이후 멈춰버린 시간의 간격을 메우고 있었다. 준석은 나
랑 같은 부산 출신으로 재수해서 서울에서 학교를 다녔다. 그의
말을 빌리자면 대학생활은 방탕한 생활의 극치였다고 한다. 대
학생으로서 도박, 여자, 심지어 사채까지 끌어다 쓰며 학교도 졸
업을 못 할 정도였다니 말이다. 어머니는 아들이 마음을 다잡을
때까지 뒷바라지를 해주었고, 덕분에 학교를 1년 더 다녀서 무
사히 졸업할 수 있었다.

준석은 어머니가 잠든 침상 옆을 지키며 무언가를 열심히 그
리고 있었다.

"준석아, 뭘 그렇게 열심히 그리고 있냐?"

준석은 그리던 것을 살짝 감추는 듯했다.

"별거 아니야. 어머니가 나으면 같이 살 집이야. 집이 너무 낡
아서 내가 리모델링하기로 했거든."

옛날 준석의 집에 갔던 아련한 기억이 떠올랐다. 학교를 마치
고 준석의 집에 가면 어머니께서 끓여주시던 라면이 정말 맛있
었는데….

"어머니 몸도 불편하신데 오히려 아파트가 더 괜찮지 않아?"

"어머니는 낡고 추운 바람이 새는 이 단층집이 제일 편하시대."

나도 낡은 집을 고집하는 우리 어머니가 생각났다. 어머니들은 여태껏 살던 집이 제일 편하신 걸까.

"준석아, 중학교 때 어머니가 나 많이 예뻐해주셨는데, 어른이 된 지금 병원에서 내가 해드릴 게 별로 없네."

"그래도 어머니가 네가 이 병원에 있어서 정말 든든하대. 열 의사 부럽지 않대. 나도 마찬가지이고."

항암제 1차 치료를 무사히 마치고 몇 주가 흘렀다. 어머니는 앙상하게 여윈 몸으로 머리카락이 빠진 머리 위에 하얀 비니모자를 쓴 채 거울을 들여다보며 침대에 앉아 계셨다. 곧 2차 항암 치료가 시작될 것이다. 나는 2차가 더 힘들 거라는 말을 차마 꺼낼 수 없었다.

"어머니, 1차 잘 이겨내신 것처럼 하시면 돼요. 힘내세요."

어머니는 쇠약해질 대로 쇠약해진 모습이지만 웃으면서 말씀하셨다.

"준석이랑 네가 있으니까 정말 든든하다. 고마워."

하지만 2차 항암치료는 너무나도 힘든 과정의 연속이었다. 1차 때보다 고통이 더 극에 달했다. 몸마저 만신창이가 되어 어머니는 점점 굳게 결심했던 치료의 끈을 놓으려고 하셨다. 준석은 그런 모습을 더 이상 지켜볼 수 없었는지, 바로 화장실로 달려가 세면대에 물을 틀고는 얼굴을 담궜다. 나는 어머니께 진통제를 투여한 후 안정된 상태를 보고 바로 뒤따라갔다. 하지만 내가 정작 준석이를 위해 할 수 있는 것은 어깨를 쓸어내리는 것 뿐이었다.

"준석아, 힘내라."

"나 어떡하지? 어머니께 어떻게 해드려야 하지?"

준석은 어머니에게 투여된 진통제의 효과가 점점 짧아지고 있음을 느끼고 있었다. 진통제 약효가 끝나면 다시 엄청나게 고통스러워할 어머니의 모습이 생생히 그려져 견딜 수가 없었다. 준석은 다시 마음을 가다듬고 병실로 들어왔지만, 어머니의 모습을 바라보더니 다시 눈물을 글썽거렸다. 어머니는 그런 준석에게 진통제의 약효를 빌려 나지막한 목소리로 말했다.

"나 이제 그만 하고 싶다."

준석은 내가 그랬던 것처럼 어머니의 등을 쓸어내리며 조용히 말을 이었다.

"그래요, 다른 방법을 찾아볼게요."

그렇게 항암제 2차 치료는 중단되었다. 어머니는 오히려 항암 치료를 중단하고 난 뒤 한결 편안해하셨고, 부산 집으로 내려가고 싶어 하셨다. 하지만 리모델링이 안 된 터라 아직 쌀쌀한 봄 날씨에 준석은 병원을 고집했다. 준석은 어머니의 임종을 예감한 듯 어머니 곁에서 떠나지 않았다. 그러던 어느 날, 어머니는 가쁜 숨을 내쉬며 잠에서 깨어났다. 숨 쉬기를 힘들어하면서도 애써 미소를 지으며 아들에게 말을 건넸다.

"냉장고에 아들이 좋아하는 동치미 있으니 밥 잘 챙겨 먹어."

준석이는 흐느껴 울었다.

"예…."

그렇게 준석 어머니는 병원 침대 위에서 아들의 손을 붙잡고 눈을 감았다. 다른 병실 환자를 돌보느라 다급히 병실에 왔을 때 이미 의사의 사망 확인이 끝난 상태였다. 창밖에는 겨울 눈보라 가 휘날리듯 벚나무 꽃잎들이 봄바람에 흩날리고, 준석은 하염 없이 울고 있었다.

나는 준석 어머니의 죽음 이후 한동안 다시 한 번 죽음을 되짚 어보는 시간을 가졌다. 그때 우연히 읽었던 레프 톨스토이Leo Tolstoy의 《이반 일리치의 죽음 The Death of Ivan Ilych》이 기억났다. 죽 음을 정면으로 다루면서 죽음의 본질을 통찰하여 문학적으로 승 화시키고, 톨스토이 자신의 영혼 편력의 궤적을 이반 일리치에 비유하며 내용이 전개된다.

주인공 이반 일리치는 평범한 말단 관리이다. 그런데 아주 사 소한 사고로 불치병에 걸린다. 죽음을 눈앞에 둔 그는 죽음에 대 한 공포와 심신의 고통으로 힘들어하지만 주위 사람들은 아무도 그의 고뇌를 이해하려고 하지 않는다. 누군가 옆에 있지만 고독 에 괴로워하면서 이반 일리치는 인생의 깊이에 대해 느끼게 된 다. 죽음을 눈앞에 두고 지금까지 자기중심적인 가치관의 오류 를 깨달은 그는 타인에 대한 사랑과 배려심을 되찾고 평온한 빗 줄기 속에서 죽음을 맞이한다.

그의 심리를 보면, 병이 나을 거라는 믿음과는 달리 증상이 악화되자 죽음에 대한 두려움과 공포가 극도로 고조되고, 이에 따라 자기중심적으로 대응하며 초조함을 드러낸다. 그러나 죽음을 몇 시간 남겨놓고 갑자기 주위에 대한 시선이 정반대로 바뀌어버린다. 그때까지는 사람들이 나에게 무엇을 해줄까를 기대했는데 처음으로 가족이나 주위 사람들에게 무엇을 해줄 수 있을까 고민하는 배려심이 생겨난 것이다. 그는 죽음을 받아들였고 늦었지만 타인에게 사랑을 보여줌으로써 다음 세상으로 여행을 떠날 수 있었다.

이반 일리치의 심경 변화를 거울 삼아 나 자신과 내 주변을 객관적으로 바라보는 시간을 가질 수 있었다. 물론 그 시대와 지금의 시대는 시간의 간격이 존재한다. 하지만 그와 상관없이 이반 일리치의 죽음 과정은 우리 모두에게 생각할 여지를 준다. 삶과 죽음, 그리고 사랑과 그간의 삶을 되돌아보는 것은 현재 지금 자신의 삶을 제대로 바라보는 가장 빠른 길이 아닐까.

다른 이의 소망을 위한 남의 삶을 살 것인가

오랜만에 열두 명이나 되는 고등학교 동창들이 한자리에 모였다. 부산에 있는 고등학교였으니 서울에서 이 정도면 꽤 많이 모인 편이었다. 지금은 다들 한 집안의 가장, 한 아이의 아빠, 직장에선 한참 일해야 할 과장급, 빠른 진급자는 부장 직함도 있었다. 하지만 오랜 친구들이 모인 자리라 그런지 모두 일찌감치 취기가 올라 부산 사투리가 난무하더니 학창 시절 별명과 욕설도 흘러나왔다. 얼마 만에 해보는 자유로운 대화인가. 나는 모든 걸 잊고 친구들과의 만남에 흠뻑 빠져 있었다.

몇 년 만에 영규의 성화로 참석한 동창회에서 모두의 주목을 받은 친구는 남익이었다. 껄렁한 부잣집 아들 이미지였던 남익이는 일찌감치 필리핀으로 유학을 떠나 필리핀 여자와 결혼하여 그곳에서 부동산 임대업을 하고 있다고 했다. 한국에서의 부동산 중개업과는 차원이 다른 주상복합 건물과 리조트 사업을 크게 하고 있었다.

주목을 받은 또 다른 친구는 뒤늦게 약대에 들어가 최근 약국을 개원한 호열이었다. 동창 대부분이 회사원인 데다가 최근 불황으로 감원이다 임금동결이다 해서 압박을 받고 있는 터라 약사가 된 호열이에게 관심이 많았다. 그 가운데 항상 학창 시절부터 인색하기로 유명했던 종균이가 호열이에게 넌지시 말을 꺼냈다.

"호열아, 너 약국도 개업하고 이제 돈 많이 벌겠다. 네가 한턱 쏴라. 오늘 술값은 우리 약사님이 내는 게 어때?"

친구들이 박수를 치며 호응했다. 호열이는 웃으면서 말했다.

"좀 봐줘. 요즘 불경기 때문에 개업해서 파리만 날리고 있다. 이러다가 폐업하게 생겼어. 그래도 이번 술값은 내가 낼게."

소문에 의하면 장안동 시장 쪽에 개원해서 요즘 같은 불황에도 꽤 잘된다고 했다. 경기 침체에 압박을 받고 있는 다른 한 녀석이 농담처럼 물었다.

"조만간 회사에서 퇴직해야 할 판인데…. 나도 약대나 가서 약사 준비나 해야겠다. 어떻게 하면 너처럼 되냐? 비법 좀 전수해줘라."

질문이 끝나기가 무섭게 회사원인 친구들은 일제히 호열이의 말에 귀를 기울였다.

"궁금하냐? 음…. 두 가지만 스스로 판단해보면 돼. 정말 내가 약사가 되고 싶은지 여부와 지금 하는 일보다 열 배 정도 더 노력할 각오가 돼 있느냐는 거야.”

농담처럼 던진 질문에 너무 진지한 대답이 나오자 질문했던 친구가 당황한 눈빛이었다. 호열이는 아랑곳하지 않고 말을 이었다.

“누구든지 하던 일로 승부를 걸지 않고 전혀 다른 분야로 가려면, 처절한 각오와 실천이 아니면 안 돼. 너희 눈에는 결과물인 약사만 보이지? 지금에서야 하는 말하지만 내가 약대 들어가려고 뒤늦게 공부하면서 고생한 거 이야기하면 책을 한 권 쓴다.”

“너 진짜 무슨 마음으로 그렇게 했냐?”

“일찍 결혼해서 직장 관두고 갓난애와 마누라 고생한 거 생각하면 지금도 미쳤다는 생각이 들어. 하지만 정말 하고 싶었거든. 그래서 죽을 각오로 해본 거야. 그 와중에 몸도 많이 상했고.”

한참 달아올랐던 술자리 분위기가 갑자기 숙연해졌다. 호열이의 인생역전 스토리는 계속 이어졌다.

“약대나 가야겠다, 그랬지? 해볼 생각 있으면 죽을 각오로 한번 해봐. 그렇지 않으면 작심삼일도 안 될 거야. 내가 해보니까 남들에게 해보라고 선뜻 권하고 싶지는 않더라.”

그러더니 갑자기 호열이가 나를 지목한다.

“광기야, 너도 할 말 많잖아. 대기업 관두고 다시 간호대학 갔을 때 너도 몇 배 노력해서 간호사가 된 거잖아.”

“어…. 난 그때 결혼도 안 했고 너보다는 덜 절박했지. 그래도 다시 원래대로 돌아갈 수 없다는 마음으로 하긴 했었지.”

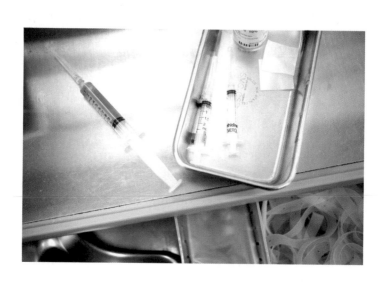

속으로 '짜식, 왜 날 끌어들이는 거야' 하는 마음으로 그 상황을 지켜봤다. 솔직히 호열이의 말이 맞다. 성공할 확률은 그냥 하던 일에서 자신의 입지를 키워가는 게 가장 안정적이다. 사람들은 대개 남이 이룬 것만 보는 경향이 있다. 얼마나 많은 노력을 기울였는지, 얼마나 많은 희생을 치렀는지 거들떠보지도 않는다. 호열이의 말은 다른 친구들을 머쓱하게 만들었지만 30대 중반에 들어서는 친구들에게는 많은 생각의 단초를 제공했다. 그렇게 우리는 좀 더 철이 들어가고 있었다. 그 순간 불현듯 영복이가 떠올랐다. 어떻게 됐을까?

"나 얼마 전에 영복이 만났다."

내 말에 호열은 소스라치게 놀랐다. 영복과 호열은 고등학교때 공부도 잘했지만 둘이 대학교도 같이 갔고, 영복이에 대해 좀 알고 있는 눈치였다. 너무나 참혹한 몰락에 대해 이야기를 해야 할까 말까 고민하고 있었는데 다들 대강은 알고 있는 듯했다. 호열이가 나에게 물었다.

"그 이후로 연락이 된 적은 없냐?"

"없었어. 나도 서울로 다시 올라와야 해서 명함은 주고 왔는데…."

화기애애하던 동창회가 시간이 갈수록 우울한 분위기로 바뀌었다. 아버지에게 재산을 물려받고 주목받았던 영복이의 화려함 뒤에 결혼도 허상이었다는 것은 호열이를 통해 알게 되었다. 좋은 조건의 그녀는 재혼이라는 사실을 숨기고 영복이와 결혼했다. 아들이 태어났지만 그런 불신 속에 가세까지 기울어지면서 결혼생활은 이미 파탄 직전이었다고 했다. 호열은 내가 몰랐던 영복이의 이야기를 꺼내기 시작했다.

"한번은 영복이가 술에 잔뜩 취해서 전화를 했더라. 새벽 1시쯤인가 송도 바닷가로 나오라고 해서 가보니까 얼마나 힘들었던지 몸이 만신창이가 되어 있었어."

그때 영복이가 넋두리를 늘어놓았다고 했다.

"나는 모든 걸 갖고 있었는데, 왜 내 마음대로 살지 못하는 걸까? 항상 1등을 도맡아 했고, 스스로 생각해도 재능 있는 사람인데 왜 이렇게 살아야 하는 걸까?"

고등학교 때부터 대학교를 거쳐 결혼까지 모두가 부러워했던 영복이의 인생. 계속 승승장구할 것만 같았던 그의 삶은 완벽하게 허상이었던 것일까. 항상 잘해왔고, 앞으로 더 잘하기 위해 모든 면에서 더 갖춰야만 했던 영복은 결국 '남의 소망을 위한 남의 삶', '남에게 행복하게 보이기 위한 삶'을 살고 있었던 거다. 무엇이 영복을 그렇게 만들었을까? 그렇게 똑똑하고 명석했던 친구의 몰락은 동창회에 참석한 친구들의 가슴에 한없는 상념을 남겼다.

부모를 두 번 죽이는 일

피는 물보다 진하다. 실제 병원에서 보면 대부분의 가족들은 환자가 병을 극복할 수 있도록 든든한 지원군이 돼준다. 병이 나으면 모든 가족이 기뻐하고, 그렇지 못할 때는 슬픔을 같이 나눈다.

그러나 혈연관계이기에 타인이 알 수 없는 복잡한 감정의 갈등이 있는 것도 사실이다. 그중에서도 최악의 상황은 부친이 돌아가시기 전 재산 상속을 두고 자식들이 병원에서 싸우는 것이다. 실제 이런 상황을 심심치 않게 목격하게 된다. 눈을 감기도 전에 환자는 이미 관 속으로 보내버리고 상속분쟁을 시작하는 것이다. 그것도 생사의 갈림길에 서 있는 환자가 보란 듯이 병원에서. 시간과 공간을 고려할 때 떨어져 사는 가족이 한곳에 모일 수 있는 장소가 병원이라서 그런 것일까? 눈을 감기도 전에 상속 싸움을 하는 자식들을 둔 부모는 얼마나 가슴이 아플까? 아마도 눈을 감는 그 순간까지 편하게 가시지 못하고 걱정하면서 세상을 떠날 것이다.

인공호흡기에 전적으로 의지하고 있는 흉부외과 중환자실 13번 병상의 76세 어르신. 폐암 말기로 수술도 불가능한 상태인 그는 일반 병실에 있다가 중환자실로 내려온 지 벌써 21일째이다. 중환자실은 외부로부터 감염을 예방하기 위해 오전, 오후에 한 번씩 30분간의 면회시간만 주어진다. 항상 부인과 막내아들이 면회 때 와서 13번 병상을 지키곤 했다. 나는 어르신의 담당 간호사였다. 보호자인 막내아들과 나는 매일 한 번 이상은 필연적으로 만났다. 막내아들은 면회 때마다 정성껏 아버지의 손발을 주물러드리고 가곤 했다.

하루는 면회시간이 되었는데도 막내아들이 오지 않았다. 대신 다른 사람이 두 명씩 교대로 들어왔다. 나중에 알게 된 사실이지만 자식이 총 5남매였고 대기업 임원에다 변호사, 교수, 교사, 그리고 막내아들이었다. 장성한 자식들을 보며 자식 농사를 공들여 잘 지으신 분이구나 하는 생각이 들었다. 처음에는 대기업 임원과 변호사 아들이 들어오더니 2~3분 보다가 휑하니 나가버린다. 그리고 이내 딸로 보이는 두 분이 면회를 왔다 초췌해진 어르신의 얼굴만 쓱 보고는 바로 퇴실해버린다. 막내아들과는 사뭇 다른 반응이었다.

낮번 업무가 끝나 퇴근을 할 때쯤이었다. 중환자실 문을 나서 보호자 대기실을 지나칠 때 멀리서 어르신의 막내아들이 달려오며 나를 부른다.

"선생님! 아버지는 전혀 차도가 없으시죠? 커피나 한잔해요."

"예, 뭐…. 그러시죠."

사실 말기 폐암 환자는 이미 폐뿐만 아니라 다른 장기에도 전이가 된 경우가 대부분이라 오로지 인공호흡기로 연명할 수밖에 없다. 안타까운 일이지만 임종의 날만 기다리는 것밖에 다른 방법이 없다. 이미 보호자들도 그런 사실을 알고 있는 상태였다. 그렇게 보호자 대기실 옆에서 막내아들과 대화를 하는데, 남매간의 대화가 귓가에 들려왔다. 들으려고 의도한 것은 아니었지만 듣지 말았어야 할 내용도 들어 있었다. 막내아들과 내가 그 옆에 있는지 모르고 오가는 대화였다.

"큰오빠, 둘째 오빠가 만약 전화하면 평택 땅은 처분해서 나누자고 해요. 둘만 가지면 안 된다고 꼭 말씀해주세요."

"그게 무슨 말이냐? 이미 그 땅은 아버지 살아생전에 둘째와 장남인 나한테 주기로 한 땅인데."

미국에서 교수로 있다는 셋째 딸로 보이는 중년의 여자가 흐트러짐 없는 목소리로 대답했다.

"그건 그때 이야기이고, 아버지가 남긴 평택 땅은 우리 다섯 남매 땅이니까 공평하게 나눠요."

넷째 딸도 한마디 거들었다.

"언니랑 나는 여자라고 오빠들 때문에 제대로 받은 것 하나

없으니, 평택 땅은 언니 말이 맞아요."

그 말에 뒤질세라 맏며느리가 약간 격앙된 목소리로 말했다.

"고모, 어떻게 그렇게 말할 수 있어요. 아버님께서 원래 장남과 차남한테 주시기로 한 건데."

듣고 있던 넷째 사위가 격분하며 끼어들었다.

"그렇게 말씀하시면 안 되죠. 딸자식은 자식 아닌가요?"

이내 보호자 대기실은 막내아들을 제외한 자식들의 상속분쟁으로 시끌벅적해졌다. 막내아들은 민망한 듯 자리를 피했다.

"죄송합니다. 저런 모습을 보여서. 얼핏 보면 우리 남매 다들 잘나고 사이 좋아 보이는데 실상은 저게 진짜 모습이에요."

"면회 때 형제분들이 막내가 고생했겠다고 말씀하셨어요."

"우리 남매도 어렸을 땐 저렇지 않았는데. 지금은 형수와 매형까지 합세해서 재산 싸움을 하고 있네요. 아직 아버지가 눈도 감지 않은 병원에서 말이죠. 아버지 돌아가시기도 전에 재산을 받지 못할까봐 자기네 식구들 다 동원해서…."

그러고는 막내아들은 폐 깊숙한 곳에서부터 올라오는 한숨을 내쉰다. 이후 아무도 면회를 오지 않았다. 다시 어머니와 막내아들이 면회를 온 것은 그로부터 이틀 뒤였다. 어머니는 어르신을 앞에 두고 하염없이 눈물만 흘리셨다. 순간 나는 임종을 하신 줄 알고 깜짝 놀랐다. 하지만 환자는 가쁜 호흡이지만 호흡기에 의지해 숨을 쉬고 계셨다.

"막둥이 아버지. 우리가 자식을 잘못 키웠나 봐요. 나도 곧 따

가족, 친구, 주위 사람들… 우리는 소중한 누군가가 곁에 없을 때야 비로소
그들이 우리 인생에 주어진 값진 선물임을 깨닫는다.

라갈 테니 먼저 가 계세요."

　나중에 들은 바에 의하면 어르신이 돌아가신 후 상속 문제로 꽤 오랫동안 싸운 모양이었다. 이상한 말이기는 하지만, 남매들은 변호사를 통한 대리 싸움을 했기 때문에 어르신이 돌아가신 뒤에 오히려 분쟁 해결이 더 쉬웠을 것이다. 그런데도 굳이 부모님이 돌아가시지도 않은 병원에서 상속 다툼을 벌여야만 했을까.

　병원에는 환자가 죽기도 전에 상속을 둘러싸고 싸움을 벌이는 가족이 실제로 무척이나 많다. 연로하신 부모님들은 '우리 자식들은 사이가 좋으니까 괜찮아'라고 생각하지만 많은 사람들이 임종 전 상속분쟁에 휘말린다. 사망 진단서의 잉크가 마르기도 전에 서로가 부모에게 덜 받았다며 피해망상적인 생각에 빠져들어 헤어나오질 못한다. '내가 욕심이 지나치지는 않을까?'라는 생각보다는 '저 녀석은 욕심을 너무 부려', 또는 '그만큼 받았으면 됐지, 배려가 없어'라며 부정적으로 본다. 절대로 병원에서, 임종을 앞둔 부모님 앞에서 자식들이 보여서는 안 될 모습이 상속분쟁이다. 이것은 임종을 앞둔 부모님을 두 번 죽이는 일임을 명심했으면 한다. 적어도 그 부모의 자식들이라면 말이다.

임종을 앞둔 환자가 들려준 이야기

일생에 단 한 번밖에 울지 않는다는 전설의 새가 있다. 그 울음소리는 이 세상 그 어떤 새의 소리보다 아름답다. 둥지를 떠난 새는 그 순간부터 가시나무를 찾아 헤맨다. 그러다가 가장 길고 날카로운 가시에 스스로 자기 몸을 찔러 죽음의 고통 속에서 처절하게 우는 새. 죽어가는 새는 그 고통을 초월하며 어떤 새도 따라올 수 없는 아름다운 목소리로 노래를 부른다.

여기, 자신이 진정 원하는 사랑을 버리고 떠난 한 남자의 이야기가 있다. 그는 마음이 간절히 원하는 것을 무시하고, 머릿속에 그려온 성공을 좇아 인생의 여정을 걸어간 사람이다. 많은 이들이 그러하듯 사랑하면서도 사랑하는 방법을 모르고, 사랑하면서도 사랑한다고 표현하지 못하는 것처럼. 랠프는 젊고 잘 생긴 촉망받는 사제였다. 어느 부유한 미망인이 그를 남몰래 사모했다.

남동생만이 유일한 가족이었던 그녀는 사제 앞으로 엄청난 유산을 남기고 죽었다. 자신의 남동생에게 농장을 맡기고, 그 가족을 돌봐달라는 유언과 함께.

미망인의 남동생은 가난한 노동자였다. 그에겐 몇 명의 아들과 예쁜 막내딸 매기가 있었다. 하지만 노동력이 필요한 농장에서, 더군다나 미천하고 가난한 신분 때문에 늘 불행했던 남동생의 아내는 딸에게 차갑게 대했다. 사제 랠프는 이런 매기가 안쓰러워 따뜻하게 보살펴주었다. 그러다 랠프는 자신도 모르게 매기의 매력에 흠뻑 빠져버렸다. "너는 하느님도 채워주지 못한 내 마음을 채워주는구나"라고 고백할 정도로. 매기 역시 아무도 자기에게 관심을 갖지 않을 때 따뜻하게 보살펴준 사제가 너무 좋았다. 시간이 흘러 매기는 아름다운 숙녀로 자랐고, 랠프를 좋아하는 마음도 점점 커져 뜨거운 사랑으로 발전했다.

어느 날 매기는 장미가시에 손가락이 찔려 새빨간 피를 흘렸다. 랠프는 본능적으로 상처에 입술을 대고 있는 자신을 보며 자신이 얼마나 매기를 사랑하는지 알 수 있었다. 그 마음 그대로 사제복을 벗고 매기에게 청혼했다면, 그들은 아름다운 부부가 되었을지 모른다. 하지만 그는 그동안 자기가 쌓아온 신부로서의 경력, 미망인에게 물려받은 막대한 유산을 포기할 수 없었다. 추기경이 되기 위해서는 로마 교황청에 엄청난 재산을 기부해야 했기 때문이었다. 결국 그는 매기가 사랑의 정표로 준 장미꽃을 책갈피에 간직한 채 떠나버렸다.

랠프가 떠나자 자포자기한 매기는 다른 남자와 사랑 없는 결혼을 했다. 결혼생활은 당연히 행복하지 않았고, 출산 후 극도로 몸이 쇠약해져 일상생활조차 할 수 없는 상태가 되었다. 매기는 오빠와 주위의 도움으로 아이를 맡긴 채, 섬으로 요양을 떠났다. 로마에 있던 신부 랠프는 매기의 소식을 듣고 섬으로 찾아갔다. 외면하고 부정하려 했지만 매기는 랠프에게 소중한 사랑이었다. 사람들의 왕래가 거의 없는 외딴 섬 마니루크는 그들에게 훌륭한 사랑의 도피처가 되어주었다. 하지만 그것은 사제에게는 파계이자 불륜이었다. 그는 신에게도 인간에게도 죄를 짓고 말았다. 잠깐의 외도였지만 매기는 랠프의 아이를 가졌다. 랠프는 그 사실을 모른 채 로마로 돌아갔고, 매기는 사제의 아이를 낳아 길렀다.

시간이 한참 흘러, 랠프는 그토록 원하던 추기경이 되었다. 부와 명예와 권력을 모두 가지게 된 것이다. 그런 그에게 어느 날 비보가 전해졌다. 아끼던 청년 사제가 그리스에서 갑작스런 사고로 익사했다는 것이다. 그 청년이 바로 사랑했던 매기의 아들이었다. 아들을 잃고 찾아온 매기는 아버지 없이 외롭게 자란 그 청년이 랠프의 아들임을 밝혔다. 매기는 아들이 부모가 지은 죄에 대한 벌로 죽었다고 통곡했다. 울고 있는 그녀 앞에서 랠프도 죄책감에 휩싸였다. 늙은 추기경은 아들의 장례 미사를 마친 후 앓아누워 회복하지 못했다. 죽음을 앞둔 신부는 다시 사랑하는 여인 매기의 품에 안겼다. 성직자로 성공하는 데 눈이 멀어 자신이 진정 사랑했던 여인과 아들을 평생 불행하게 만들고, 결국 씻을 수 없는 죄책감만 안고 죽음을 맞이했다. 위선과 거짓으로 얻어낸 추기경이라는 자리는 육신의 소멸과 함께 빛을 잃었다. 하지만 그가 매기와 아들에게 준 슬픈 상처는 그들의 영혼과 함께 어딘가에서 눈물을 흘리고 있을 것이다.

호주 출신의 작가 콜린 맥컬로우Colleen McCullough의 《가시나무새 The Thorn Birds》의 줄거리이다. 이 책은 내가 흉부외과 중환자실에서 근무할 때 폐암수술로 입원했던 환자가 꼭 읽어보라고 추천해 준 책이었다. 결국 그분이 돌아가시고 한참 후에 읽게 되었지만.

그는 50대 중반의 외국계 금융회사에서 동북아시아 쪽을 관리하는 지사장으로 일하고 있었다. 명문대를 나왔고, 영국에서 MBA 과정을 수료한 소위 엘리트 코스를 밟은 남부러울 게 없는 사람이었다. 매일 면회를 오는 착한 아내가 있었고, 영국에서 유학 중인 두 남매의 아버지이기도 했다. 그는 폐 오른쪽 전체를 제거하는 수술을 받았다. 폐는 호흡을 관할하는 기관이다. 양쪽 폐로 숨을 쉬다가 한쪽 폐로만 숨을 쉬면 호흡에 어려움이 있기 때문에 적응하기까지 중환자실에서 입원 치료를 해야 한다.

중환자실 입원 25일째. 인공호흡기를 제거하는 연습을 하기 위해 수면진정제를 조금씩 줄여나갔다. 의식은 있었지만 아직 자발적 호흡이 원활하지 못해 인공호흡기를 유지한 상태였다. 인공호흡기 때문에 말을 하기는 힘들었지만 의식이 돌아왔기 때문에 전하고 싶은 이야기가 많았을 것이다. 그래서 하고 싶은 말이 있으면 언제든 적을 수 있도록 펜과 노트를 드렸다. 그날 이후 참 많은 이야기를 나눴던 것 같다. 마치 오래 전부터 알아왔던 친구처럼 말이다. 중환자실에서는 약을 투여하고 활력징후를 체크하는 간호사의 역할도 중요하다. 하지만 홀로 덩그러니 낯선 병실에서 기계에 몸을 맡긴 채 생사의 갈림길에 서 있는 환자의 정서적인 부분에 나는 더 많은 관심을 기울인다.

하루는 그가 장문의 메모를 적어서 나에게 건넸다.

"주변에서 기대하는 나의 모습, 그 기대치를 좇아 삶을 포장하며 사는 게 싫었어. 지금까지 나는 부모님을 위해, 자식을 위해, 아내를 위해, 그리고 사랑하는 누군가를 위해 나를 잊고 살아왔네. 그들이 원하는 내가 되기 위해, 내 안에 울고 있는 나 자신을 달래기는커녕 더 다그쳤지. 더 큰 집에서 살며, 더 나은 직업을 갖고, 더 많은 권력을 누리는 모습을 보여주려고, 내 본연의 모습을 끝내 부정하며 살았던 거야. 결국 죽음을 앞두고 이렇게 후회할 줄이야. 내가 원하는 삶을 살았더라면, 정말 내가 원하는 삶을 살았더라면…."

나는 그의 입장이 아니기 때문에 그 마음을 다 헤아릴 수는 없었다.

"정말 원했던 삶이 무엇이었어요? 저 같은 경우는 설령 본인이 원하는 삶을 살기로 결심해도, 진정으로 원하는 게 무엇인지 알기가 쉽지 않더라고요."

"결국 나 자신이 간절히 원했던 것이 무엇인지 알게 되어도, 그것을 위해 가진 것을 포기하려면 엄청난 용기가 필요하지. 나 또한 그 용기를 흔들어대는 수많은 풍파에 우물쭈물하다가 여기까지 오게 되었군."

그는 젊었을 때 뛰어난 투자자문가로 주변의 인정과 환호에 익숙한 삶을 살았다. 그가 투자한 곳이 연달아 히트를 치면서, 외국계 금융회사에서 엄청난 연봉으로 스카우트 제의를 받으며 어깨를 으쓱거리며 살았다. 하지만 원숭이도 나무에서 떨어지듯, 한 번의 투자 실패로 그동안 견고하게 쌓아왔던 경력과 명예가 한순간에 무너져버렸다. 그리고 잘 나가는 또 다른 누군가가 그 자리를 차지했다. 능력과 실력으로 한 칸 한 칸 올라갔던 사다리의 꼭대기에서 바닥으로 내동댕이쳐진 기분이었다.

"그동안 나를 둘러싸고 있던 여러 이미지를 벗겨내자 나 또한 보통 인간일 뿐이었어. 내가 인정과 환대를 받아야 할 특별한 사람으로 여겨졌던 것은 주위에서 내게 거는 기대에 맞춰 살았기 때문이야. 친구, 가족, 주위 사람들이 치켜세우는 그 모습이 나 자신이라고 착각하면서 살았던 거지."

나는 자신의 인생을 돌아보는 그의 말에 감히 어떤 말도 덧붙일 수 없었다.

"결국 주위 사람들이 나에게 상처를 입힌 것이 아니라, 내 스스로가 자아도취감에 사로잡혀 나에게 상처를 줬다는 것을 이제야 알게 되었어."

그의 담담한 고백에 나는 고작 이렇게밖에 대답하지 못했다.

"그래도 멋진 아버지와 남편으로서 한 가정을 잘 책임지셨잖아요."

그는 노트에 뜬금없이 이렇게 적어서 보여주었다.

"누구를 진정으로 사랑해본 적이 있어요? 본인 마음이 진정으로 움직이는 사람을 놓치지 말고 함께 사세요. 후회하지 않게."

영국 유학 시절에 정말 사랑하는 여인을 만났는데, 결국 자기는 집안과 경제력이 좋은 여자와 결혼했다고 했다. 이후 편안하게 별 문제 없이 아이들 낳고 잘 살아왔다. 하지만 죽음의 문턱 앞에 서고 보니 자신의 인생에 대한 회한이 밀려온 것이다.

현실은 늘 죽음 앞에서 무기력하다. 자신의 인생에 타인의 생각이 왜 그렇게 중요했던 것일까? 왜 강남의 좋은 아파트에서 살아야 하며, 자식을 유학 보내기 위해 모든 시간과 열정을 쏟아부었어야 했을까? 모호하고 불확실한 삶 속에서 그것만큼은 성취 가능한 것으로 보였기 때문이었을까? 누군가를 추월하고, 누군가보다 더 많은 것을 갖기 위해 아등바등하는 것을 왜 당연한 일로 여기며 살았을까?

《가시나무새》를 읽으며 그가 왜 이 책을 추천했는지 알 수 있었다. 훌륭한 작품은 그것이 어떤 표현 방식을 가졌든 삶에 대한 통찰력으로 가득하다. 그것은 현실보다 극적이고, 현실보다 교훈적이며, 현실보다 더 현실적이다. 현실만이 삶이라고 생각하는 사람들을 보면 중환자실에서 임종을 앞둔 사람 옆에 하루만 이라도 있게 하고 싶다. 그들이 현실이라고 부르는 것, 그것 역시 한때의 꿈보다 더 영속적이지 못하다는 것을 바로 깨닫게 될 테니까. 결국 인생은 짧은 꿈이었다는 사실을 모든 죽어가는 사람들은 다 알고 있다.

나는 나 자신에 대해 얼마나 알고 있을까? 내가 마음속으로 그려왔던 내 모습은 자신이 원하는 것, 주변에서 나에게 바라는 것, 그리고 내가 결코 되고 싶지 않은 것들까지 뒤섞여서 살아가고 있다. 그렇게 경계하고 노력하며 살아왔는데도 말이다. 다시 한 번 마음을 가다듬고 반성해본다. 내가 진정으로 원하는 것이 무엇인지, 나의 내면에서 울리는 작은 대답이 무엇인지 귀 기울여본다. 그렇지 않으면 눈을 감을 때 '남을 위해 살아온 삶, 내 삶은 없었구나' 후회하게 될 것 같다. 자기 인생에서 주인이 되지 못하는 것처럼 슬픈 일이 또 있을까.

죽음을 정직하게 직면하라

모래시계 안의 그 많던 모래알들이 다 떨어지고, 꺼져가던 촛불에서 마지막 촛농이 숨을 다할 때 인생을 돌아본들 무엇을 어찌하겠는가. 후회 속에서 긴 한숨을 지은들 시간을 되돌릴 수는 없다.

그동안 내가 벌었던 돈을 갖고 있었던 것은, 내가 죽고 나거든 병원비와 장례비로 쓰려 했던 거니까 너무 섭섭해하지 마라. 모자라지 않도록 남기려고 했는데…. 남던지 모자라던지 싸우지 말고 공평하게 나누도록 해라. _75세, 여

나는 내 삶을 남의 인생인 듯 살아왔습니다. 물질적으로 어려움은 없었으나, 막상 갈 때가 되니 너무 외롭고 허무합니다. 그러나 이

래도 한평생 저래도 한평생 씩씩하게 살다 가니 너무 슬퍼하지 않
았으면 좋겠습니다. _69세, 여

어미가 조금 더 건강했다면 너희한테 정신적인 고통을 덜어줄 수
도 있었는데 하는 아쉬움이 남는다. 내가 죽고 나거든 훌훌 털고
부모같이 살지 마라. 그리고 너희는 절대 아버지를 미워해서는 안
된다. 우리 아들 상주 노릇하기 힘들 텐데 오시는 손님들 절하지
않고 서서 인사하게끔 해다오. _62세, 여

여보, 늦게 만나 호강도 못 시켜주고 마음고생만 하게 하다 먼저
떠나오. 아직 할 게 많이 남아 있는데 병원에 누워 있으니 다 부질
없구려. 나와 한평생 살아줘서 고맙소. _73세, 남

나 죽고 나면 제사는 지내지 마라. 그냥 기일에 사진만 놓고 기도
와 묵념으로 대신하고, 식당에 모여 1년에 한 번이라도 형제끼리
우의를 다지는 날로 삼았으면 좋겠다. 그리고 이런 모임도 너희
대에서 끝내기 바란다. _70세, 남

내가 중환자실에 근무하면서 인공호흡기를 한 채 의식이 돌아
왔을 때, 노트에 남긴 환자분의 글이자 유언이었던 내용의 일부
분이다. 거의 보호자께 전해드렸지만, 사경을 헤매고 있을 때는
글 자체를 쓸 수 없기 때문에 알아볼 수 없는 글도 많았다.

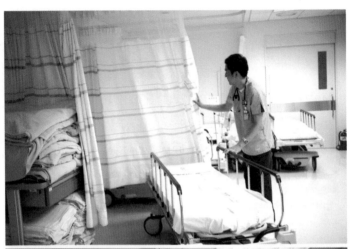

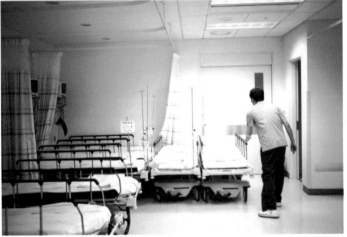

병원에서 일하는 나에게 사람들은 다른 이들이 어떻게 죽음을 맞이하는지 묻곤 한다. 이런 질문은 중환자실 내 환자들에게 받기도 한다. 그것은 마치 임신부가 다른 아기 엄마에게 출산 경험을 물어보거나, 여행자가 다른 여행자에게 먼저 다녀온 경험에 대해 묻는 것과 비슷하다. 물론 이미 죽은 사람에게 죽음이 어떤 것인지 물어볼 수 없다는 점이 다르지만. 그 이야기를 해줄 수 있는 사람은 모두 이 세상을 떠난 후이기 때문에 곁에서 지켜본 내게 대신 묻는 것이다.

대개 사람들은 애써 죽음을 외면하려 한다. 항상 느끼는 것이지만, 죽음에 임박했을 때야 비로소 관심을 보인다. 그래서 많은 사람들이 해결하지 못한 많은 문제를 가슴에 품고, 죽음을 받아들이지 못한 채 세상을 떠난다. 언젠가는 죽으리라는 것을 진작부터 현실로 받아들인다면, 좀 더 일찍 그 물음에 해답을 찾았을 것이다. 그리고 덜 후회스럽게 세상을 떠났을 것이다.

그녀는 50대 초반, 고등학교 2학년 아들을 둔 엄마이자 한 남자의 아내였다. 식도암으로 수술하여 음식을 삼키지 못한 채로 중환자실에 있으면서도 꿋꿋하게 잘 버티고 있는 의지의 아줌마였다. 그녀는 40대 중반까지도 건강했다고 한다. 하지만 이제 겨우 50대 초반인데 본인이 죽을 수도 있음을 인지하고 있었다. 어떻게 보면 부당하다고 여길 수도 있을 텐데 너무나 태연하다.

"기준 어머니, 면회 오는 사람이 항상 기준이 아니면 남편분

뿐이네요."

"제가 지은 죄가 많아 부모님께 연락을 못 하고 있어요. 항상 부모님께 잘해드리세요."

하루는 그녀의 컨디션이 좋아 많은 이야기를 나눌 수 있었다. 그녀는 고아인 남편을 만나면서 부모님의 반대를 무릅쓰고 결혼을 했다. 그녀의 아버지는 작은 개척교회 목사였다. 그런 아버지 밑에서 이미 기준을 임신한 채 결혼을 강행했던 나쁜 딸이라고 했다. 그녀의 부모님은 딸에 대한 배신감에 인연을 끊고 살기로 했던 것이다. 그녀는 지금의 남편을 선택한 것에 대해 단 한 번도 후회한 적이 없다고 했다. 시간이 지나면서 많은 노력을 했지만, 부모님과의 관계가 회복되지 않아 가슴 아파하며 여기까지 오게 되었다. 사실 그녀는 아버지와 솔직한 감정을 나누길 간절히 원하고 있었다. 어쩌면 그런 기회가 절대 오지 않을 수도 있다고 생각했는지 그녀는 아버지께 편지를 쓰기 시작했다. 그리고 그 편지를 자기가 떠난 뒤 봉투에 넣어 붙여달라고 나에게 건넸다. 하얀 종이에 눌러 쓴 글씨에 자연스레 나의 눈이 향했다.

부모님께.

연로하신 부모님이 계신데 아무래도 제가 먼저 떠나게 될 것 같아 불효를 무릅쓰고 편지로 글을 올립니다. 그러나 이 또한 하나님께서 하시는 일, 너무 애통해하지 마시고 하나님께서 부모님께 허락하신 날까지 꿋꿋하고 건강하게 잘 견뎌주시기 바랍니다. 세상에

저처럼 오래 부모님의 보살핌을 받으며 산 딸도 드물 거예요. 죄송하다는 인사와 감사의 인사를 이제야 드리는 제 부족함을 용서해주세요. 아버지, 어머니는 제게 최고의 부모님이셨습니다. 두 분의 무조건적인 사랑과 격려가 없었다면 제가 어떻게 있었겠어요. 하지만 두 분의 사랑을 저버리고 이 남자를 선택해서 저는 행복했지만, 부모님께 큰 상처와 배신감을 안겨드린 점 정말 사죄드립니다. 아버지, 어머니 혹시나 너무 마음 아파하지 마세요. 하나님 나라에 먼저 가서 해처럼 밝은 얼굴로 두 분을 만날 날을 기다리고 있을 테니까요. 부디 건강하세요.

그녀의 어머니는 딸의 병에 대해 이미 알고 있었다. 중환자실 밖 먼발치에서 중환자실 출입문이 열릴 때마다 그녀의 어머니는 안타까운 표정으로 서 계셨다. 하지만 아버지는 아직도 완고하게 딸을 용서하지 않았고, 끝내 죽어가는 딸을 찾지 않았다.

"나는 이제야 부모님께 내 감정을 표현했어요. 솔직히 부모님이 받아들이실지는 모르겠지만, 그래도 제가 후회가 덜 될 거 같아서요."

남아 있는 사람들은 물론이고, 떠나는 사람들도 감정을 표현하는 것이 중요하다. 그녀의 아버지는 딸을 보내고 나서야 이런 후회를 하지 않았을까. '내 감정을 딸에게 표현할 용기가 조금이라도 있었더라면….' 한참 후에 그녀의 어머니를 통해 들은 이야기이지만 아버지도 딸이 사경을 헤맬 때, 뇌졸중으로 병상에 있었다고 했다. 결국 부녀간의 감정을 터놓고 이야기할 시간도 없이 운명은 그렇게 제 길을 찾지 못하고 어긋나고 말았던 것이다.

병원에서 많은 사람을 떠나보내면서 느끼는 것은, 죽음은 순서 없이 찾아온다는 것이다. 인명재천人命在天이라고 흔히 이야기하지 않던가. 누구나 다 오래 살 운명을 갖고 태어나지는 않는다. 우리는 마치 영원히 살 것처럼 행동하고, 먼 훗날 죽음이 찾아올 거라 생각하기 때문에 젊은 사람이 죽었을 때 큰 충격을 받고 절망한다. 하지만 그런 죽음도 어찌 보면 인생의 자연스런 부분이다. 죽음을 부인한다고 해서 죽음이 멀어지는 것은 아니다. 오히려 우리가 죽음을 정직하게 직면할 수 있다면 더 늦기 전에 삶의 우선순위를 바꿀 수 있다. 자신 앞에 놓인 시간이 제한되어 있다는 것을 인정하면, 다른 사람들의 시선으로부터 자유로워질 수 있다. 그리고 마음이 진정 원하는 것을 찾아서 하면, 좀 더 멋진 여생을 보낼 수 있을 것이다.

중환자실에서 생사의 갈림길에 놓인 많은 분을 배웅할 때, "한평생 잘 살다 간다. 잘 지내라" 혹은 "마지막 순간 집(고향)에서 눈을 감고 싶다"고 하시는 분도 있다. 하지만 대다수가 가장 후회하며 남기는 말이 무엇인 줄 아는가. "다른 사람을 위해서가 아닌, 내가 원하는 삶을 살았더라면", "나 자신에게 더 많은 시간을 썼더라면", "너무 일만 하지 않았더라면"이다.

환한 미소를 머금은 효도 사진 한 장

　장마가 계속 이어지는 여름날이었다. 매달 간호사로서 병원 의료봉사에 참여하는데, 그때는 사진 동호회 소속으로 의료봉사 팀과 함께 경북 영양군으로 향했다. 의료봉사를 갈 때 종종 병원 사진 동호회 사람들도 동행하곤 한다. '효도 사진'이라 하여 영정을 무료로 찍어드리는 프로그램을 진행하기 위해서이다. 대개 어르신들은 "별스런 사진을 다 찍어주네" 하면서도, 한편으로는 촬영 스튜디오를 기웃거리신다. 아나나 다를까 이번에도 진료를 마치고 너나 할 것 없이 정성스레 차려 입고 오셨다. 그중에는 미용실과 이발소를 다녀오신 분도 더러 계셨다. 사진 찍는 곳의 한 켠에는 농사일을 하다가 바로 오는 분들이 빌려 입으실 수 있도록 의상실을 마련해놓고 정장과 넥타이, 한복까지 준비해놓았다.

　그날은 150여 분의 사진을 찍어드렸다. 하루 종일 걸린 촬영

이 모두 끝난 후, 사진 동호회 회장은 카메라 메모리가 많이 남
았다며 내 독사진을 찍어주겠다고 했다. 이왕 찍어주는 거 밖에
서 찍자며 우산을 쓰고 군민회관 앞마당에 나선 것까지는 좋았
다. 그러나 나중에 사진을 받고 보니 은행나무를 배경으로 우산
을 든 분위기 있는 사진이 아니라 짙은 모카색 액자에 담긴 흑백
사진이었다. 컬러 사진이 익숙한 시대에 오히려 흑백이 귀하고
드물게 보여 그 사진을 내 방 책상 옆에 세워두었다. 지금도 가
끔 30대 초반의 풋풋함이 남아 있는 내 영정을 보곤 한다.

요즘은 사진 기술이 워낙 발달해 효도 사진도 흑백보다는 컬
러로 보정까지 해서 보내드린다. 간이 스튜디오 앞 샘플 효도 사
진을 한참 동안 보시던 어르신들께서는 "그래도 죽은 사람 사진
은 흑백이어야지 알록달록하면 흉해" 하며 한사코 흑백으로 찍
어달라고 하시는 분들도 있다. 그렇게 말씀하시는 분들께는 흑
백으로 교정해 보내드리곤 한다.

사진을 찍으러 오신 할아버지 한 분이 촬영팀에게 말씀하셨다.

"어이구, 좋은 일한데이. 원래 옛날부터 수의壽衣를 미리 준비
해놓으면 장수한다는 말이 있어. 죽고 난 뒤에 쓸 사진을 미리
찍어놓으면 다들 오래 살 거야. 허허."

나는 어르신 말씀에 맞장구를 치며 대답했다.

"어르신, 수의에 그런 의미가 있어요? 그럼 우리도 효도 사진
이라고 하지 말고 장수 사진이라고 이름을 바꿔야 할까봐요."

이내 어르신은 옷매무새를 가다듬고 굳은 표정으로 카메라만

뚫어져라 주시하셨다.

"어르신, 좀 환하게 웃으세요. 너무 화나신 것 같아요."

하지만 어르신은 한사코 근엄한 얼굴로 카메라를 바라보셨다.

"웃으면서 영정 사진 찍는 사람이 어디 있어? 나는 안 웃고 엄숙하게 찍을 거야."

나는 어르신께서 화를 내시는 것이 아니라 겸연쩍은 상황이라 그렇다는 것을 이내 알 수 있었다.

"어르신, 나중에 한세상 열심히 잘 살다가 가시면서 마지막으로 남기는 사진이니까 환하게 웃는 게 당연하죠. 어르신 김치 해보세요."

내 말에 조금은 수긍하셨는지 어르신께서 웃으며 말씀을 건네신다.

"내가 떠난 후 집 안 벽에 걸기에도 웃는 모습이 훨씬 부드럽겠지?"

다음은 할머니 세 분이 동시에 간이 스튜디오로 들어오셨다. 곱게 차려 입고 마실 나오신 것처럼.

"우리 할머니들, 너무 예쁘게 하고 오셨네요. 어서 오세요."

트로트 가요의 한 구절처럼 빨간 립스틱을 짙게 바른 할머니가 웃으면서 우리에게 말을 건네셨다.

"마을 이장님이 사진 찍어준다고 최고로 예쁘고 멋지게 차려입고 가라고 했어."

"하하, 잘하셨어요. 너무 고우세요."

할머니들은 서로의 매무새를 봐주고, 디지털카메라에 사진이 잘 나왔는지 확인하셨다. 즐겁게 농담하며 웃음이 터지는 이곳이 세상을 떠난 후 영정으로 쓰일 사진을 찍는 자리가 맞는지 새삼스러웠다. 옆에서 할머니들의 즐거운 모습을 지켜보자니 내 얼굴에도 저절로 미소가 피어올랐다.

사진촬영이 다 끝나고 돌아가시는 어르신들의 표정이 다들 가벼웠다. 간이 스튜디오에서 왁자하게 촬영하는 것도 기분 좋았고, 웃으며 찍으니 자식들에게도 좋은 선물이 될 것 같다는 말씀을 하셨다. 그중 한 분은 친구의 영정이 주민등록증의 조그만 사진을 확대한 것이었는데 눈동자가 흐려서 안 좋더라고, 여러 차례 고맙다고 하시기도 했다. 효도 사진이라고 하면 죽음을 준비하는 것이라 생각해서 우울해질 수도 있는데 오히려 모두 행복하고 편안한 마음으로 받아들이셨다.

사실 이전에 나는 어머니가 활짝 웃는 얼굴로 영정을 준비해둔 걸 알고 화를 낸 적이 있었다. 죽음에 대한 터부 때문에 뭐 이런 것을 미리 준비하냐고 화내며 말했었다. 어머니는 주민센터에서 '웰다잉well-dying 프로그램' 교육을 받았다며 미리 준비해놓는 것도 나쁘지 않다고 생각하셨다고 했다. 사진은 영정용으로 일부러 찍은 것은 아니었다. 아버지가 그동안 찍은 두 분 사진 가운데 영정으로 썼으면 좋겠다고 생각한 사진을 골라 확대 인화한 것이었다. 아버지는 정면을 바라보는 전형적인 독사진을 고르셨지만, 어머니는 활짝 웃는 모습을 살짝 비스듬하게 찍은 사진을 준비하셨다. 그래도 자식의 입장에서는 그 사진을 볼 때마다 마음이 불편하고 어색했다. 그런 내가 신경이 쓰였는지 어머니는 웰다잉 프로그램에서 많은 것을 배웠다고 자랑하시며 말씀하셨다.

"만약 나나 아버지가 죽거든 울지 마라. 우리 부부처럼 잘 살다 간 사람도 아마 없을 거야."

"어머니도 참, 세상에 부모가 돌아가셨는데 안 우는 자식이 어디 있어요?"

나는 이런 주제로 대화를 나누고 싶지 않았지만, 죽음에 대한 어머니의 생각을 한 번쯤 듣고 마음에 간직해두어야겠다는 생각이 불현듯 스쳤다.

"네 아버지 아플 때 우리나라에서 제일 좋은 병원에서 치료도 받아보고, 또 내가 아직까지 건강하게 지내고 있잖니. 이 정도면 한세상 잘 살다 가는 거지. 울 거 없다."

"어머니도 참….”

"아니야, 일부러 영정 속에서 웃을 테니까 그거 보면서 웃어. 조문하러 오는 사람들한테도 내가 울지 말랬다고 전해주고. 다 각자 살 만큼 살다 가는데 울긴 뭘 우냐."

어머님의 말씀에 어떤 대답도 할 수 없었다. 외면할 수도 받아들일 수도 없는 미래였다. 나는 나의 영정 양쪽에 검은 리본을 사선으로 한번 드리워보았다. 진짜 영정이 돼버렸다. 영정 속 나 자신을 바라보는 기분은 조금 특별했다. 마치 내가 영혼이 되어 사진 속 나를 바라보는 듯한 묘한 기분이 들었다. 만감이 교차했지만, 슬프거나 우울함보다는 담담하고 초연한 마음이었다. 유언장을 쓰고, 살면서 조금씩 보완해봐야겠다는 생각도 뇌리를 스쳤다.

아마 내가 생을 마감할 때는 그 사진을 영정으로 쓰진 않을 것이다. 하지만 내가 나이가 들어 영정을 다시 찍는다면 웃으면서 찍을 것이다. 이왕이면 내가 지을 수 있는 가장 부드러운 웃음을 지을 것이다. 일부러 꾸미는 것이 아닌, 정말 한평생 후회 없이 잘 살다 간 사람의 기쁨의 웃음을 보여주고 싶다.

4

진정한
삶 의 가 치 를 일 깨 워 준
순간들

어느 날 갑자기 찾아온 불청객, 치매

'아버지'라는 단어를 두고 사람들은 저마다 수많은 감정이 교차할 것이다. 몇 마디로 절대 규정할 수 없는 존재, 아버지. 다음은 병원 로비에서 어버이날 행사로 '아버지' 하면 떠오르는 회상을 포스트잇에 적어 붙이도록 했을 때 내 눈을 멈추게 했던 내용들이다.

나는 어린 시절 아버지에 대한 기억이 그리 좋지 않았다. 강압적이고 어머니와 다툼이 잦았기 때문이다. 커서는 아버지의 사업 부도로 온 가족이 살던 집에서 쫓겨나 거리로 내몰려야 했다. 하루하루 아버지를 향한 원망은 커져 갔고, 어린 나이에도 난 절대 아버지처럼 살지 않겠다고 다짐하곤 했다. 오래 고생하다 겨우 빚을 다 갚았을 때쯤 아버지가 암 선고를 받았다. 병간호를 하며 겨우

트기 시작한 아버지와의 쑥스러운 대화. 돌아가시기 전 아버지의 귀에 대고 "아버지, 사랑해요"라고 건넨 한마디는 '이제야 아버지를 이해할 것 같아요'라는 사죄의 고백이었다. _52세, 남

취직한 이듬해 아버지가 돌아가셨다. 군복무와 취업 준비로 성인이 된 이후 아버지와 함께한 기억이 거의 없다. 그러다 아버지가 돌아가신 후 발견한 일기장. 삶의 무게가 얼마나 무거웠는지 그리고 얼마나 아팠는지, 아들인 내가 취직했을 때 얼마나 기뻐하셨는지…. 그 일기장을 보고 알았다. 결국 아버지가 돌아가신 후에야 아버지를 이해할 수 있었다. 아버지가 돌아가신 지 30년이 다 되었지만 난 아직도 그 일기장을 끝까지 읽지 못했다. 올해는 아버지의 일기장을 꼼꼼하게 읽으면서 마음 놓고 한번 울어야겠다. _56세, 남

시골에서 상경해 맨손으로 사업을 일군 아버지는 하루에 서너 시간만 자고 일만 하셨다. 운수사업을 했던 아버지는 손수 컨테이너를 싣고 전국을 다녔기에 얼굴을 자주 볼 수 없었다. 할머니 손에서 자란 나는 주말이 되어야 아버지를 만났다. 그때마다 "우리 딸 최고"라고 말씀해주셨다. 사업에 실패해서 가정 형편은 넉넉지 못했지만 어릴 적 기억 때문인지 이제는 내가 아버지를 응원하고 싶다. _29세, 여

나의 아버지는 당뇨합병증으로 인한 혈관성 치매Vascular dementia
라는 진단을 받았다. 그 후로 나는 '아버지'란 단어를 떠올리면
알 수 없는 감정에 휩싸인다. 곁에 앉아 도란도란 이야기를 나눠
본 적도, 말이 잘 통하지 않는다는 이유로 아버지를 이해할 마음
조차 먹어본 적이 없었다. 아버지니까 당연히 강하고 진중해야
하며, 인내해야 한다고 생각했던 것이다. 너무 아무렇지 않게 요
구하며 살아왔고, 늘 아버지의 어깨에 기대면서도 그분을 이해
하거나 위로하는 것에는 한없이 게을렀다. 내게 그런 존재였던
아버지가 기억력이 점점 소실되어가는 병에 걸리고 말았다.

모든 혈관성 치매가 이러한 경과를 보이는 것은 아니다. 뇌의
실핏줄이라고 할 수 있는 소혈관들이 좁아지거나 막히는 원인에
의한 경우 점진적인 경과를 보이기도 한다. 혈관성 치매는 알츠
하이머병에 의한 치매와는 달리 초기부터 마비, 구음장애, 안면
마비, 연하곤란, 시력상실, 시야장애, 보행장애, 실금 등 신경학
적 증상을 동반하는 경우가 많다. 그러나 뇌혈관 질환 혹은 뇌졸
중이 있다고 해서 반드시 혈관성 치매가 나타나는 것은 아니며
손상된 뇌의 부위, 크기, 손상 횟수에 따라 혈관성 치매 발병 여
부와 심각도가 결정된다.

아버지가 30년 동안 몸담았던 공직에서 퇴직할 때, 가장 먼저
찾아온 것은 무기력과 당뇨로 인한 합병증이었다. 일에 쫓겨 취
미생활을 즐긴다거나 가족과 함께 보내는 시간은 별로 없었다.
그런 채로 퇴직하고 보니 아침에 눈을 떠도 더 이상 출근할 곳이

없으니 공허했고, 쉬고 있는데도 일할 때보다 더 피곤했다. 그럴 때면 술과 음식으로 스트레스를 풀기 시작했다. 그나마 공무원으로 일할 때 유지되었던 당뇨 수치가 불규칙한 습관과 식탐으로 인해 다 흐트러지고 말았다.

"아버지, 혈당 수치 조절 안 하시면 여러 가지 합병증이 와요. 먹는 양 조금만 줄이고 산책이라도 하면서 체중 관리를 하셔야 돼요."

"내 몸은 내가 더 잘 안다. 너는 네 할 일이나 해라."

그렇다. 아버지는 항상 이런 식이었다. 남의 말은 도무지 들으려 하지 않았다. 이런 아버지의 태도는 어머니와 다툼의 원인이 되곤 했다. 나는 아버지가 퇴직한 후 어머니와 함께 여유롭고 즐겁게 여생을 보낼 줄 알았다. 하지만 그렇지 못했다. 심사숙고 끝에 나는 부모님 단둘이 여행을 보내드리기로 했다. 어머니는 몇십 년 만에 하는 둘만의 여행이라며 들뜬 마음을 표현하셨다. 나는 이 여행을 통해 부모님 사이도 가까워지고, 건강도 더 잘 챙기셨으면 하는 바람이 간절했다. 하지만 나의 기대가 너무 과했던 것일까. 여행에서 돌아오자마자 어머니가 꺼낸 말은 '이혼'이었다.

"그렇게 자기 고집대로만 할 거였으면 뭐 하러 같이 여행을 갔어요? 평생 뒤치다꺼리한 걸로도 모자라서 여행 가서 수발들게 하고 싶던가요?"

그 말을 듣고 계시던 아버지도 언성을 높이며 대답하셨다.

"그럼 혼자 여행 다니고 각자 알아서 해! 누구는 같이 다니고 싶어서 다니는 줄 알아?"

어머니는 평생 이러고 살았는데 더 이상은 지쳐서 힘들다고 한숨을 내쉬셨다. 어머니는 한 번도 자신의 말을 잘 들어준 적 없는 아버지에게 지쳤다며, 저런 모습을 어떻게 하루 종일 보냐고 울먹이셨다. 그때부터 아버지와 어머니는 한집 아래 각자의 삶을 살기 시작했다. 정말이지 이러다 TV에서 보는 황혼이혼을 할 수도 있겠구나 싶을 정도로 심각했다. 아버지의 스트레스는 식탐으로, 더 나아가 폭식으로 이어졌다. 급기야 비만까지 순차적으로 진행되면서 혈관성 치매라는 합병증이 오고야 말았다.

어느 날 새벽 2시경, 급하게 핸드폰 벨이 울렸다. 잠결이었지만 분명 알람소리가 아님을 알 수 있었다.

"어머니, 이 시간에 무슨 일 있어요?"

"놀라지 말고, 아버지가 좀 다치셨다. 119 구급차 타고 대학병원에 왔어."

최대한 놀라지 않게 하려고 애써 진정하는 어머니의 목소리였다. '치매가 어느 날 갑자기 이렇게도 오는구나'라는 의미에서 그때 정황을 이야기해보려 한다. 아버지는 새벽에 화장실을 가려고 잠에서 깼는데, 그때 순간적으로 기억력의 일부분이 사라졌던 모양이다. 10년 넘게 살아온 집에서 화장실 전등 스위치를 찾을 수가 없었으니까. 안방 미닫이문을 열고 주섬주섬 화장실로 갔고, 어둠 속에 화장실 문 모서리에 이마를 부딪치셨다. 그리고 화장실 벽에 걸린 수납장 모서리에 또 부딪쳐 이마가 찢어졌다. 그 흔적은 화장실 바닥 핏자국으로 알 수 있었다. 어머니 또한 잠결에 '쿵' 하는 소리를 두 번이나 듣고 잠에서 깨셨다. 어머니는 아버지를 불러도 대답이 없자 안방 전등을 켜고 바로 화장실로 가셨다.

어머니가 본 광경은 화장실이라는 작은 공간에서의 아비규환이었다. 아버지는 화장실문 뒤쪽에서 엉거주춤 서 계신 상태로 어쩔 줄 몰라 하고 계셨다. 눈 위쪽 이마에서 흐르는 피는 코와 턱을 가로질러 바닥에 흥건할 정도로 뚝뚝 떨어지고 있었다. 하마터면 눈 쪽이 찢어져 실명할 수도 있는 아찔한 상황이었다. 피를 보고 놀란 어머니는 그 자리에 털썩 주저앉아 겨우 휴대폰이 있는 곳으로 기어가 119를 불렀다. 어머니는 119를 부른 뒤 화장실 수납장에서 수건을 꺼내 아버지의 이마 쪽을 누르며 지혈을 했다.

"어쩌다 다쳤어요?"

어머니의 물음에도 아버지는 그 자리에서 꼼짝도 않고 당황한 표정만 짓고 있었다. 그때 어머니는 평소와는 다른 아버지를 느꼈다고 한다. 그리고 10여 분쯤 지났을까. 초인종을 누르고 문을 쾅쾅쾅 두드리는 소리가 들려왔다.

"안에 괜찮으세요?"

이윽고 119 구급대가 도착했다. 일단 응급처치를 한 구급대원

은 이마의 상처를 꿰매야 한다고 판단하고는 성형외과가 있는 대학병원으로 아버지를 이송했다. 응급실에서 봉합을 끝낸 뒤, 응급실 주치의는 아버지에게 여러 가지 질문을 했다.

"여기가 어딘지 아시겠어요?"

"…."

"올해가 몇 년도 몇 월 며칠인가요?"

"…."

"제가 뭐 하는 사람인지 아세요?"

아버지는 꿀 먹은 벙어리인 양 아무 말이 없었다. 응급실 주치의는 어머니를 불러 아마도 머리 쪽 검사를 받아봐야 할 것 같다며 동의를 구한 뒤 컴퓨터 단층촬영computed tomography, CT을 하기로 했다. 그제야 어머니가 나에게 전화를 했던 것이다. 이후 정밀검사가 진행되었고, 그날 밤 있었던 상황은 혈관성 치매로 인해 발생한 순간적 기억력의 상실로 일단락 지어졌다. 아버지는 이전의 기억력을 되돌릴 수는 없지만, 다행히 약물치료로 호전된 모습을 보였다.

사실 알츠하이머 같은 노인성 치매나 혈관성 치매의 경우 증상에서 차이를 보일 수 있지만, 사실상 완치는 불가능하다. 일단 발병하면 약물로 진행되는 속도를 줄일 수밖에 없다. 다행히 아버지는 혈관성 치매 초기 진단을 받아 지금도 계속 약물치료 중이다. 그런 아버지 곁에 항상 어머니가 있다. 어머니는 아버지가 가엾다고 며칠 동안 흐느껴 우셨다. 아버지의 발병으로 어머니는 끝까지 아버지 인생의 동반자임을 자청하셨다.

사실 나는 이 글을 써야 하나 말아야 하나 내내 망설였다. 치매 환자의 발병에 있어 다함께 생각해봐야 하는 건지, 아니면 그저 나의 아버지, 우리 집안의 일로만 생각하고 감수해야 할 것인지를 오랫동안 고민했다. 그러나 갑자기 맞이하게 되는 병고나 우발적인 사고, 사람이 살면서 겪을 수 있는 일들, 의료인으로서 지켜본 것들을 지면이 허락하는 한 많이 나누고 싶었다. 언젠가 우리가 맞닥뜨릴 수 있는 또 다른 사람의 이면을 간접적으로나마 경험하게 해주고 싶은 마음이다.

대개 치매 초기에는 단기 기억장애 및 장기 기억장애가 발생하는데, 최근의 기억이 가장 먼저 사라진다. 또한 지남력을 상실하면 지금이 언제고, 여기가 어디인지, 자신과 주위 사람이 누구인지 인식을 하지 못하게 된다. 계산능력도 저하되어 덧셈, 뺄셈처럼 간단한 계산에도 어려움을 느낀다. 감정 기복 또한 심해지고 판단력과 주의력 저하, 논리적인 사고를 할 수 없게 된다. 중증에 이르면 무의미한, 이해할 수 없는 행동을 보이게 되는 것이다.

보통 교과서적으로 보면 치매의 경우, 명사의 소실에서부터 기억장애가 시작된다. 예를 들면, 지갑을 손에 들고 있으면서 '지갑'이라는 단어가 생각이 나질 않아 '돈을 꺼내는 그거'라고 얼버무린다. 그다음에는 동사의 소실이 오는 경우가 대부분이다. 나는 아버지에게 혈관성 치매가 진행되고 있는지 눈치 채지 못했었다. 그렇게 나의 아버지처럼 갑작스런 일을 통해 치매가 드러나는 경우도 있다는 것을 말하고 싶다. 인생이라는 것이 짜여진 각본대로, 교과서대로 흘러가지 않는 듯이 말이다.

나는 아버지와 치매에 대해 특별히 미화하거나 덧붙이는 과정을 하지 않았다. 많은 사람들이 치매에 좀 더 폭넓은 시각을 갖기를 바랐기 때문이다. 남의 일이 아닌 언제든지 내 부모, 우리 할아버지, 할머니에게 일어날 수 있는 일임을 기억해야 한다. 우리가 살아가면서 정말 잃지 말아야 할 것들을 이런 과정을 통해 찾을 수 있다면 더 이상 바랄 것이 없다.

요즘은 아버지가 가끔 즐거워 보인다. 왠지 돌연한 과거의 상실을 조금은 즐기는 듯한 느낌마저 든다. 오늘 아침에 한 일이 잘 생각나지 않기 때문에 기억으로부터 자유롭지 않을까. 지금의 아버지를 갑자기 하늘에서 지구로 떨어진 ET의 모습으로 가정해보곤 한다. 느닷없이 현재로 던져지는 몇 초 몇 분을 즐기는 것이다. 과거와의 연결, 심지어 미래와의 연결도 가끔 끊어버리고, 이 돌연한 시간적 격리는 나와 나의 불일치, 시간적 흐름에 대한 일탈이 아닐까. 마치 지구 탈출 같은 것 말이다.

나는 비관적인 상황 속에서도 곧잘 낙관적으로 생각하곤 한다. 아마 아픈 사람들을 돌보면서 생겨난 강점 가운데 하나일지 모른다. 문제가 생기는 것을 원하는 사람이 누가 있겠는가. 하지만 삶이란 문제의 연속임을 알기에, 발생한 문제에 끌려 다니는 것을 싫어한다. 나는 문제를 일상에 던져진 예상치 못한 모험으로 인식한다. 그렇게 문제를 해결할 방법을 찾다 보면 인생의 새로운 면을 발견하곤 한다. 최선의 해결책에 도달하는 것은 별로 중요하지 않다. 문제가 던져주는 여러 가지 의미를 해석하고 해결 방법 가운데 내게 적합한 것을 찾아낼 뿐이다. 물론 지금 당장 문제가 풀리는 것은 아니다. 아니 오히려 안고 살아가야 할 경우가 더 많다. 그러나 그게 무슨 큰일인가. 안고 살아가면 되는 거지.

시간이 지날수록 아버지의 기억력은 점점 소실되어 가겠지만 아직은 아들을 기억하고, 우리 가족을 기억하고 있음에 감사한다. 오늘도 아버지는 자신의 18번인 노래 〈고향의 강〉의 첫 구절을 흥얼거리며 웃는 얼굴로 창밖을 바라본다. "눈 감으면 떠오르는 고향에 강, 지금도 흘러가는 가슴속에 강."

아이들은 죄가 없다

일반적으로 '탄자니아'라고 하면 킬로만자로산을 가장 먼저 떠올릴 것이다. 나 또한 탄자니아에 자원활동을 떠나기 전까지는 조용필의 〈킬리만자로의 표범〉, 세계 3대 커피 중 하나인 킬리만자로 커피, 마사이족의 마사이 워킹 정도의 연상되는 단어가 다였다. 그렇게 떠났던 나라 탄자니아. 하지만 막상 도착해서 내 눈에 들어온 광경은 그 단어들의 친숙함과는 너무나 거리가 먼 모습이었다. 어쩌면 많은 문명의 이기를 누리며 살았던 내가 그렇지 못한 곳에서 느끼는 문화적 충격이었을지도 모른다. 이곳의 사람들은 불편함이 아닌 평온함 속에서 살고 있는데, 나 혼자 내 문화의 잣대를 기준으로 열악한 환경이라고 느끼는 것일 수도 있다.

탄자니아 자원활동을 마치고 서울의 한 곳에서 뒤풀이 모임을 가졌다. 다들 오지에서 생사를 함께한 양 반가운 마음으로 서로를 대견해하며 술잔을 부딪쳤다.

"형, 이번 탄자니아 봉사는 평생 잊지 못할 거 같아요. 깨끗한 물 한 모금도 마시지 못하는 어린아이들이 눈에 아른거리네요."

"응, 그렇지. 나도 아직 머릿속에 생생하게 남아 있네."

"여기 모인 사람들이라도 함께 매달 얼마씩 모금하면 그 아이들에게 물이라도 마음껏 마시게 해줄 수 있다는데, 다 같이 힘을 모았으면 좋겠어요."

"그렇지 않아도 지원금을 모으자는 의견이 나와서 NGO 단체와 조율 중이래."

아프리카 대부분의 나라가 그러하듯, 탄자니아도 대표적인 물 부족 국가이다. 삼성전자와 병원팀이 탄자니아 아루샤 지역 일모리죠에 도착했을 때는 건기의 막바지라 가뭄과 물 부족이 심한 상태였다.

예닐곱 살 정도로 보이는 아이가 물웅덩이로 달려와 자그마한 그릇으로 한 번 걷어내더니 이내 그 물을 떠서 벌컥벌컥 마셨다. 아이들이 뿌연 흙탕물을 소들과 함께 먹고 있는 모습에 나는 경악을 금치 못했다. 간호사로서 의료봉사에 참여했던 나는 아이들의 현실에 충격을 받았다. 의사들이 진료하고 약을 처방한들 그 약을 복용하기 위해 마시는 물은 결국 저 웅덩이 물일 텐데…. 병균으로 오염된 물이 아이들의 식도를 타고 내려갈 것을 상상하니 내 배가 스멀스멀 아파오는 듯했다. 교육봉사, 사역봉사, 의료봉사도 중요하지만 무엇보다 우선 병행되어야 할 부분은 우리 삶에서 꼭 필요한 물 문제부터 해결해야 하는 것은 아닐까….

때마침 우리의 방문을 반겨주듯 몇 개월간의 건기 끝에 폭우성 비가 내리기 시작했다. 이 비는 그냥 비가 아니라 생명의 젖줄이었다. 아이들은 일제히 빗물을 받기 시작했다. 한 아이는 허리춤에 찬 찌그러진 페트병을 꺼냈고, 그것마저도 없는 아이는 배식용 그릇 채로 지붕 밑으로 떨어지는 뿌연 빗물을 그대로 받아 마셨다. 정말 참을 수 없는 갈증을 해소하듯 그 물을 들이켰다. 나는 그 모습을 보며 차마 마시지 말라는 말을 도저히 할 수 없었다. 적어도 얼마나 고여 있었는지도 모를, 여러 가축과 함께 마시는 웅덩이 물보다는 나을 테니까. 이것이 일모리죠의 현실이었다.

물의 충격이 가시기도 전에 자원봉사라는 미명 하에 이뤄지는 나눔에 대한 딜레마에 봉착하게 되었다. 탄자니아에 도착하기 전 오리엔테이션 때 절대 아이들에게 아무것도 주어서는 안 된다고 교육받았다. 물건이나 음식을 주면 수많은 사람들이 몰려들어 안전사고 등 문제가 발생할 수 있다는 설명에 고개를 끄덕였던 기억이 났다. 실제로 정말 그러했다. 사탕이라도 하나 주고 싶어도 그 많은 아이들을 감당할 수 없었다. 절대로 측은함에 사로잡혀 일을 그르치지 말자고 마음먹었다.

하루는 소몰이를 하는 꼬마가 나에게 손을 흔들며 성큼성큼

다가왔다. 학교에 갈 시간인데 아마도 학교를 다니지 않는 모양이었다. 꼬마는 내 백팩에 꽂혀 있는 물이 담긴 페트병을 달라고 했다. 만약 지금 물이 담긴 페트병을 이 꼬마에게 주면 많은 아이들이 몰려올지도 모른다는 생각에 나는 어설픈 몸짓으로 거절했다. 그 아이는 이내 자리를 떴지만, 멀지 않은 곳에서 그 아이가 웅덩이에 고인 물을 벌컥벌컥 마시는 장면을 보고 말았다. 더 충격적인 일은 다음 날 벌어졌다. 우리 초소인 임시 병원으로 고열에 시달리며 숨을 헐떡이는 한 아이가 엄마의 등에 업혀 왔다. 우리는 급히 침대로 옮기고 그 아이를 살폈다. 아뿔사! 내가 잘못 본 거라면 좋겠다는 마음이 간절했다. 어제 물을 달라고 했던 그 아이였던 것이다. 나는 또 한 번 뒤통수를 강목으로 얻어맞은 듯했다. 물 때문이었는지는 모르지만 수액과 해열제를 써도 열이 내려가지 않았다. 소아과 교수님은 아무래도 말라리아나 풍토병이 의심된다고 했다. 더 나은 의료시설이 있는 병원으로 옮기기에는 거리가 너무 멀었고, 갈 수도 없는 형편이었다. 그렇게 우리가 할 수 있는 최선을 다했지만 생명의 촛불은 시름시름 꺼져가고 있었다. 정말이지 죄 없는 아이들의 처참한 죽음의 광경을 속수무책으로 지켜보고 있어야만 했다. 어이가 없어서 눈물조차 나지 않았다.

나는 내가 한 행동을 되짚어보았다. 의료봉사든 사역봉사든 이 지역에 조금이나마 보탬이 되겠다고 온 사람이 아니었던가. 어제 그 아이에게 물이 담긴 페트병을 주지 못한 게 너무 후회가

되었다. 과연 그 아이에게 물을 주었다면 괜찮았을까, 아니면 주지 않은 것이 최선이었을까. 이런 문제에 어느 쪽도 선택할 수 없는 내 자신이 한없이 초라하게 느껴졌다. 그 아이의 물을 달라는 행동은 그냥 일상이었겠지만, 그때 나는 아이가 냄새나는 웅덩이 물을 마시게 방치하는 선택을 한 것이다. 그 순간 나는 내 밑바닥에 깔린 마음이 뭔지 보고야 말았다. 그것은 죽어가는 그 아이를 생각하는 마음보다는 그 상황을 지켜보는 나의 무거운 마음을 덜어내고자 '물을 줬어야 한다'고 생각한 것이다. 내 자신이 한없이 혐오스러웠다. 이게 무슨 봉사이고 나눔인가.

우리는 봉사활동 또는 나눔이라는 행동이 자기 기준에서 도와주고 나누어주는 것은 아닌지, 자신을 합리화하기 위한 행동은 아닌지 깊이 생각해봐야 한다. 즉 불우한 상황을 보고 본인의 불편한 마음을 덜고자 수혜자의 입장에서가 아닌 지극히 제공자의 입장에서 생각하고 행동한 건 아닌지 생각해봐야 한다. 그렇게 해야 자기 마음의 짐을 덜어낼 수 있으니까…. 분명 봉사, 지식 나눔, 지원, 성금 등의 도움은 수혜자의 입장이든 제공자의 입장이든 꼭 필요하고 없어서는 안 될 것임은 확실하다. 다음은 미국 케네디 대통령과 인도 네루 수상의 유명한 일화이다.

케네디 대통령이 물었다.

"미국평화봉사단을 만들려고 하는데 어떻게 생각하십니까?"

네루 수상이 대답했다.

"참 좋은 생각입니다. 미국의 젊은이들이 우리 인도인의 마음에
서 많은 것을 배울 수 있을 테니까요."

케네디 대통령과 네루 수상의 대화는 자원활동의 본질을 정확
하게 보여준다. 대개 자원봉사를 한다고 하면 흔히 무엇인가를
주러 간다고 생각하기 쉽다. '봉사'라는 단어에 시혜적인 마음이
투영되어 있기 때문이다. 그러나 자원봉사는 일방적으로 내미는
손이 아니다. 동등한 입장에서 서로 맞잡는 손이 되어야 한다.
우리는 개도국에 자원봉사를 한다고 접근할 때 그 안에 숨어 있
는 자만, 우월의식, 편견 등을 경계해야 한다. 내가 '자원봉사'가
아닌 '자원활동'이라는 말을 즐겨 쓰는 이유이기도 하다.
  해외 자원활동은 현장의 필요에 의해서라기보다는 파견국의
필요에 의해 만들어진다. 나는 자원활동을 통해서 단기 자원활
동의 대안이 필요하다고 느꼈다. 우리는 2주에서 3주 정도 개도
국에 가서 자원활동을 한다. 활동 전보다는 낫지만 여전히 현지
에 대해 모르는 채 시간을 보내고, 우리 기준과 편견으로 그 나
라를 평가하고 결론 내리기 일쑤이다. 그러다 보면 현지인을 대
상으로 하는 모든 것들이 한국적일 수밖에 없다. 이번 탄자니아
봉사단원들이 탄자니아에 한국의 노래와 문화를 가르쳐주고 뿌
듯해하는 모습을 보았다. 나 역시 한국인이기에 현지인이 어설
프게 우리나라 말을 하거나 가수를 좋아한다고 하면 기분이 좋
다. 만약 반대로 탄자니아 현지인도 외국인이 탄자니아의 노래

와 문화를 좋아한다면 기분이 좋지 않을까.

사실 봉사라는 광범위한 개념 중에 'HELP'라는 개념이 빠질 수 없다. 물론 우리가 갔던 탄자니아 또한 학교와 의료시설이 열악했다. 그래서 단원들이 학교시설도 보수해주고, 아이들에게 필기구와 공책을 나누어주며 의료활동도 펼쳤다. 그러는 동안 현지인들은 짧은 기간이나마 '정'을 느끼고, 우리는 그들로부터 생각하지 못했던 배움과 깨달음을 얻어간다. 자원資源은 한국에서 파견된 단원들만 가지고 있는 것이 아니다. 도움을 받는 탄자니아 사람들도 우리에게 나누어줄 자원이 있다. 대개 사람들은 도움을 준다고 생각하면 '있는 자'와 '없는 자'로 나누는 경향이 있다. 우리는 '있는 자'의 입장이고, 경제적으로 조금 더 여유롭다는 이유로 우월하다는 자가당착에 빠지기까지 한다. 그러나 우리가 현지에 갔을 때 만나고 접하는 것은 그들의 문화이다. 문화에는 우월함과 열등함의 개념이 없다. 문화적으로만 따진다면 우리가 탄자니아의 용맹스런 마사이족보다 낫다고 말할 수 있을까.

자원활동을 이곳저곳 다녔지만 이제는 이런 활동에 대한 개념을 확장할 필요성을 느낀다. 의료단원의 한 명으로 참가했지만 나 역시 많은 깨달음과 의문을 품고 돌아간다. 하지만 막대한 예산을 들이고 수많은 자원활동자들이 나서서 개도국을 위해 뭔가를 할 때 우리가 정말 생각해야 할 것이 무엇인지, 단기적이 아닌 지속적으로 해야 할 것이 무엇인지 고민이 필요하다.

한국 환자 vs 미국 환자

    우리나라 사람들은 대개 한국과 미국을 놓고 비교하기를 좋아한다. 그러나 비교라는 것이 아무래도 제한된 개인의 경험에 근거하다 보니 좁은 시야에서 나오는 편견과 주관으로 가득한 잣대로 판단하기 쉽다. 예를 들면, 미국인은 교통법규를 잘 지킨다고들 하는데 실제로 처음 미국에 갔을 때 작은 도시에서 그들의 운전질서에 감탄한 적이 한두 번이 아니었다. 하지만 LA 도심에 와서는 기회만 있으면 새치기하고 신호를 무시하는 차량과 보행자들로 눈이 어지러울 정도였다. 도로 곳곳에 감시카메라가 있는데도 교통위반과 교통체증이 심했다.

    LA는 교통위반 벌금이 미국의 다른 곳과 비교해도 비싸다. 두 사람 이상만 탄 자동차가 달릴 수 있는 카풀레인Carpool Lane을 위반하면 벌금이 최소 300달러가 넘는다. 조금만 과속하다 걸려도

500달러이고, 시속 100마일(160킬로미터) 이상 과속하다 걸리면 체포되는 곳이기도 하다. 아마도 LA 중심가에 살았던 한국인이라면 미국인이 한국인보다 더 교통질서를 안 지킨다고 주장할 것이다.

나는 미국을 두 번 방문했다. 한 번은 하와이주립대학교 간호학과 교환학생으로, 또 한 번은 서부를 여행하는 백팩커로였다. 짧은 기간과 일부 지역을 다녔던 것이니 나 역시 미국 문화와 생활 전반에 대해 다 알 수는 없다. 내가 처음 교환학생으로 미국에 갔을 때 가장 기대한 것 중 하나가 착한 환자들이었다. 미국 메디컬 드라마나 영화를 통해 보았던 병원의 모습과 여러 경로로 들은 정보가 있었기 때문에 미국 환자들은 의료진의 말을 잘 들을 것으로 기대한 것이다.

실제로 미국 환자들은 착하고 매너가 있었다. 그렇게 느낄 수밖에 없었던 것은 한국 환자들은 의사, 간호사를 힘들게 하는 점이 많기 때문이다. 예를 들면, 금주나 금연을 하라는 말을 듣지 않는다던가, 처방대로 병원식만 먹고 짠 음식을 피해야 한다는 권고를 무시하고 마음대로 섭취하기도 한다. 치료가 잘 안 되어 이유를 물어보면 민간요법을 병행하고 있거나, 한방치료를 받고 있기 일쑤였다. 어떨 때는 설명할 수 없는 질병의 원인에 대해서만 집착한다든지, 간호사에게 공연히 적개심을 가지고 대하거나 매사에 의심하는 환자도 있었다. 심지어는 어디가 아픈지 말하지 않고 한번 맞혀보라는 환자도 있었다. 이런 사람을 만나면 정

말이지 간호대학에서 관상이나 점술, 독심술을 왜 안 가르쳐주
었는지 원망스럽기조차 했다. 겉으로는 표현할 수 없지만, 간호
사도 사람인지라 섭섭함이 들기란 마찬가지였다. 그래서인지 미
국에 대한 환상이 더 컸었던 것 같다.

미국에 와서 보니 역시 환자들은 대부분 친절했고 정중했으며
자신의 상태를 논리적으로 설명하고 필요한 부분을 요구할 줄
알았다. 이렇게 맘껏 미국 환자들을 위한 간호 어시스트를 하루
하루 경험하고 있던 중 나에게 현실을 깨닫게 해준 일련의 사건
이 있었다. 진료소에 재미교포 간호사와 동행한 적이 있다. 도착
했을 때 안이 무척 소란스러웠다. 한 흑인 환자가 진료를 받다가
여의사에게 음담패설 등 부적절한 행위를 하여 진료가 중단되었
고, 결국 병원 경비가 와서 몰아내는 사건이 일어난 것이다. 정
말 어이없고 황당했지만 사람 사는 곳에 어찌 좋은 사람만 있을
까 생각했다.

또한 현지 간호사를 따라 다니면서 관찰하는 새도잉 2주차 때
있었던 일이다. 아침 회진 중에 백인 할아버지 환자의 병실에 들
어갔는데 어쩐지 분위기가 이상했다. 대부분 병실은 환자를 제
외한 보호자가 한 명 정도 있을까 말까 할 정도인데, 환자 말고
도 다섯 명의 보호자가 병실이 꽉 차도록 있는 모습은 흔한 것이
아니었기 때문이다. 이들과 간단히 인사하고 담당 간호사를 따
라 병실을 나오는데 환자 가족인 한 중년 여성이 수첩과 볼펜을
들고 따라 나왔다. 그러더니 담당 간호사 이름과 소속, 참관 중

인 나의 이름까지 알려달라고 하는 것이었다. 숨길 수도 숨길 이유도 없었기에 알려줬지만 왜 물어보았는지 도무지 알 수가 없었다. 나중에 현지 담당 간호사에게 물어보니 그 가족들이 병원과 의사를 상대로 소송을 준비 중이라고 했고, 소송을 위해 환자 근처에 갔던 간호사는 다 소송 명단에 오를 것이라고 했다. 담당 간호사는 스스로 잘못한 것이 없다고 생각하기에 떳떳했지만, 계속 돌봐온 의료진에게는 힘이 빠지는 일이었다. 분명 환자의 입장에서는 불합리한 것이 있어서 소송을 준비하겠지만, 가끔씩 미국 드라마에서나 본 의료소송을 눈앞에서 직접 본 첫 번째 경험이었다.

이런 일도 있었다. 여의사가 젊은 남자 환자에게 수혈에 관한 동의를 받으려고 한 상황이었다. 일단 병실로 들어가 미소를 지으면서 인사하고 자신을 소개하는데 이 환자가 갑자기 소리를 질렀다. 뭐가 그렇게 우습냐는 것이었다. 아무리 고통을 겪는 환자라도 웃는 얼굴을 보여줄 때 더 격려가 된다고 생각했었는데, 의사의 미소가 이렇게 문제를 일으킬 줄은 몰랐다. 당황한 의사는 미안하다고 사과를 하고 본론으로 들어가 수혈에 관한 설명을 하는데 또 다른 문제가 발생했다. 수혈 부작용이 없다고 보장할 수 있느냐며 환자가 따졌던 것이다.

의사는 부작용 확률이 매우 낮고, 그렇다 하더라도 대부분 경미한 증상으로 즉각 처치가 가능하며 수혈로 인한 이익이 그렇지 않은 경우의 불이익보다 훨씬 크므로 수혈을 권한다고 차근

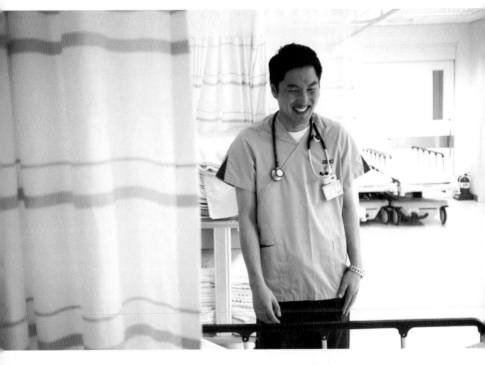

우리는 항상 옳고 그름, 선과 악, 진실과 거짓의 문제에 직면한다.
이때 편견 없이 세상을 바라보는 능력이야말로 진정 필요한 삶의 기술이 아닐까.

차근 설명했다. 그러나 환자는 의사들은 항상 그런 식이다, 책임을 질 수 없으면 그냥 나가달라고 하면서 화를 냈다. 나중에 현지 간호사에게 들었는데, 이 환자가 병원 곳곳에다 얼마나 불만 투서를 했는지 간호부장, 고객센터 등에서 이 의사에게 쉴 새 없이 호출을 해댔다는 것이다. 이런 상황은 한국이나 미국이나 거의 비슷하게 일어나는 듯했다.

간호연수 때의 경험은 내 간호사 생활에 전환점이 되어주었다. 미국에서의 경험 때문에 한국 환자들이 미국 환자들과 마찬가지로 대부분 착하고, 순수하고, 정중하다는 사실을 알게 되었다. 그동안 내가 잘못 생각하고 있었음을 깨달았던 것이다. 왜 나는 섭섭하게 했던 한국 환자를 보고 수준을 운운하며, 못된 미국 환자를 보고는 '세상에 나쁜 사람은 어디에나 있는 법이니까' 하고 합리화를 했을까. 간호사의 말을 듣지 않는 한국 환자에 수없이 실망하기도 했지만 그들에게 미국 환자들에게 해주었듯이 자세한 설명을 했었던가. 예민할 수밖에 없는 환자의 마음에 혹여 상처를 냈던 것은 아니었을까. 항상 환자의 입장을 헤아리고 사려 깊게 행동했는가. 나름대로 노력은 했지만 한국말로 한국 사람을 보는 것은 너무도 쉽고 당연한 일로 생각했던 것은 아닐까.

그때 이후 내 마음속에서는 미국 환자들에 대한 환상에서 벗어남과 동시에 한국 환자들에 대한 선입견을 떨칠 수 있었다. 미

국 사람들은 다 순진하고 한국 사람들은 그렇지 못하다는 편견
이 다양한 사람을 겪으면서 결국은 '사람 나름이다'라는 깨달음
으로 수렴해가고 있다. 미국이나 한국이나 둘 다 의사나 간호사
에게 어려운 소수의 환자는 있지만 실제는 좋은 환자가 다수이
다. 무학대사가 부처 눈에는 부처만 보이고 돼지 눈에는 돼지만
보인다고 하지 않았던가. 나의 한국 환자들에 대한 편견은 돼지
의 눈이 아니었는지 반성해본다.

콘돔은 왜 19금인가요

남자 간호사가 되면 심심찮게 중고등학교 남학생들에게 성교육 특강을 해달라는 부탁이 들어온다. 지인 중 간호사를 하다가 고등학교 보건교사로 근무하는 선배가 있다. 그 선배가 어느 날 뜬금없이 오전 반나절만 시간을 내달라며 간곡히 부탁해왔다.

"남학생들 성교육을 하기가 너무 힘들어. 여기 와서 특강을 좀 해줄 수 있겠어?"

"그럼, 여학생들은 선배가 하는 거예요?"

"당연하지. 여학생들은 내가 어떻게 해보겠는데 남학생들은 통제가 잘 안 돼. 내가 식사 거하게 대접할 테니 좀 부탁하자."

"예, 그렇게 할게요. 자료나 메일로 좀 보내주세요."

오랜만에 학생들 앞에 서는 강의라 긴장하지 않으려고 이런 저런 내용을 준비했다. 준비하는 과정에서 선배가 보내준 자료를 참고하기 위해 메일을 열었다. 그러나 내가 중고등학교 때 접한 내용과 별 다를 게 없었다. 핵심을 겉도는 지루한 내용이었다. 성에 관련한 교육은 예전이나 지금이나 별로 바뀌지 않은 것이다.

수업이 시작되었다. 그러나 어쩌다 보니 대화의 주제가 인터넷 검색 및 판매에 있어 콘돔을 '19금'으로 해야 하는지의 여부에 대한 열띤 토론으로 이어졌다. 30분이 넘도록 반 아이들은 합의점을 찾지 못했고, 그렇게 성교육 시간은 끝이 났다. 아이들은 그래도 궁금한 모양인지 계속 웅성거리며 의견을 나누는 모습이었다. 특강을 마치고 보건실에 와서 선배와 이야기를 나누고 있었는데 문밖에서 인기척이 들려왔다. 성교육 특강을 받았던 학생 중 한 명이었다.

"선생님, 저 상담할 게 좀 있는데요."

나는 직감으로 이 학생에게 말을 꺼내기 힘든 무엇인가가 있음을 알 수 있었다. 다행히 점심시간이 막 시작하는 터라 시간적인 여유가 있었다. 선배는 내게 점심을 먹으러 가자는 신호와 함께 빨리 끝내라는 눈치를 주며 자리를 피했다.

"선생님, 저기⋯. 거기서 계속 고름이 나와요. 소변을 볼 때마다 화상 입은 것처럼 아프고요. 소변을 보고 나서도 계속 소변 보고 싶은 느낌이 들어요."

이 상황에서 다그친다든지 야단을 친다면 혼자 속앓이를 할 것이라는 것쯤은 알고 있었다. 나는 아무런 표정 변화 없이 자연스레 말을 이어나갔다.

"언제부터 그랬어?"

"3, 4일 된 것 같아요?"

"관계는 언제쯤 가졌어?"

단도직입적인 질문에 학생은 약간 겸연쩍은 표정을 지었지만 순순히 대답했다.

"일주일 전쯤에요."

"여자친구는 있어?"

"네."

"여자친구는 별 이상 없데?"

"여자친구와는 관계한 적 없어요."

"그래? 그럼 최근 다른 사람이랑 관계한 적 있니?"

"사실 저번 주 금요일 클럽에서 처음 만난 여자애랑 술김에 같이 잤어요."

"조심하지 그랬어. 콘돔 사용을 안 했구나?"

"네, 관계 후 며칠은 괜찮았는데 계속 이상해서 인터넷을 찾아보니 성병에 걸린 것 같아요."

이 학생은 너무도 당당했다. 그래도 이 사실을 숨기려 하지 않고 의논했다는 사실에 나는 격려를 해주었다. 이 친구의 증상을 볼 때 대략 어떤 성병인지 짐작할 수 있었다. 비뇨기과에서 검사를 받아봐야 알겠지만 임질이나 비임균성 요도염일 가능성이 높았다. 내가 군대 의무병 시절에 많이 본 대표적인 증상이었기 때문이다. 우리는 곧바로 비뇨기과로 향했다.

임질의 경우 남성은 요도염, 여성은 임균성 자궁 경부염의 형태로 시작된다. 잠복기를 거쳐 진행성 염증 반응을 시작으로 생식 요로계 증상이 나타나게 된다. 대표적 증상으로 요도의 불쾌감과 타는 듯한 느낌, 요도 끝이 빨갛게 부어오르거나 잔뇨감 때문에 자주 소변을 보러 간다던지, 크림색의 분비물이 나오게 된다. 만약 피검사를 통해 임질균 때문이 아니라면 대부분 총칭해서 비임균성 요도염이라고 한다. 항생제 치료가 대부분이고, 관계한 상대자와 병행 치료를 해야 한다. 만약 치료를 하지 않는다면 남성의 경우 부고환, 전립선, 정낭 등에 염증이나 요도협착증이 발생하고 여성에게는 직장 항문염, 난관염, 골반 장기염 등의 합병증을 유발할 수 있다.

특강 중에 아이들은 인터넷 검색창에서 '콘돔'이라는 단어를 입력하고 검색을 눌렀다. 그러자 이런 문구가 뜬다.

19세 미만 청소년에게 부적절한 결과는 제외하였습니다.
19세 이상 사용자의 경우 전체 결과를 보실 수 있습니다.

나는 검색창의 문구를 보고 콘돔이 부적절한 것인지 처음 알게 되었다. 검색 사이트의 문제가 분명 아닐 것이다. 방송통신위원회 등의 제재가 있으니 성인인증을 걸었을 것이다. 그날 이후 왜 성인만 콘돔을 검색할 수 있는지에 대한 의구심이 들었다. 내가 학생 때는 성교육 시간에 콘돔은 피임기구이자 성병을 예방

한다고 배웠다. 지금은 의료인으로서 더 자신 있게 이야기할 수 있다. 가능하면 사용하는 것이 서로에게 안전하며 건강한 성생활을 즐길 수 있다고 말이다. 하지만 나도 청소년 시절 콘돔을 사용하는 방법 등 실질적인 내용은 배우지 못했다. 사실 지금도 상황은 변하지 않았다.

물론 현재 중고등학생들도 콘돔이 하는 역할은 배운다. 하지만 깨끗한 손으로 포장지를 벗기고, 콘돔의 끝은 공기를 뺀 상태로 눌러주어야 한다는 사실은 대부분 모르고 있다. 그것도 그런 것이 학교에서 성교육을 담당하는 보건교사가 대부분 여성이기 때문에 남학생들을 데리고 콘돔 사용법을 가르쳐주는 것도 정서상 부자연스러울 것이다. 게다가 학생들은 떳떳하게 약국이나 편의점, 마트에서 콘돔을 구입하는 것이 어려울 수밖에 없다. 그렇다면 결국 중고등학생이 콘돔을 알아볼 곳은 인터넷밖에 없는데 그곳마저 19금이라는 장벽으로 막혀 있다. 그러면서 임신, 미혼모, 성병 등의 단어는 성인절차 없이 검색할 수 있다. 성교육을 가르치는 의료인의 시각에서 정말 이해가 되지 않는 상황이다. 콘돔이라는 단어는 19금이고 임신, 성병, 미혼모 등의 단어는 누구나 접근하여 찾을 수 있는 현실. 과연 이 차이는 어디에서 오는 것일까?

원하지 않는 임신과 성병을 예방할 수 있는 피임기구인 콘돔을 검색할 수 없게 만들어놓은 우리나라 인터넷 검색창들. 하지만 원치 않은 임신, 그리고 미혼모 시설이 부족한 현 상황에서

발생하는 사회문제, 성병 관련 내용은 적나라하게 사진까지 보여주며 위험성을 뒤늦게 알려주는 인터넷의 현실. 콘돔 없이 원치 않은 임신을 했을 경우 인터넷에서 검색하라는 말인가. 아니면 혹시 성병에 감염되면 인터넷으로 확인해보고 병원을 찾으라는 말인가. 소 잃고 외양간 고칠 때 인터넷 검색하라는 뜻으로밖에 해석되질 않는다. '콘돔'이라는 단어가 그렇게 해로운가?

비뇨기과에서는 콘돔이 완벽한 해결책이 아니라는 의견도 있다. 일례로 유럽의 경우 콘돔 사용률은 다른 국가에 비해 높지만 성병 유병률은 증가했기 때문이다. 대부분의 콘돔과 성병과의 관계 연구들이 대상자들의 설문에 의존하고 있어, 대상자 스스로가 판단한 내용이 반영되기 때문에 객관적이지 못할 수도 있다. 또한 콘돔을 많이 사용하는 사람들의 경우, 위험한 성관계 unprotected sex에 노출되어 있는 경우가 많기 때문에 연구 결과 해석에 주의가 필요하다. 콘돔의 사용 방법이 사람마다 차이가 나고 제대로 사용하지 않아서 생기는 문제인지는 알 수가 없는 것이다.

나는 콘돔을 자동차의 안전벨트나 에어백 정도로 비유한다. 만약 사고가 났을 때 이것을 장착했다고 해서 100퍼센트 안전을 보장할 수는 없다. 하지만 분명한 것은 안 한 것보다는 한 것이 확률적으로 안전하다는 것이다.

망자가 잊고 간 지휘봉

3일간의 중환자실 밤번 근무 첫날이었다. 출근하는 길을 걷는 한 걸음 한 걸음이 천근만근 무겁게 느껴졌다. 어제부터 생사의 갈림길에 있던 지휘봉 어르신이 나의 조문을 기다리기라도 한 듯, 낮번 때 저 세상으로 떠나셨다는 연락을 받았다. 출근 전 병원 장례식장에 들러 조문했다. 장례식장에 들어서 흰 국화를 헌화하고 영정을 잠시 동안 우두커니 바라보았다. 이내 그의 아들이 인사를 건넸다.

"그동안 저의 아버지 잘 보살펴주셔서 감사합니다."

"아닙니다. 제 할 일을 했을 뿐인데요. 고인의 명복을 빌겠습니다."

간호사끼리는 그 할아버지를 지휘봉 어르신이라 불렀다. 인공호흡기로 호흡을 하는 이 어르신은 말을 할 수 없었다. 인공호흡기의 관이 기도를 거쳐 기관지까지 들어가 있기 때문이다. 그래서 지휘봉은 의식이 깨어 있는 상태의 어르신께서 우리를 부를 수 있는 유일한 수단이었다. 지휘봉은 침대 난간의 왼쪽에 손을 뻗으면 닿을 수 있는 곳에 항상 있어야 했다.

땅! 땅! 땅!

지휘봉 어르신이 간호사를 부르는 신호이다. 한두 번은 괜찮았지만 나중에는 그 소리가 일할 때 매우 거슬릴 만큼 빈번하고 크게 들렸다. 일하는 근무자 모두 저 지휘봉을 어떻게든 보호자에게 돌려주자는 의견을 낼 정도였다. 그래서 하고 싶은 말을 쓸 수 있게 노트와 펜을 드려서 지휘봉이 필요 없게끔 하자는 전략을 세우고 바로 실행에 옮겼다. 하지만 어르신은 노트에 자기가 의도하는 바를 쓰기는커녕 펜을 집어던지는 것이 아닌가. 지휘봉 제거 작전은 보란 듯이 물거품이 되고 말았다. 이 일이 있고 난 뒤, 지휘봉은 그야말로 근무자를 지휘하는 봉이 되어버렸다. 침대 난간을 두드리는 소리는 우리 근무시간과, 가래를 흡인하는 시간을 알려주는 타이머가 되어버렸다. 그렇게 한 달 남짓 시간이 흘러 어르신의 지휘봉 두드리는 소리를 더는 들을 수 없었다.

암병원 흉부외과 중환자실은 중간에 근무자 스테이션을 두고 'ㄷ'자 구조를 가지고 있다. 창가 쪽은 호흡기를 단 채 움직이지 못하는 환자가 위치하고, 건너편은 수술이 끝나고 하루 이틀 정도 입원하다가 거동이 가능할 때 일반 병실로 올라가는 경환자들이 있다. 그래서인지 중환자실은 비어 있는 침대가 없을 정도로 항상 환자가 바로 채워진다.

지휘봉 어르신 자리도 마찬가지였다. 낮에 사후처치를 하고 영안실로 옮겨진 후, 그 자리는 다시 재정비되어 누군가의 침상이 되었다. 보통은 수술을 마친 후 잠시 중환자실을 거쳐 가는 환자에게는 중환자실에서 바깥쪽 침상이 주어진다. 하지만 그날은 모든 자리가 다 차버린 상태라 마지막 수술 후 나온 30대 초반의 젊은 남자는 바깥자리가 아닌 지휘봉 어르신 자리였던 곳에 입실해서 수술 후 처치를 받았다.

동이 트기 전 새벽, 중환자실은 기계소리 외에는 어떤 소리도 없는 고요함 그 자체였다. 아니 적막하다는 표현이 더 정확할 것이다. 동료들 역시 묵묵히 자기 일을 하는 것 외에는 침묵으로 일관된 새벽 근무였다. 중환자실 귀퉁이의 벽시계는 새벽 4시 5분 전을 가리키고 있었다. 그때 갑자기 지휘봉 어르신 자리에 있던 젊은 환자가 얼굴을 찡그리며 통증을 호소했다.

"저기, 너무 아파요. 진통제 좀 주세요."

대개 마취가 풀리며 잠에서 깰 때 환자들은 살았다는 안도감과 함께 통증을 호소한다. 나는 미리 처방된 마약성 진통제를 투여했다. 거친 숨소리도 점점 안정되면서 다시 잠이 들었다. 진통제의 효과 때문일까 너무 편안해하며 잠꼬대까지 했다. 나는 이 모습을 지켜보다 다른 환자의 침상으로 이동했다. 3번 침상의 60대 여자 환자는 어제 첫 번째 폐암수술 환자였다. 그녀는 새벽 4시인데 벌써 깨어 있다.

"잠에서 깨신 건가요? 아니면 안 주무신 건가요?"

"수술 후 낮부터 계속 잤더니 잠이 오질 않네요. 중환자실이란 곳도 어색하고요."

"그렇죠? 아마 아침 회진 돌면 바로 거동이 가능한지 확인 후 일반병동으로 옮길 테니 걱정하지 말고 쉬세요."

그때였다. 순간 건너편 지휘봉 어르신 자리였던 13번 침상에 누군가가 서 있는 듯한 그림자를 보았다. 나는 어둠 속 다른 근무자이겠거니 생각하고 하던 일을 계속했다. 하지만 밤번 근무자는 총 세 명. 내가 3번 침상, 다른 두 명은 5번과 7번 병상, 같은 라인에서 일하고 있지 않은가. 환자의 숙면을 위해 야간 등 말고는 모두 소등했기 때문에 좀 어둡기는 하지만 내가 본 것은 분명 사람 그림자였다. '새벽이라 내가 순간 헛것을 본 것일까?' 다시 그쪽을 주시했다. 젊은 환자는 편히 자고 있었다. 막상 그쪽으로 다가갔을 때는 아무것도 보이질 않았다. 나는 밤근무의 첫날이라 많이 피곤했나 생각하고는 다시 일에 집중했다.

아침이 밝았다. 시계는 7시를 가리켰고 근무자들은 인계 준비를 하느라 바쁘게 움직였다. 나 또한 마지막으로 13번 침상 환자를 낮번 근무자에게 인계하고 있었다. 그때 환자가 뜬금없이 말을 건넸다.

"어제 밤인가 새벽인가에 돌아다니던 할아버지가 누구예요?"

"예? 무슨 말씀을 하시는 건지?"

"저도 비몽사몽이어서 잘 기억은 나질 않는데, 할아버지 한

분이 지팡이인가 지휘봉인가를 찾는다고 그랬던 거 같은데…."

"혹시 꿈꾸신 거 아닌가요? 새벽에 아프다고 해서 제가 진통제를 드린 거 기억나요?"

"예, 기억나요. 진통제를 맞고 좀 지나서인 것 같거든요."

그 순간 피곤함이 확 사라지며 깜짝 놀라지 않을 수 없었다. 13번 병상 환자는 지휘봉 어르신을 알 리가 없기 때문이었다. 갑자기 귀신에 홀린 듯했다. 그러면서 내 눈에 잠깐 보였던 그림자가 오버랩되면서 심장이 멎는 줄 알았다. 일찍 인계를 끝내고 잠시 휴게실로 들어갔다. 간호학을 공부한 사람으로 무슨 생각을 하나 싶다가도 내가 본 것과 환자가 말한 내용은 과연 무엇일까 머릿속에서 떠나질 않았다. 밤근무의 피곤함으로 인해 헛것을 본 것이고, 환자는 수술 후 마약성 진통제로 환각 증상이 일어났던 것일까. 나는 놀란 가슴을 쓸어내리며, 그렇게 단정 지을 수밖에 없었다.

인계 후 내가 맡은 환자들에게 퇴근 인사를 하러 병실을 돌고 13번 병상 주위를 훑어보았다. 그 순간 나는 깜짝 놀랐다. 침상 벽면 기둥 옆에 지휘봉이 있지 않은가. 아마 사후처치를 하면서 옆으로 물건을 옮겼는데, 벽면 기둥 뒤편이라 미처 챙기지 못했던 모양이다. 나는 밤번 근무자들에게 이 사실을 이야기하면서 물었다.

"혹시 13번 환자에게 지휘봉 어르신 이야기한 적 있어요?"

다들 그런 이야기를 왜 하겠냐는 표정을 지었다. 다른 동료들

은 무섭다며 난리이다. 하지만 나는 이상하게도 무섭다는 생각
이 들지 않았다. 퇴근하는 길에 병원 장례식장에 다시 들렀다.
그러고는 어르신 아들에게 지휘봉을 건넸다.

"정리하다 미처 드리지 못한 것이 있어서 가지고 왔어요."

"이런 것까지 챙겨주시고 너무 고맙습니다."

아들은 지휘봉을 영정 왼쪽 옆에 둔다. 나는 다시 지휘봉 어르
신의 사진을 우두커니 바라봤다. '지휘봉 찾으러 일부러 중환자
실까지 오셨어요? 이제 편히 가세요.' 그렇게 마음속 인사와 함
께 장례식장을 나왔다.

비록 나는 과학적인 치료와 간호를 맡고 있는 의료인이지만
그런 생각이 든다. 영혼이란 것이 존재할지도 모른다, 그리고 과
학으로 설명할 수 없는 무언가가 있을 수도 있겠구나. 그것은 인
간이 어떻게 할 수도 설명할 수도 없는, 말 그대로 인간 밖의 영
역이 아닐까? 나는 그날 이후 삶과 죽음, 영과 신에 대한 과학적
인 시각을 거두어들였다. 그리고 성당에서 행해지는 퇴마의식이
나 영이 교접하는 현상, 또는 의심되는 부분을 예민하게 관찰하
기 시작했다. 그럼에도 나는 아직 그때의 일이 어떤 인과관계를
가지고 있는지 결론을 내리지 못했다. 인간의 삶에는 보이지 않
는 오묘한 질서가 존재할지 모른다는 생각이 들었다. 그리고 지
금도 나는 보이지 않는 그 무언가를 찾아 헤매고 있는 것인지도
모른다.

세상에서 가장 아름다운 존재

신생아실의 아기를 보면 천사가 따로 없다. 적어도 11시간의 산통 끝에 찾아오는 감격과 환희, 희열 앞에서는 더욱 그럴 것이다. 산모의 귓가에 들려오는 음악소리와 엄마 품에서 초유를 빨고 있는 아기를 볼 때면, 이전까지 출산의 고통은 언제 그랬냐는 듯 편안해 보이기까지 하다. 출산은 여성이 분만하는 과정이기 때문에 굉장히 민감한 부분이 많다. 지금은 사생활 침해 때문에 의료진 외 산모의 동의 없이는 실습생의 참관이 어렵다. 적어도 내가 모성, 아동간호학 실습을 했던 시절은 약간의 묵인 하에 가능했지만 말이다.

내게 출산의 광경을 허락해준 그녀는 스물여섯 살, 아직 어리게 보였지만 자연분만을 결심한 초산모였다. 그녀는 예비 분만실에서 규칙적으로 다가오는 진통에 얼굴을 찡그리고 있었다.

"후…, 후…."

연신 호흡을 가다듬으면서 의젓하게 애쓰는 모습이 대견해 보였다. 진통 8시간 42분째, 아기의 태동검사 소견은 안정적이었다. 걱정스런 표정의 친정엄마는 병실로 들어와 산모의 헝클어진 머리카락을 가다듬어주었다.

"애가 애를 낳는다고 고생이 많다. 아이도 그렇고 우리 딸도 다 건강하고, 무사히 태어날 거야."

옆에서 안절부절못하는 남편도 산모의 손을 꽉 잡아주며 장모의 말에 응수했다.

"고통받지 않고 나왔으면 좋겠어요."

진통을 시작한 지 10시간 47분, 산모는 진통이 10분 간격으로 분만이 임박해져 분만실로 이동했다. 이내 분만실 간호사가 산모의 출산을 위한 자세를 잡았다.

"최대한 다리를 넓게 벌리세요."

"허리가 아파요. 너무 아파요. 아, 엄마…."

분만실 간호사는 급한 상황에 재빠르게 대처하면서도 침착하게 말했다.

"심호흡을 다시 크게 하세요. 자, 다시 한 번."

그렇게 30분 남짓 시간이 지났을까. 산통의 절정 끝에 3.7kg의 건강한 공주님이 태어났다. 초보아빠는 분만실로 들어와 탯줄을 자르며, 공주님과의 첫 대면식을 했다. 그는 물컹물컹한 탯줄을 끊기 위해 가위질을 조심스레 하지만 잘 잘리지가 않는지 진땀을

흘리고 있었다. 초보아빠가 탯줄을 자르자 분만실 간호사는 이내 아기의 입과 코에서 이물질을 제거했다. 그러자 아기는 득음이라도 한 듯 시원하게 울음을 터트렸다.

"앙! 응애!"

아기의 체온이 떨어지지 않게 보온한 후, 바로 모유수유를 위해 산모의 가슴 쪽으로 젖을 물렸다. 그제야 아기는 울음을 멈추고 젖을 열심히 빨기 시작했다. 꼭 배 속에서 빨기 하나는 완벽하게 숙지한 천사인 양. 아직 눈을 뜨지도 못한 채 손발을 꼼지락거리는 아기, 너무나 아름다운 모습이었다. 뒤에서 지켜보는 친정엄마는 기쁨과 감격의 눈물을 흘리며 딸에게 말했다.

"우리 딸 고생했어. 이제 너도 드디어 엄마가 됐구나. 정말 수고했다."

젖을 물리고 있는 산모는 친정엄마를 쳐다보며 엄마도 자신을 힘들게 낳았을 거라는 마음에 뭉클했는지 두 눈에 눈물이 가득 고였다. 아빠는 이제 상황이 진정되었는지 아내에게 수고했다는 말을 건넸다.

"정말 고생 많았어. 우리 잘 키우자."

그러고는 약간 굳은 표정으로 분만실 간호사에게 아내가 듣지 못할 정도의 작은 귓속말로 무언가를 물었다.

"아기 머리가 이상한 것 같아요. 고깔모양처럼 됐는데 괜찮은 건가요?"

"1~2주 후면 원래대로 되니까 걱정 안 하셔도 됩니다."

그제야 남편은 안심한 듯한 표정을 지었고, 곧 아기는 신생아실로, 산모는 병실로 이동했다. 한 여자가 딸에서 한 남자의 아내로, 그리고 한 아이의 엄마가 되는 순간이었다. 간호사이기 전에 한 인간으로서 처음부터 끝까지 출산 과정을 지켜본 나는 신선한 충격을 받았다. 어머니도 나를 저렇게 낳으셨겠지 하는 마음에 울컥하기까지 했다. 나는 바로 부산에 계시는 어머니께 전화를 했다.

"엄마, 나 오늘 애기 낳은 모습을 지켜봤는데, 엄마도 나를 그렇게 힘들게 낳았어요?"

"세상 엄마 중에 안 그런 사람이 어디 있겠니. 다 그렇게 자식을 낳고 사는 거지. 우리 아들 간호학과에 가서 출산하는 것도 보고 철들었네."

어머니는 별일 아니라는 듯 실습이나 잘하고 오라며 전화를 끊으셨다. 분만은 산모 골반이 벌어지고 자궁의 문이 열리면서 아기의 머리부터 나오는 과정이다. 자연분만의 경우 대부분 주형moiding이라고 해서 머리가 압력을 받아 고깔모양의 형태를 띤다. 대개 1~2주가 지나면 본래의 모습으로 돌아온다. 이때 초보 아빠들은 탯줄을 자르다가 아기의 머리를 보고 기겁하는 경우가 많다.

그리고 자연분만을 했는데 왜 봉합수술을 하냐는 질문을 종종 받곤 한다. 분만할 때 회음부 부분을 절개해야 아기 머리가 나올 수 있다. 나올 때 그냥 두면 아기가 나오면서 회음부가 찢어지게 되는데 항문 쪽과 연결되면 감염을 일으킬 수 있다. 그래서 산부인과 의사가 항문 쪽 방향에서 옆으로 빗겨갈 수 있게 수술용 칼로 살짝 방향을 잡아주고 분만 후 그 부위를 다시 봉합하는 것이다. 자연분만이라고 해서 자연스럽게 아기를 낳는 것이 아니라는 것을 그때 처음 알게 되었다.

신생아실은 아이가 누운 플라스틱 바구니에 산모 이름이 적힌 인식표가 붙여져 정렬되어 있다. 밖에서 가족들이 언제든지 볼 수 있도록 투명창으로 되어 있고, 태교 때부터 들었던 아기들에게 익숙한 브람스의 자장가가 흘러나온다. 신생아실은 온도의 유지와 청결이 매우 중요하다. 그래서 체온유지 및 체중이 어느 정도 될 때까지 신생아실에서 아기를 보호하게 된다. 특히 아기들은 배가 고파도 말을 못하기 때문에 많은 신중을 기해야 한다. 예를 들어, 입을 오물거리며 고개가 돌아간다든지, 손이 자꾸 위로 올라 갈 때는 뭔가를 빨고 싶다는 신호이다. 이때 해결이 안 되면 아기는 울기 시작한다.

나는 까꿍이가 태어나던 순간을 아직도 잊을 수 없다. 까꿍이는 예정일에 임박해서 산부인과 문을 박차고 들어와 태어난 경우였다. 까꿍이의 엄마 아빠는 세 번째 아이라 그런지 자연스럽고 담담하게 출산에 임했다. '역시 아기를 낳아본 사람이라 다르구나.' 진통의 간격이 빨라짐을 느낀 산모는 까꿍이가 곧 나올 것이라는 사실을 감지했던 모양이다. 대개 초산일 때는 예정일

보다 늦게 나오는 경우가 대부분이고, 경산일 경우에는 예정일보다 빨리 나오고 산통도 짧은 편이다.

까꿍이의 엄마는 제왕절개 분만을 하기 위해 수술대에 누웠다. 마취과 의사가 조용히 말을 건넸다.

"지금부터 15분 정도 지나면 수술을 받을 수 있을 만큼 마취가 될 겁니다."

그녀는 첫 아기를 낳을 때 자연분만으로 진행하다 안 되어 제왕절개로 출산했고, 둘째는 브이백VBAC이라는 제왕절개 후 자연분만을 유도하는 것을 시도했으나 자궁 문이 3센티미터밖에 열리지 않아 결국 수술로 분만했다. 이럴 경우 셋째인 까꿍이는 무조건 제왕절개로 분만할 수밖에 없다. 마취 후 수술을 시작한 지 5분 만에 까꿍이는 수월하게 태어났다. 하지만 분만 후 기본 처치를 다했는데도 까꿍이가 울지 않았다. 심박수는 정상이었지만 기초 반응검사에 전혀 반응하지 않았다.

"암부백AMBU-bag(인공호흡을 할 수 있게 공기를 불어넣는 기구)을 가져와!"

수술 전 모든 검사가 정상이었다. 하지만 응급상황이 벌어졌다. 급히 분만장 간호사는 응급카트에서 암부백을 까꿍이 입에 대고 짜기 시작한다. 하반신만 마취된 까꿍이 엄마는 불안해하며 물었다.

"까꿍이가 왜 울지 않아요? 괜찮아요?"

수술하고 있다는 사실을 잊은 채, 고개를 돌려 아기부터 살폈다. 분만실 간호사는 까꿍이의 등을 쓸어내리며 마사지를 했다. 1분쯤 지났을까 아기의 희미한 울음소리가 터져 나왔다.

"아앙!"

산모는 아기의 울음소리를 듣고 그제야 놀란 가슴을 쓸어내렸다.

"우리 아기는 괜찮은 건가요?"

분만실 간호사가 까꿍이의 출산을 알려주었다.

"축하드립니다. 11월 2일 오전 8시 17분 건강한 남자아이를 출산하셨습니다."

차가운 수술대에 누워 극한 공포감을 느끼면서도 엄마는 아기를 먼저 걱정한다. 엄마 배 속에서 10개월간 잉태되어 출산하는 과정을 지켜보면 이런 생각이 든다. 대개 아이는 부모의 유전자를 반반씩 갖고 태어나지만, 아기의 마음이나 정서는 엄마를 많이 닮는다. 특히 아기가 태어난 다음, 적어도 세 살까지 발달이 이루어지는 시기에는 엄마의 심리나 행동양식이 어떤가에 따라 아이의 심리 상태가 전적으로 결정된다. 이 시기에 아이의 자아가 형성된다. 지그문트 프로이트Sigmund freud의 정신분석학에서 보면 인간 발달 단계는 처음 젖을 빨기 시작하는 구강기(0~1세), 배변 훈련과 관련된 항문기(1~3세), 오이디푸스나 엘렉트라 콤플렉스와 관련한 남근기(3~5세), 잠복기(6~12세), 생식기(12세 이상)로 구분하고 이 시기에 원활한 발달이 이루어지지 않으면 정신적인 문제가 사춘기 이후에 발병한다고 보고 있다.

내가 할 수 없는 일, 내 힘으로 부족한 일은 남들에게 도움을 받아야 한다.
우리는 혼자가 아니라 더불어 살아가고 있기 때문이다.

아이는 엄마를 따라 배운다. 낳은 사람이 엄마이기도 하지만 아기는 자신을 기르는 사람을 엄마라고 생각한다. 그런데 만약 애를 낳자마자 유모한테 맡기면 아이의 심성은 누구를 닮을까? 유모를 닮게 된다. 아기가 할머니 밑에서 자랐다면 아이의 정신적인 모체는 할머니가 되는 것이다. '세 살 버릇 여든까지 간다'라는 말처럼 아이의 심성은 초기 엄마의 영향을 크게 받는다. 우리 사회에서 엄마들은 이런저런 이유로 아이와 함께하지 못하는 경우가 많다. 분명 출산한 산모가 아기를 돌본 후 나와서 일할 수 있는 사회적인 제도가 우선되어야 하는 것은 당연한 일이지만 현실적으로는 그렇지 못한 경우가 대부분이다. 그래서 일하는 아기 엄마들은 보상심리로 어린아이에게 물질적으로 쏟아부으며 위안을 삼는 경우를 종종 보게 된다. 하지만 아이는 비싼 유모차나 옷을 구분할 수 없고 알지도 못한다. 단지 엄마 자신에 대한 위로일 뿐이다.

위대한 개츠비

F. 스콧 피츠제럴드F. Scott Fitzgerald의 작품 중에 《위대한 개츠비 The great Gatsby》라는 소설이 있다. 영화로도 만들어졌기 때문에 많은 사람들이 '개츠비'라는 이름을 기억할 것이다. 의사였던 고등학교 후배 성일이가 제일 좋아했던 작품이기도 했다. 한 여인에게 지극한 사랑을 바친 한 남자의 열정, 일생을 건 사랑이 우발적인 사고 때문에 가치 없는 죽음으로 막을 내리고 말았을 때의 허무, 그의 죽음 이후 아무 일도 없었다는 듯 남편과 식사를 즐기는 그녀의 부박한 영혼, 거기에서 느껴지는 인생의 덧없음이 성일이를 매료시킨 주된 요인이었을 것이다. 연인 사이에서 상대를 어느 정도까지 사랑할 수 있을까? 로미오와 줄리엣처럼 사랑하는 사람을 따라 죽는 것? 아니면 개츠비처럼 대신 죽어주는 것? 하지만 그런 것이 진정한 사랑일까?

흉부외과 중환자실에서 근무하던 시절, 2년 차 레지던트 김성일 선생과 함께 일을 하게 되었다. 보통 레지던트 2년 차가 되면 중환자실에서 상주하며 간호사들과 같이 근무하게 된다. 더군다나 김 선생은 나와 같은 부산 사람이었고, 이야기를 나누다 보니 고등학교 2년 후배였다. 병원에서는 서로 '선생님'이라는 호칭으로 불렀지만, 병원 밖에서는 호형호제하며 친하게 지냈다.

성일이는 홀어머니 밑에서 넉넉한 형편은 아니었지만 의대를 다녔고, 수련병원을 서울로 지원해 전공의로 근무하고 있었다. 그나마 성일이가 타지에서 힘든 레지던트 생활을 할 수 있었던 것은 그의 여자친구인 미연 씨 덕분이었다. 미연 씨 또한 같은 병원 마취과 2년 차 전공의였고, 둘은 인턴 때부터 사귀었다. 힘든 전공의 시기라서 그런지 서로를 위로하고 의지하면서 지내는 모습이 너무나 예뻐 보였다. 그 사랑의 결실로 결혼 이야기까지 오고 가고 있었다.

"형, 오늘 초번 근무죠? 근무 마치고 한잔할 수 있어요?"

성일이는 내일이 쉬는 날, 나는 내일 밤번 근무였기 때문에 술 한잔의 여유는 충분했다.

"내 근무표 다 외우고 있구나? 오랜만에 한잔하자."

나는 내심 청첩장을 받을 거라 기대하면서 자주 가던 일본식 선술집으로 향했다. 초번 근무가 조금 늦게 끝나 30분 후에 도착하니, 혼자 벌써 잔을 기울이고 있는 성일의 얼굴에서 심상치 않은 기운이 느껴졌다.

"의리 없이 먼저 자작하고 있냐? 미연 씨라도 부르지."

"어, 형 왔어?"

벌써 거의 소주 한 병이 바닥을 보일 정도였다.

"무슨 일 있었어?"

술잔을 한참 주거니 받거니 하다가 성일이가 말을 꺼냈다.

"형, 저 오늘 미연이랑 헤어졌어요."

너무나 갑작스러운 고백에 나는 깜짝 놀랐다. 자세한 이야기를 들어보니 미연 씨 집에서 반대가 아주 심했던 모양이었다. 그녀의 아버지와 오빠 또한 의사였고 소위 좋은 집안이었던 것이다. 성일은 2주 전 미연의 오빠에게 연락이 와서 만났다고 했다. 그녀의 오빠는 흉부외과인 전공을 들먹이며 개업도 못하고 취직할 때도 불리하고 지원자가 없어 매일 병원 당직을 도맡아 하는 것에 대해 재차 상기시켜주었다. 같은 의사라는 것 외에 성일이의 집안, 전공, 모든 게 미연의 집안과 맞지 않았던 것이다. 그러고는 미연의 부모님을 대신해서 전하는 것이니 헤어져달라는 것이었다.

성일이는 그 이야기를 듣고 고심 끝에 그녀에게 이별을 선언했다. 아무런 일도 없다는 듯 그녀와 저녁을 근사하게 먹고 집에 데려다주면서 말했다고 했다.

"미연아, 우리 이제 그만 만나자. 많이 사랑했고 고마웠어."

"무슨 말이야? 장난치지 말고."

"많이 생각해봤는데, 우리는 아닌 것 같다. 잘 살아."

그러고는 작은 편지를 전해주며 이별을 고하고 바로 나한테 연락했던 것이었다.

"형, 나 흉부외과 그만둘까?"

나는 성일이의 말만 들어줄 뿐 어떤 말도 해줄 수 없었다. 그녀가 싫어져 헤어진 것이 아니라는 것을 잘 알고 있었기 때문이다. 그날 성일이는 몸을 가누지 못할 정도로 취했다. 한 남자와 한 여자의 예쁜 사랑을 다른 이유가 아닌 살아온 환경이나 배경에 의해 어쩔 수 없이 끝내야 하는 것이라면, 남겨진 한 사람은 자신의 존재감을 상실할 수도 있지 않을까. 결국 성일이는 이틀 뒤 사표를 내기로 결심했다. 그의 심상찮은 기운에 의국장은 자초지종을 듣고 5일간의 휴가를 주었다. 휴가를 다녀와서 사표를 제출해도 되니까 사랑과 너의 일을 잘 구분해서 생각하라는 말과 함께.

휴가를 떠났던 성일이가 이틀 만에 다시 병원으로 복귀했다. 일상생활로 돌아온 그는 말을 잃어버린 사람 같았다. 너무나 차가워져 나마저 인사를 건네기가 어색할 정도였다. 마치 악마의 유혹으로 영혼을 빼앗긴 사람처럼 아무런 감정을 드러내지 않은 채 묵묵히 자기 일에만 몰두했다. 그렇게 시간이 흘렀다. 성일이의 말수는 조금 회복되었지만 예전처럼 활기찬 모습은 눈에 띄게 줄었다. 그를 태워버릴 것 같았던 사랑의 열병도 결국 시간이 약이 되어가고 있었다.

그러던 어느 날, 성일이가 무단결근을 했다. 아무리 연락을 해

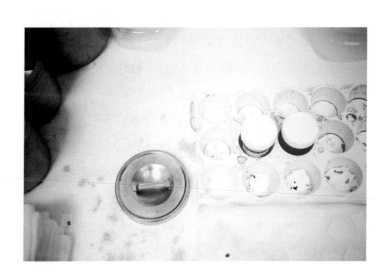

도 전화를 받지 않았다. 어제 새벽에 환자를 돌본 후 피곤에 지쳐 조용한 곳에서 잠들어버린 거라 생각했다. 그러나 다음 날도 아무런 연락 없이 병원에 나타나지 않았다. 나쁜 생각들이 뇌리를 스쳤다. 걱정스런 마음에 하루 종일 그의 핸드폰으로 전화를 하고, 본가 전화번호를 알아내 전화를 걸었다. 한참 동안 벨이 울린 후 누군가가 전화를 받았으나 바로 끊어버렸다. 다시 한 번 걸어봤지만 아무도 전화를 받지 않았다. 불길함이 엄습해 오는 듯했다.

다음 날, 나는 중환자실의 환자 침대 앞에서 주저앉고 말았다. 성일이의 부고소식을 전해들었기 때문이다. 그날 근무를 마치고 바로 부산에 있는 장례식장으로 향했다. 내 눈으로 확인하기 전까지 믿지 않겠다는 마음으로. 자정을 지나 새벽 한 시쯤 도착한 나는 그 자리에서 오열하며, 또 한 번 다리에 힘이 풀림을 느낄 수 있었다. 흰 국화 속에서 웃고 있는 성일이의 영정과 그 앞 향로에 연기만이 덩그러니 장례식장을 지키고 있지 않은가. 정말 불쌍한 내 후배 성일이는 그렇게 죽었다.

무단결근한 날 새벽, 성일이는 중환자실에서 환자의 상태가 좋지 않아 2시간 동안 최대한 처치를 했다. 그 후 상태가 안정되는 것을 보고는 잠깐 병원 밖으로 새벽공기를 마시러 나갔다. 때마침 미연의 동료가 그 앞을 지나다가 미연의 소식을 전했다. 미연은 일방적인 이별 통보에 상처를 받아 대인기피증이 생겨 병가를 내고 춘천에서 요양 중이라 했다. 성일은 그 소식을 듣고 미연의 바뀐 전화번호만을 알아낸 뒤 자동차 시동을 걸어 춘천으로 향했다. 모든 게 자기 탓이라 생각하고도 남을 녀석이었으니까. 동트기 전 새벽의 고속질주였는지, 아니면 피곤함으로 인한 졸음운전이었는지는 알 수 없으나 마주 오는 트럭과 정면충돌하여 그 길로 세상을 떠나버렸던 것이다. 미연 씨의 소식은 한동안 듣지 못했다. 그러다가 2년 전인가 누군가와 결혼했고 다른 병원에 근무하고 있다고 전해들었다. 나는 그녀가 성일이의 죽음을 알고 있는지 궁금했지만 그냥 덮어두기로 했다. 내가 아는 성일이는 그것을 원하지 않을 것이라 생각했기 때문이다.

그런데 인생은 참으로 우연의 연속이라는 생각이 든다. 어느 날 미연 씨에게서 전화가 왔다. 교육받을 게 있어 우리 병원에 들렀다가 멀리서 나를 보았고 반가워서 전화를 한 것이었다. 그녀는 이미 결혼해서 한 남자의 아내로 살고 있었지만, 성일이를 한 번도 잊은 적이 없다고 말했다. 그녀도 성일이의 일을 아는 듯했다. 어쩌면 그녀 역시 집안의 욕심에 의한 희생자였는지도 모른다는 생각이 들었다. 그녀는 당시 이야기를 자세히 알고 싶어 했다. 하지만 그녀의 그런 행동을 이해하면서도, 그녀의 아픈 소식을 듣고 춘천만 가지 않았으면 하는…. 그녀가 원망스러워지는 것은 어쩔 수 없었다. 나는 그녀에게 안부를 묻는 것 외에 아무 이야기도 하지 않았다. 그리고 잠시 접어두었던 성일이에 대한 그리움, 의사로서 피어보지도 못한 그의 짧은 생애에 대한 안타까움이 몰려왔다.

이 글을 쓰기 위해 망자에게 허락도 받을 겸 부산 영락공원을 다녀왔다. 이름 석 자 새겨진 묘비 앞에 우두커니 서 있으니 더욱 성일이가 보고 싶어졌다. 결국 인간이기에 너도 나도 가는 길이지만, 그 시간을 짐작조차 못했기에 남아 있는 사람은 허망하고 슬프고 화가 난다. 그러면서도 산 사람들은 살게 마련이지 하면서 살아간다. 맞는 말이다. 망자를 보내고 모두 이렇게 살아가고 있으니 말이다.

죽음 없는 인생은 없다. 하지만 예기치 못한 사고가 죽음으로 이어지면 그 황망함은 어디에도 비할 수 없다. 죽음으로 몰고 간 하늘을 보고 신을 원망하며 남은 사람들은 묻고 또 묻는다. 왜 하필이면 우리한테 이런 일이, 왜 내 가족이, 왜 내 친구가.

우리의 삶이 지속되는 한 앞으로도 예기치 못한 사고는 항상 존재할 것이다. 그렇기에 겸손하게 매 순간 최선을 다하며 살아야 한다. 이것이 우리가 어떤 천재지변, 어떤 사고에 휩쓸려 갈지 모르는 상황에서 후회하지 않는 인생을 살아가는 자세가 아닐까.

한 권의 책이 준 깨달음

병원 일을 하다 시간이 허용하는 한 나는 무조건 여행을 떠난
다. 산이 되었든, 바다가 되었든 여행 자체가 병원이란 환경을
벗어나서 여러 가지 생각을 할 수 있는 기회를 제공해주기 때문
이다. 사바섬에서 무한한 자유시간을 즐기고 있을 때였다. 나는
청정한 자연 속에서 스쿠버다이빙을 하고, 보트에서 한가롭게
세 권의 책을 뒤적이고 있었다. 책을 읽다가 갑판 위에 대자로
누워서 한없이 맑은 하늘을 바라보고 있노라면 마치 세상을 다
가진 듯했다. 그때 그곳에서 읽은 한 권의 책이 내 직업에 있어
소명감을 던져준 계기가 될 줄이야. 한국을 떠나기 전 아무 생각
없이 구입했던 책이 나의 직업관을 바꿔놓은 것이다.

그 책은 1926년 스위스에서 태어난 미국 정신과의사 엘리자
베스 퀴블러 로스E. K bler Ross의 《죽음과 죽어가는 자On Death and

dying》이다. 제목이 좀 특이했지만, 그 책에 손이 갔던 것은 왠지 중환자실 간호사였던 내가 '죽음'에 관해 읽어두면 병원에서 일 하는 동안 도움이 되지 않을까 하는 가벼운 생각에서였다.

처음 책장을 넘기는 순간 이 책을 끝까지 읽으려면 노력이 좀 필요하겠구나 하면서 쉬엄쉬엄 읽기 시작했다. 하지만 얼마 지 나지 않아 나는 간호사가 되고 6년 동안 얻은 '바로 그런 것'이 라는 상식이 너무나 쉽게 뒤집히는 벅차오름을 느낄 수 있었다. 특히 책장을 넘길 수 없게 만든 구절이 있었는데, 그것은 내가 여태껏 당연하다고 생각했던 의료행위가 '아, 정말 잘못 생각하 고 있었구나' 하는 깨달음을 얻게 해주었다.

환자가 마지막 삶을 큰 애착이 가는 환경에서 보낼 수 있다면, 일 부러 환자를 위한 환경을 조성할 필요가 없다. 가족들은 그를 잘 알고 있기 때문에 진통제 대신 그가 좋아하는 한잔의 포도주를 따 라줄 것이다. 집에서 만든 수프라면 그 냄새에 식욕을 느낀 그가 몇 모금 삼킬 수 있을지도 모른다. 그것은 어쩌면 그에게 어떤 영 양제보다 훨씬 더 기운을 북돋울 수 있을 것이다.

지금 다시 읽어도 아련한 감동이 느껴지는 구절이다. 이 글은 임상에서 내가 느꼈던 막연한 의문점과 해결되지 않은 물음을 해결해주는 단서가 되어주었다. 그것은 내가 간호사로서 배우고 당연한 것으로 생각하고 시행해야 했던, 죽어가는 사람들의 목

숨을 일분일초라도 연장하려는 의료행위에 대한 통렬한 비판이
었다. 임종을 앞둔 많은 사람들을 보내면서 최선을 다했는데도
왠지 뒤끝이 개운치 않고 찜찜한 뭐라 말할 수 없는 느낌이 있었
다. 그런 답답했던 내 가슴을 시원하게 뚫어주는 글귀였던 것이
다. 나는 갑판 위에서 잠시 동안 먼 바다를 바라보았다. 그동안
내가 보내드렸던 많은 환자들을 떠올렸다. 병원에서 죽음을 기
다렸던 그들과 내 생각을 되짚어보면서.

　말기 암환자가 모두 통증을 호소하는 것은 아니다. 실제로 통
증 때문에 괴로워하는 환자는 전체의 3분의 2 정도이다. 통증을
호소하는 환자가 모두 엄청난 통증을 경험하는 것 또한 아니다.
하지만 통증 때문에 죽어버리고 싶다고 괴로움을 호소하는 환자
들도 분명 많다. 암환자가 호소하는 통증은 모두 암 때문만은 아
니다. 물론 통증의 대부분은 암이 전이 및 증식되어 신경으로 차
츰 퍼져 나가는 것에 기인한다. 하지만 환자는 그것보다 날로 쇠
약해지는 자신의 모습을 보고 불안해하고 고독, 공포 등의 심리
적 고통을 육체적 고통으로 표현하는 경우가 많다. 이 부분을 간
과하거나 놓치지 않고 어루만지며 보살펴야 하는데, 대형 병원
들은 실제 치료가 우선인 경우가 대부분이다. 의사라면 치료에
목적을 두는 것은 당연한 일이다. 하지만 의사도 손쓸 수 없는
말기 암환자들에게는 진통제 외에는 딱히 처방해줄 게 없다. 소
극적인 의사들은 마약성 진통제는 중독될까 싶어 처방도 조심스
러워 한다. 그러니 입원해 있는 말기 암환자를 보고 있으면 정말

이지 안타까움밖에 달리 표현할 길이 없다.

요양병원에서 일하던 후배가 있었다. 그 병원에 사회활동을 왕성하게 했던 여자 암환자가 입원했다. 그녀는 말기 유방암으로 늘 극심한 통증을 호소했다. 하루에 몇 번씩 진통제를 요구할 정도였다. 이럴 때 일반 진통제는 처방의 대상이 되지 않는다. 대부분 마약성 진통제를 사용해야 진정이 되기 때문이다. 사실 말기 암환자는 대학병원에서 진통제 말고는 더 해줄 게 없어 후배가 근무하는 시내의 요양병원으로 오게 된 것이다. 병원을 옮긴 것은 그 환자에게는 그나마 행운이었다. 그 병원은 말기 암환자도 여느 환자와 똑같이 간호해주는 호스피스 간호사가 있었기 때문이다. 그녀는 병원을 옮긴 후에도 대학병원에 있을 때와 마찬가지로 자주 통증을 호소하며 진통제를 요구했다.

"모르핀morphine 좀 주세요. 너무 아파요."

그러던 어느 날 고통을 호소하는 그녀에게 후배 간호사가 마약성 진통제 대신 따뜻한 커피 한 잔을 들고 갔다. 후배는 커피를 권하며 그녀의 이런 저런 호소를 진심으로 들어주었다. 그녀는 미혼이자 성공한 커리어우먼이었기에, 자신에게 찾아온 병으로 인한 상실감이 너무나 컸던 것이다. 환자가 이야기를 하며 흐느껴 울자 듣고 있던 후배도 눈시울이 붉어졌다. 그런데 놀랍게도 다음 날부터 그녀가 통증을 호소하는 횟수뿐만 아니라 마약성 진통제 사용 횟수도 급격히 줄었다고 한다.

실제 의료 현장에서 이런 경우는 손가락으로 꼽을 정도이다. 대부분의 말기 암환자는 마약성 진통제밖에 해줄 처치가 없다. 오히려 환자가 제일 편안해하는 곳으로 옮기는 것을 고려해야 한다. 한편으로 환자가 중환자실에 머무는 동안이라도 간호사들은 더욱 진정성 있는 간호를 해야 한다.

어느 날 한 통의 편지가 나에게 왔다. 내가 하고 있는 일에 보람과 확신을 갖게 해준 메시지였다. 내가 환자에게 했던 조그만 돌봄, 생각의 작은 변화들이 오히려 나에게 더 큰 감동으로 돌아온 정말 뿌듯한 일이었다.

중환자실 문광기 간호사님을 칭찬합니다.

누구나 생로병사가 아니라 생로사를 원하고 장수하며 이를 누리고자 열심히 운동도 하고 건강관리를 하며 살아갑니다. 저도 50대 중반까지 나름대로 운동과 건강관리를 하였습니다만 뜻하지 않게 건강검진 결과 식도암이라는 청천벽력 같은 소리를 듣고 삼성서울병원을 찾게 되었습니다. 정밀진단을 받고 6월 17일 수술을 받았습니다. 말이 수술이지 중환자실을 찾았을 때는 자포자기의 심정이었습니다. 깨어나자마자 몸을 살펴본 나는 곳곳에 수술자국을 발견하였고 어떻게 살아갈까 한숨만 내쉬고 있을 때, 문 간호사님은 내 곁을 항상 지켰을 뿐만 아니라 마음을 안정시켜주고 친 형제처럼 세심히 치료해주고 치약까지 입에 넣어 닦아줌으로써 약한 내 마음을 진정시켜주었습니다. 처음 병원생활을 접해본 나는, 어떤 조치조차 취할 수 없는 상태에 있는 환자를 너무나도 감동 깊게 보살펴주기에 고마워서 훗날 답례라도 할까 하고 주소를 물어도 병원 규정상 알려줄 수 없다고 해서 퇴원 후 일상생활을 하면서 늘 고마움을 간직하다 이 글을 쓰게 되었습니다.

친절교육을 받았다 하더라도 본심이 착하지 않으면 그와 같이 열과 성의를 다해 보살펴줄 수가 없을 것입니다. 누가 뭐래도 이런 분들이 계시기에 아직 우리 사회가 온정이 넘친다고 생각합니다. 살아 있는 나이팅게일 문광기 간호사님께 다시 한 번 감사의 말씀을 전합니다. 간호 업무는 섬세하고 환자의 안정을 요하는 업무일 텐데 그에 구애치 않고 잘 대해준 의료진 또한 감사합니다. 다시 한 번 문광기 간호사와 모든 의료진께 감사드립니다.

2008. 7. 23

지금 이 순간을 떠나서 다른 내 인생이란 존재할 수 없다.
현재에서 기회를 찾고 배우고 도전하는 그 자체만으로도 나는 행복하다.

에 필 로 그

나는 나답게 살고 싶었다

겨울 즈음 시작하여 다시 겨울 즈음에 글 쓰는 작업이 끝났으
니 1년 남짓 시간이 걸렸다. 글을 쓰면서 내가 하는 작업이 매력
적이라고 느낀 이유는 내 마음을 알아주고 진무해주는 누군가가
있기 때문이다. 평범한 사람들이라고 의미 없이 하루하루를 보
내는 것은 아니다. 평범한 사람들의 범상치 않은 이야기, 나는
이것이 나의 역사라고 생각한다. 개인은 각자 그 안에 자신의 이
야기를 안고 산다. 부끄러움도 있고 후회도 있다. 그러나 그 속
에는 따뜻함도 있고 당당함도 있고 장엄한 순간도 있게 마련이
다. 진정한 자신으로 산다는 것은 자신을 재료로 이야기를 풀어
내는 것과 같다. 그저 '태어나서 먹고 살기 위해 애쓰다 집 한 채
마련하고, 성인병과 씨름하며 늙어 죽었다'라고 기록되고 싶은
사람은 없을 것이다.

사회적 기대, 가족의 기대가 존재하는 곳에는 늘 꼭두각시 인

형을 움직이는 끈으로 가득하다. 어떤 것이 남에게 잘 보이는 행동인지, 어떻게 해야 칭찬을 받을 수 있는지를 신경 쓰지 않는다면 우리는 자기 본연의 모습을 더 빨리 찾아갈 것이다. 그러나 자신에게 쏟아지는 여러 기대로부터 자유롭기란 쉽지 않다. 어떤 이는 사회적 기대에서 벗어나기 위해 종교의 힘을 빌리는 경우도 있지만, 그 또한 종교적 도그마에 갇힌 인형으로 전락하는 경우를 종종 볼 수 있다. 종교는 종교 자체가 아니라 믿음의 깊이가 중요하다는 사실을 망각한 채.

나는 나답게 살고 싶었다. 그래서 슬그머니 나를 묶고 있는 줄 하나를 끊어냈다. 다른 줄도 하나씩 끊어내고 있는 중이다. 책임이 더 이상 나를 구속하지 않도록, 일이 더 이상 밥벌이로만 전락하지 않도록, 자유가 더 이상 구석에 처박혀 있지 않도록 해야 했다. 나는 획일적인 학교와 사회의 굴레에 허우적거리는 꼭두각시 인형으로 돌아가지 않을 것이다. 나는 내 삶에 대하여 직접 시나리오를 쓰고 배우도 되고 감독도 맡았다. 나는 간호사로서 일하는 나를 재료로 가장 그럴 듯한 작품을 만들고 있다. 어쩌면 나만을 위한 작품일지도 모르지만.

원래 나의 꿈은 간호사가 아니다. 아니, 꿈을 말하는데 직업으로 대답하는 것을 좋아하지 않는다. 그래서 나의 꿈은 항상 진행형이다. 간호사가 되고 보니 배운 기술로 의료봉사도 할 수 있고, 나누려고 했던 것들이 오히려 내 내면을 채워주었다. 더 나아가 내 삶을 이야기로 쓸 수 있게 되었다. 이런 진행형들이 나의 꿈이다.

삶의 귀로에서 이제까지 선택한 길, 그리고 앞으로 선택해야 할 길이 있다. 그래도 변하지 않은 유일 한 것은 진정 내가 원하는 삶을 사는 것이다. 어제를 보았고 오늘을 사랑하고 만족하기에, 내일 또한 두렵지 않고 기대된다. 훗날 '지난 10년간 나는 이런 것들을 이루었지'라고 회고한다면 비웃음으로 답할 것이고, '지난 10년간 나는 자신에게 만족하며 열심히 살았어'라고 말한다면 박수를 보낼 것이다.

이제 이 책의 마침표를 찍음과 동시에 나에게는 또 다른 내일이 시작될 것이다. 시작은 늘 가슴 설렌다. 이 책을 읽는 독자도 시작하는 기쁨을 함께 느꼈으면 한다. 서로 두근거리는 시작을 진심으로 격려하고 싶다.

이 책을 통해 나는 과거를 집필하며 미래를 얻었다. 그동안의 경험이 글로 탄생할 수 있도록 도와주신 명로진, 수희향 작가님에게 먼저 감사를 전한다. 또한 '간호사로서 선구자적 책임과 의무'를 거역할 수 없는 명분으로 나의 가식적 페르소나를 벗어던지게 했던 기아대책 이찬우 사무총장님, 그분의 깊은 배려와 이상에 경의를 표하고 싶다. 그리고 초고를 읽고 첫 독자가 되어준 인디라이터 연구원들에게도 깊은 감사의 마음을 전한다. 마지막으로 항상 사랑으로 지켜봐주신 나의 지지자이자 세상에서 제일 존경하는 아버지 문왕열 님, 어머니 하희자 여사님께 이 책을 바친다.

부록

나이팅게일
진로 가이드

+Tip 01 **하늘에서 꿈을 펼치다** 항공 분야 간호사

1903년 라이트 형제가 최초로 동력 비행에 성공한 후 제1차 세계대전을 통해 항공기 제작기술은 급속히 발달했다. 지구촌이라는 말이 낯설지 않은 지금, 항공기는 중요한 운송과 이동 수단으로 자리 잡았다. 항공 운항이 크게 늘어 한 해 10억 명 이상이 이용하는 현실을 고려할 때, 항공 분야 간호는 더욱 중요하고 필요한 분야로 성장하고 있다.

• 항공 분야 간호사란

항공 분야 간호는 조종사, 승무원, 지상근무 요원, 승객을 대상으로 건강하고 안전한 작업환경과 쾌적한 비행환경을 조성하여 신체적, 정신적, 사회적 안녕을 도모하며 비행안전과 작업생산성 향상을 목적으로 한다. 항공 분야 간호사는 우선 항공 종사자들의 신체검사를 통해 그들을 적재적소에 배치할 수 있도록 도우며, 지속적인 상담 및 간호를 제공함으로써 최상의 건강 상태가 유지될 수 있도록 한다. 조종사 한 명이 승객 300~400명을 책임지고 있으므로, 승객을 돌보는 승무원이 우선 건강해야 한다. 그래서 세심하고 질 높은 돌봄 서비스를 제공하고 있다.

비행이라는 환경의 특성상 종사자들을 대상으로 항공생리 및

비행피로와 관련된 보건교육을 실시하며 근골격계 질환 예방 프로그램, 청력보호 프로그램, 호흡기계 질환 예방 프로그램 등 각 직종에 맞는 건강관리를 실시한다. 지상 작업장 및 비행환경에 대한 점검을 비롯해 지도와 비행안전, 산업안전보건위원회의 활동도 중요한 업무이다. 환자이송 간호는 특히 중요하다. 건강에 이상이 있는 승객이 탑승할 경우 미리 안전비행을 위한 간호활동을 펼친다. 산소호흡기나 기관지 분비물 흡입기가 필요한지 옆에서 면밀히 진단한 후 기내에서 필요한 간호물품 등을 준비한다. 만약 비행 중 지속적으로 환자를 돌봐야 하는 경우라면 의료인으로서 간호사가 동승하고 도착지 병원의 의사에게 인수인계까지 책임진다.

　그러나 기내에서 사전에 대비할 수 없는 응급상황이 발생하는 경우도 있다. 갑자기 분만을 하거나 저혈당으로 인한 혼수에 빠질 수 있으며, 기내환경의 특수성상 승객의 건강에 이상이 생길 수도 있다. 그래서 객실 승무원을 대상으로 응급처치 교육을 하는 것도 항공 분야 간호사의 역할 중 하나이다. 특별한 상황이 발생했을 시 사전에 예방하고 승객들에게 미리 충분한 정보를 줄 수 있도록 직무훈련을 하는 것도 포함된다. 간단한 수술을 할 수 있을 정도의 응급 처치함을 탑재 및 관리하는 것은 물론이다.

　비상사태가 일어났다면 그 역할은 더욱 커진다. 운항 중 대량으로 환자가 발생했을 경우 구호활동을 펼치고, 전염병의 경우에는 그것을 방제하고 종사자와 승객의 위생관리를 책임져야 한

다. 항공 분야 간호는 지상에서의 산업간호와 응급간호, 임상간
호에 기본으로 비행환경이라는 특수성에 기반을 둔 전문적인 항
공 분야 간호가 결합되어 있다. 따라서 종합적 간호 영역에 항공
의학적 지식이 추가로 요구되는 전문 분야라고 할 수 있다.

• 항공 분야 간호사의 현황

항공 분야 간호는 환자이송에서부터 그 역사가 시작된다. 우
리나라는 1950년 옹진반도에서 여의도로 환자를 후송한 것이
처음이었으며, 한국전쟁과 베트남전쟁에서 공군병원의 항공 분
야 간호사들이 항공호송에 큰 기여를 했다. 1968년 국내에 처음
으로 민간항공 분야가 출범할 때, 항공보건관리실의 3명으로 구
성된 요원에 간호사가 참여한 것이 민간항공 간호 분야의 시작
이라고 할 수 있다. 김포국제공항에서 응급환자가 발생하여 사
망한 사건을 계기로 1974년부터 공항 의무지원에 간호 인력이
투입되기 시작했다. 2000년 4월 항공 분야 간호학회가 창립되었
고, 민간항공 의무부서의 간호사, 김포공항과 인천국제공항의
의무실 간호사, 공군 간호장교, 민간병원의 헬기후송 업무를 담
당하는 간호사 등 항공 관련 분야에 종사하는 간호사들이 회원
으로 가입되어 있다.

• 항공 분야 간호사의 전망

항공 분야 간호사는 선진국에서 먼저 시작되어 발전해왔고,

민간단체에서 환자를 이송하는 경우도 많기 때문에 그 수가 국내에 비해 많다고 할 수 있다. 그렇지만 현재 국내 항공의 간호 분야 수준은 선진국과 비교해도 전혀 손색이 없다. 이미 미국항공우주의학협회의 세미나에 아시아에서는 유일하게 참여하여 활발하게 학술논문을 발표하는 등 뛰어난 활약을 보이고 있다. 오히려 우리는 해외 선진국들과 달리 민·군이 함께 참여하고 있기 때문에 협조를 통한 발전 가능성이 더 높다.

앞으로 항공 분야 간호의 발전은 무궁무진하다. 미래지향적인 분야라 변화의 흐름에 따라 새로운 길이 열릴 것은 자명하다. 미국에는 간호사가 항공후송회사나 항공 분야 간호사의 훈련을 담당하는 회사를 설립해 CEO가 되는 경우도 있다. 우주산업에 관심이 많은 선진국에서는 우주간호 분야가 별도로 존재하고 있다. 국내 항공 분야 간호학회에서도 항공우주간호의 방향과 최신 동향을 얻고 연구를 꾸준히 하는 등 새로운 가능성을 위해 준비하고 있다. 이미 300~400년의 짧은 역사 속에서 빠른 발전을 해온 항공 분야 간호는 앞으로 10년 내 지금까지의 성과를 훨씬 뛰어넘는 변화를 보일 가능성이 충분하다.

• 항공 분야 간호사가 되려면

특별한 자격조건이 있는 것은 아니다. 다만 임상에서 어느 정도의 지식과 경험을 쌓아야 업무를 수행하는 데 도움이 된다. 현재 별도의 전문적인 교육 프로그램이 개설되어 있지는 않다. 공군 내부에서 항공 분야 간호를 위한 교육 프로그램을 진행하며, 민간항공사에서도 자체적으로 집중적인 교육(항공생리학, 비행 작업환경, 비행 응급상황 등)과 비행 OJT를 실시하고 있다. 특히 항공 간호 분야에서는 보다 전문적인 간호를 위한 자기계발 차원에서 선진국에 나가 프로그램을 이수하고 자격증을 획득하는 경우가 많다. 간호학회에서도 1년에 두 차례씩 학술대회를 열어 전문적인 교육을 실시하며, 현재 항공 분야 간호의 이론과 실무에서 표준적인 틀을 마련하고 있다.

+ Tip 02 **아동 성폭력 지킴이** 법의간호사

우리에게는 다소 생소한 법의간호사는 미국을 비롯한 캐나다, 영국, 호주, 뉴질랜드, 터키 등 서구에서는 보편화되어 있다. 우리나라는 법의간호사가 생긴 지 얼마 되지 않아 역할과 활동이 정확히 규정되어 있지 않다. 그러나 미국의 경우만 해도 법의간호사는 역할에 따라 다양한 영역으로 분류되어 있다.

• 법의간호사란
'법의간호사Sexual Assault Nurse Examiner'는 미국 등의 선진국에서는 초동수사 단계에서 증거훼손을 막는 등 수사에 직접 참여한다. 하지만 시작 단계인 우리나라는 제도적으로 허용하는 모든 것을 해야 한다. 그중 성폭행 피해자에 대한 법의학적 검사의 시행, 증거수집, 법정증언, 피해자의 정신적 충격해소, 지속상담 및 치료 등의 역할을 하여 피해자와 가족을 대신해 가해자를 처벌하고 억울함을 풀어주려고 노력한다.

• 법의간호사가 되려면
국내에서 법의간호사를 배출하는 곳은 경북대 수사과학대학원 단 한 곳이다. 2003년 학과가 개설된 뒤 2005년 처음 졸업생

5명을 배출했다. 법의간호사는 대학원에서 '법과학개론', '형법 이해', '법의학기초', '법의검시학', '수사학', '성폭력 및 아동학 대' 등을 다룬다. 수사과학대학원 법의간호학과를 나오면 성폭 력 전담간호사, 검시관 지원이 가능하다. 경찰병원 여성피해자 지원센터 같은 곳에서도 법의간호사를 필요로 한다. 법의간호사 는 성폭력 피해자의 입장을 대변하며 가해자 처벌에 객관적인 자료를 제공할 수 있다.

해바라기아동센터

'해바라기아동센터'는 여성가족부가 경북대병원에 위탁해 운 영하는 서울, 인천 등 어린이 성폭력 관련 전담기관이다. 이곳에 서는 증거채취를 위한 신체검사, 사진촬영, 비디오 진술채취 등 을 하지만 성폭력을 당한 어린이나 여성은 공포와 수치심에 사 로잡혀 피해 사실을 털어놓지 못하는 경우가 대다수이다. 이때 법의간호사는 성폭력 및 추행 피해자의 상담과 심리치료를 진행 하며, 요청이 있을 때는 경찰의 과학수사에 참여해 의학 분야에 대한 정보를 제공하고 조언을 하기도 한다. 또한 현장에 달려가 성폭력 피해자의 상태와 주변 정황을 면밀히 살펴 증거를 확보 해 이를 경찰에 인도하기도 한다. 피해상담과 소아정신과 치료, 전화상담도 함께 병행하고 있다.

+ Tip 03 **신약 개발 관리는 내가 한다** CRA

• CRA란

CRA Clinical Research Associate는 제약회사의 신약 개발 과정에서 임상시험과 시판 후 안전성을 평가하는 PMS Post-Marketing Surveillance를 담당하는 전문직을 말한다. 신약 개발에는 많은 시간이 필요하고 과정 또한 매우 복잡하다. 연구실에서 약물을 개발하고 동물실험(임상 전)을 마친 후 인간을 대상으로 신약의 안전성과 유효성을 평가하는 임상시험이 진행되는데, 인간을 대상으로 하는 것인 만큼 복잡하고 엄격한 규정에 따라 수행된다. CRA는 이러한 임상시험 과정에서 피험자의 권리와 이익을 보호하고, 임상시험이 규정에 따라 잘 수행되도록 시험기관 및 연구자를 도우며 계획서 개발, 증례기록서 검토, 결과보고서 작성 등의 업무를 한다. 임상시험의 모든 과정을 이끌고 관리하는 역할을 하는 것이다.

• CRA가 하는 일

CRA는 프로젝트에 따라 업무가 진행된다. 하나의 프로젝트당 대략 2~5년 정도의 기간이 소요된다고 보면 된다. 프로젝트가 시작되면 CRA는 먼저 관련 분야에서 최신 의학정보를 가진 의료진과 협의하면서 프로토콜을 만들고 조정한다. 프로토콜이 완성되면 식약청에 이를 제출하는 한편, 임상시험에 참여할 연구진을 선정한 뒤 식약청의 심사에 통과하면 본격적인 임상시험이 시작된다. 이때 CRA는 연구자를 비롯한 프로젝트 참여자를 교육한다. 그리고 환자를 모집한 후, 환자가 임상시험에 적합한지, 환자의 동의서를 받고 시작하는지 등 일주일에 1~2회 방문하여 윤리적으로 진행되고 있는지 여부를 점검한다. 약물이 정확하게 투여되고 있는지 입출고 관리도 포함된다.

시험 데이터가 나오면 자료를 분석할 기관을 선정하고 관리한다. 결과보고서 작성 과정에서는 데이터가 정확하게 활용되고 있는지 결과보고서가 잘 작성되었는지를 확인한다. 마지막으로 결과보고서를 제출하고 발표하는 것으로 프로젝트는 완성된다.

• CRA가 되려면

CRA는 제약회사나 CRO Contract Research Organization에 속해서 근무하게 된다. 한국임상연구회에 따르면 국내에는 한국 화이자제약에 30여 명이 있는 것을 비롯, 현재 약 500명의 CRA가 활약하고 있는데 이 중 약사의 수가 가장 많고, 간호사는 전체의 약 20퍼센트가 CRA로 활동하는 것으로 파악된다. CRA에 대한 특별한 자격요건이 규정화되어 있지는 않다. 주로 약사, 생명공학 전공자, 간호사들이 일하고 있는데, 임상경력이 있는 간호사는 누구나 CRA의 자격요건을 충분히 갖추었다고 할 수 있다. 제약회사에서는 결원이 생길 때마다 수시채용을 하는 경우가 많은데 경력자를 선호한다. CRA를 목표로 한다면 규모가 작은 회사의 계약직으로 근무하더라도 경력을 쌓거나, CRA를 수시 모집하는 CRO에 들어가 경력을 쌓은 뒤 제약회사에 도전해볼 수 있다.

• CRA 전망

우리나라의 경우 CRA 중에는 약사가 가장 많으나 미국을 비롯한 의료 선진국에서는 간호사를 더 선호한다. 국내에서는 최근 3~5년 사이에 제약회사 간부들의 인식 변화로 간호사 채용률이 점차 높아지는 추세이다. 약 100년 전부터 임상시험이 급성장하면서 방침이나 규정이 엄격해지고 1960년대부터 임상시험의 연구 과정과 윤리적 규제가 체계화됨에 따라 CRA 분야도 크게 성장했다. 우리나라에 CRA 개념이 도입된 것은 1980년대 후반이고, CRA 모임이 1989년에 시작되어 한국임상연구회로 발족한 것은 1994년으로 역사는 그리 오래되지 않았다. 국내에서는 신생 분야라고 할 수 있지만 그 발전 속도는 비약적이다. 임상시험 자체에 대한 요구가 갈수록 늘어나고 있으며, 한국이 세계적으로 진행되는 글로벌 임상시험 참여율이 높아지고 있어 앞으로 CRA에 대한 수요도 점차 늘어날 것이다. 한국임상연구회를 통해서 정보를 얻을 수 있다.

"죽은 자는 말이 없지만, 시신은 흔적을 남기게 마련입니다. 정확한 사인을 규명해 억울하게 죽은 사람과 그 가족에게 도움을 주고 싶습니다." 이러한 생각에 동의하거나 범죄해결에 사명감이 있는 간호사라면 도전해볼 만하다.

• 검시관이란

강력범죄가 발생한 현장에 투입돼 현장감식 조사보고서를 작성하고, 검안의에게 관련 정보를 제공하여 정확한 검안서가 작성되도록 협조하는 전문 인력이다. 사망원인을 밝힐 수 있는 증거자료 중 보다 면밀한 분석을 요하는 것들을 실험한다. 예를 들어 지문이나 혈흔 등을 감식할 때 닌히드린, 질산은, 요오드 등 화학물질로 사건 현장에 가장 먼저 도착해 죽은 자의 소리 없는 이야기에 귀를 기울이는 일을 한다. 대개의 강력사건은 한 번에 해결되는 경우가 없어 용의자가 검거될 때까지 사건에 관여하게 되는데, 그 과정에서 범죄분석 담당자와 면담을 통해 사인을 좀 더 파고들기도 하고 부검결과를 토대로 사건을 재구성하는 등 추후 분석 작업을 한다. 진실을 밝혀 억울한 죽음의 사인을 찾아 세상을 조금이라도 밝아지도록 돕는 일이라고 할 수 있다.

• 검시관의 기본 소양과 전망

검시관은 우리나라에서는 생소하지만 인체에 대한 지식을 두루 갖춘 간호사에게 적합하고, 다양한 사건과 사고를 경험할 수 있으며 독자적으로도 일할 수 매력적인 분야이다. 하지만 보통 간호사로 일하면서 직면하는 환자들의 죽음과 사건 현장에서의 검시 업무는 차원이 다르다. 예를 들면 화재로 질식해 죽은 사람, 살인사건 현장, 자살 현장, 다양한 범죄로 인한 죽음의 현장을 접하게 된다. 이 과정에서 무엇보다 '객관적인 시각으로 시신을 대하되, 생명에 대한 경외심은 잃지 않는다'는 자신만의 철학도 필요하다. 초동수사와 과학수사의 중요성이 강조되고 있는 요즘, 검시관의 수요는 점점 늘어날 전망이다. 미개척 분야인 검시관에 간호사가 활발히 진출해 간호의 영역 확대로 이루어질 수 있다.

• 검시관이 되려면

경찰청에서 실시하는 일반직 공무원 특별채용시험을 통해 선발한다. 간호사 면허 소지자로 40세 이하면 9급에, 간호학 석사 학위 이상 소지 후 연구 및 근무경력 2년 이상으로 45세 이하면 7급에 응시할 수 있다. 해부학교실, 병리실, 수술실, 응급실, 외과 경력자는 우대한다.

+ Tip 05 **언어장애우의 수호천사** 언어치료사

• 언어치료사란

언어장애라고 하면 흔히 말을 못하거나 듣지 못하는 장애인만을 연상한다. 그러나 언어장애는 조음장애, 언어발달장애, 유창성장애, 구개열, 뇌성마비, 청각장애, 실어증 등 다양하다. 커뮤니케이션이 자유롭지 않은 모든 경우를 언어장애라고 하는 것이다. 말에는 형식적인 면에서의 음성과 내용적인 면에서의 의미 두 측면이 있는데, 커뮤니케이션은 말하는 사람이 말을 하고 듣는 사람이 그것을 받아들이는 것으로 성립된다. 말은 인간이 학습을 통해 획득하는 고차원적인 능력이므로 이들의 장애는 진단이나 치료가 가능하며 그들을 치료하는 행위자를 언어치료사라고 한다.

• 언어치료사가 하는 일

언어치료사는 언어장애가 있는 환자들을 치료하기 위하여 다음과 같은 단계를 밟는다. 우선 언어장애가 있는 환자 또는 보호자와의 상담을 통해 언어능력 등을 조사하여 언어장애의 원인을 정확하게 진단한다. 다음으로는 환자의 연령을 고려하여 장애별로 등급과 정도를 파악한다. 이후 개인의 독립적인 치료계획을

수립하여 환자를 치료하는 업무를 수행하게 된다.

언어치료의 목적은 타인에게 어렵지 않게 자신의 의사를 전달할 수 있도록 유도할 뿐만 아니라, 상대방이 하는 말도 잘 이해할 수 있도록 돕는다. 언어의 이해 및 표현 능력에서 바람직한 변화로 이끄는 모든 교육활동이 언어치료의 목적이라 할 수 있다. 이러한 언어치료의 목적을 수행하는 것이 언어치료사의 역할이다. 또한 교육기관, 구강외과 및 기타 의료기관 등의 자문역할도 수행하며 언어장애의 치료기술 개발을 위해 전문적인 연구를 하기도 한다.

• 언어치료사가 되려면

언어치료사가 되는 길은 꽤 까다로운 편이다. '한국언어청능치료전문가협회'는 자격증을 언어치료사, 청능치료사로 나누며 각각 1급, 2급 및 준으로 구분한다. 준 자격증의 경우, 비전공자가 언어치료사가 될 수 있는 방법이지만 앞으로 전공자만이 가능하도록 준 자격증 제도를 폐지한다고 밝혔다. 자격증 시험에 응시하기 위해서는 협회에서 규정하는 조건을 갖춰야 한다. 1급 자격증은 대학원에서 언어병리학 또는 청각학 석사 이상의 학위를 취득하고 시험에 합격한 뒤, 학회에서 인정하는 언어치료사의 지도와 감독 아래 12개월 이상의 언어임상 또는 청능임상의 수련 과정을 마쳐야 취득할 수 있다(단 학부 비전공자의 경우 학부 전공자보다 대학원에서 12학점을 더 이수해야 학위가 인정된다).

또한 협회가 인정하는 외국 언어치료사 또는 청능치료사의 자격증 취득자로 국내 언어장애 또는 청능장애의 임상경력이 1년 이상인 회원이 시험에 합격하면 1급 자격증을 받을 수 있다. 2급의 경우는 협회가 인정하는 국내외 대학에서 언어병리학 또는 청각학 학사학위 취득자로 2급 시험에 합격한 뒤 일정의 수련 과정을 마치면 자격증을 취득할 수 있다. 자격시험은 매년 2회 (2월, 8월) 치러진다. 언어치료사가 되기 위해서는 많은 시간과 노력이 필요하며, 자격증 취득 후에도 꾸준한 학습능력과 정해진 연수시간을 이행해야 한다.

• 간호사라서 유리한 점과 전망

비전공자의 경우 대학원에서 언어치료학을 전공하면 의학적 지식과 용어를 요하는 언어치료의 특성상 공부하기가 상당히 어렵다고 한다. 그러나 간호사의 경우 이미 간호학을 전공할 때 일부 접했던 분야이기 때문에 공부하는 데 훨씬 수월하다. 또한 간호사는 환자를 대한 경험이 있어 언어장애인들을 상대할 때도 보다 자연스럽고 익숙하다. 과거에는 관련 학과가 거의 없어 특수교육이나 간호학 등의 전공자 출신이 많았지만 근래에는 각 대학교, 대학원에 언어치료학과가 늘어남에 따라 전공자 출신의 언어치료사가 급격히 증가할 것으로 예상된다. 언어치료학과가 설치된 대학으로는 나사렛대학교, 단국대학교, 대구대학교, 대불대학교, 한림대학교 등이 있다. 대학원은 연세대 대학원, 이화

여대 대학원, 전북대 대학원 등에 관련 과정이 설치되어 있다.

언어치료사로서 자격을 갖추면 병원, 복지관, 사설 치료실 등에서 일할 수 있으며, 병원의 경우 소아정신과(언어발달장애, 발음장애, 말더듬), 이비인후과(청각장애, 음성장애), 재활학과(뇌출혈이나 뇌졸중 등으로 인한 실어증, 뇌성마비) 등 여러 과에서 근무가 가능하다. 또 1급 자격증자는 사설 언어치료 클리닉을 개설하거나 관련 학과 출강도 가능하다.

+Tip 06 **유전질환의 새로운 패러다임** 유전상담간호사

• 유전상담간호사란

유전상담간호사는 뮤코다당증Mucopolysaccharidosis, 프래더윌리증후군Prader-Willi syndrome, 터너증후군, 성조숙증, 고셔병Gaucher Disease 등 다양하고 희귀한 소아 내분비, 유전대사질환을 가진 환자와 보호자들에게 진단, 검사, 치료, 질병관리, 산전진단 등에 대한 상담과 교육을 전문으로 하는 간호사를 말한다. 또한 소아 내분비, 유전대사질환을 대상으로 하는 연구에 참여해 관련 질환 대상자의 혈액 DNA를 추출하고 DNA 은행과 배양된 섬유아세포 은행 관리를 통해 임상시험 연구의 연결 역할을 한다. 연구준비 단계에서는 연구팀의 역할분담 및 관련부서(약제부, 임상시험위원회, 검사실 등) 간의 업무조정 등 원활한 연구진행을 위한 실무를 담당한다.

연구가 시작되면 유전상담간호사는 책임연구자가 의뢰한 대상 환자의 선정기준을 확인, 환자와 가족에게 연구 전반에 관한 내용(약물정보, 처치계획 등)을 설명하고 교육하여 자의로 연구에 참여할 수 있도록 의사결정을 돕는다. 또 연구계획서에 따라 시험과 검사의 일정을 관리하며 부작용과 검사결과, 병의 진행 여부를 확인하여 약물투여 여부와 용량 등을 조정한다. 필요에 따

라 환우회 등 환자 지지모임을 통해 정서적 안정을 제공하기도
한다.

• 유전상담간호사의 전망

우리나라에는 삼성서울병원, 아산병원, 아주대병원, 함춘여성
클리닉 등에 유전상담간호사가 배치되어 있다. 이들은 대부분
소아과 외래에 소속되어 유전클리닉에서 유전상담을 하고 있다.
물론 기관에 따라서 역할이 조금씩 다르다. 대부분의 의료기관
에서는 유전학자 혹은 의사들이 유전질환 상담을 하는 경우가
많다. 의료 선진국인 미국의 경우 원칙적으로 유전질환 전문상
담은 유전학자, 의사, 간호사 등이 정규 교육을 마치고 시험을
치른 뒤에야 자격이 부여된다. 우리나라는 유전학자와 의사가
상담까지 감당하기에는 부담이 클 수밖에 없는 실정이다. 그래
서 유전질환에 대해 전문적으로 상담할 수 있는 간호사의 역할
이 요구되고 있다. 또한 희귀질환과 유전질환자의 증가로 유전
상담 전문 인력의 수요는 계속 증대될 것으로 보이며 간호사로
유전상담가를 배치하는 병원도 늘어날 것으로 예상된다.

• 유전상담간호사가 되려면

미국에는 유전상담전문가Genetic Counselor가 활동하고 있는데 유
전상담전문가(간호사, 의사, 유전학자 모두 가능)가 되려면 유전상담
전문가 인증 교육을 이수해야 한다. 미국은 공식인증기관인 샌

프란시스코에 있는 ABGCAmerican Board of Genetic Counseling에서 자격을 인증해준다. 시험자격은 ABGC가 인증하는 대학원 혹은 석사 과정 교육을 이수해야 하며 전문자격은 'Genetic Nurse Specialist'로 3년마다 갱신된다. 일본은 의사들을 위한 인증기관은 있으나 간호사를 위한 인증기관은 마련되어 있지 않다. 의사만이 유전상담가로 활동하고 있는 셈이다. 간호 분야에서는 유전상담에 대한 관심이 증가하여 교과목으로 채택하는 학교도 있다.

국내에는 유전상담간호사에 대한 개념조차 아직 정립되지 않은 상태이다. 공식인증기관이 없을 뿐만 아니라 전문 간호사제도와 유전간호학도 개설되어 있지 않다. 대신 일부 대학원에 유전상담 과목이 개설되어 있고, 여성건강간호학회와 대한기초간호자연과학회 등 관련 학회에서 마련하는 유전상담간호사 기초 및 중급 과정 등의 프로그램이 열리고 있다.

+Tip 07 **죽음과 재탄생의 가교** 장기이식 코디네이터

• 장기이식 코디네이터란

장기이식이란 기존의 치료법으로 회복하기 힘든 각종 말기 질환자의 장기를 뇌사자 및 생체에서 기증된 건강한 장기로 대체하는 수술이다. 신장, 간, 췌장, 심장, 폐, 소장 등의 고형장기와 각막, 골수, 심장판막, 췌장도 세포, 뼈, 인대, 연골 등의 조직이식이 포함된다. 장기이식 코디네이터는 장기이식 과정이 성공적으로 이루어지도록 기증자 확보와 확인부터 장기 및 조직의 적출, 수혜자 간호 및 퇴원 후 추후관리까지 전 과정을 담당하는 전문 의료인을 말한다. 또한 장기기증 뇌사자에 대한 정보를 모으고 뇌사상태를 평가하며 장기기증을 위한 가족 면담 및 장기기증 동의서 작성, 법적절차에 차질이 없도록 서류를 구비하는 것도 장기이식 코디네이터가 할 일이다. 이를 위해서는 항상 국립장기이식관리센터KONOS와 연락 체계를 유지해야 한다.

• 장기이식 코디네이터의 전망

2000년 2월부터 장기 등 이식에 관한 법률이 시행되고 장기이식 관리가 국가관리 체계로 전환되면서 장기이식은 더욱 활성화되고 있다. 장기이식 수혜자 또한 계속 그 수가 누적되고 요구도

증가하고 있다. 또한 포괄수가제가 점차 확대 운영되어 보다 높은 질의 간호가 제공될 것이며, 이식 수혜자들의 지속적인 증가로 코디네이터의 수도 더욱 늘어나고 업무 또한 세분화될 것으로 보인다.

여기에 동반되어야 하는 조건도 있다. 전문 간호사로서 장기이식 코디네이터를 위한 교육과 자격기준이 마련되어야 하며 그에 걸맞은 책임과 권한을 주고 자율적으로 일할 수 있는 근무환경을 만들어 전문적인 간호의 한 분야로서 계속 발전시켜 나가야 할 것으로 보인다.

 • 장기이식 코디네이터가 되려면

미국에서는 장기이식 코디네이터가 주로 간호사로 구성되어 있으나 의사, 약사도 있다. 1987년 ABTC Americian Board of Transplant Coordinator가 설치되고 이듬해 처음으로 코디네이터를 위한 시험과 자격증 제도가 시작되었다. 1996년부터는 응시자격에 장기이식 분야의 실무경험 12개월이 추가되었고, 자격증은 3년마다 재시험을 통하여 갱신해야 한다. 장기이식 코디네이터를 위한 교육은 연중 다양하게 열리고 있다. 우리나라는 장기이식 코디네이터를 위한 교육과 자격기준이 별도로 마련되어 있지는 않다. 보통 임상에서 3~4년 정도 근무한 사람, 그중 중환자실이나 수술실을 통하여 수술 과정을 익힌 사람, 이식에 관한 이해가 있는 간호사가 적임자라고 꼽는다.

장기이식 코디네이터에게는 위기상황을 맞은 응급환자의 가족들을 잘 보듬어줄 수 있는 대화 기법도 필요하다. 또한 장기이식, 면역학, 전신적 문제에 관한 지식도 중요하므로 끊임없이 공부를 해야 하는 것은 기본이고 근무시간 외에도 업무가 있는 것을 고려, 그런 점에 개의치 않은 사람이 도전해야 한다고 경험자들은 말한다.

+Tip 08 **보험회사 영업이 아닙니다** 손해보험회사 의료담당 간호사

• 손해보험회사 의료담당 간호사란

자동차 사고가 발생했을 때, 제일 먼저 연락하는 곳이 손해보험회사이다. 일반적으로 현장에서 접하는 이들은 보상담당 직원이지만 그 뒤에는 의료담당 간호사가 있다. 자동차 사고 관련 업무는 크게 대인對人과 대물對物로 나누어진다. 사람이 다치는 경우 의료의 영역과 관련된다. 그래서 손해보험회사에서 전문적인 의료지식을 갖고 있는 간호사는 꼭 필요한 존재이다.

손해보험회사에서 근무하는 간호사들의 업무는 크게 세 부분으로 나누어볼 수 있다. 첫째, 치료비 심사 업무이다. 병원에서 사고 환자의 치료비를 청구하면 심사를 통해 적정한 수준으로 책정한다. 청구된 치료비 중 사고와 관련해 보험사에서 지불해야 하는 부분과 부당한 부분을 가려내고, 과다하게 청구된 비용을 조정한다. 둘째, 장해 심사 업무이다. 사고에 대한 대인 보상에는 위자료, 일실수익(치료기간 동안 일을 하지 못함으로써 발생한 손실에 대한 보상) 외에 후유장해가 남았을 경우 그에 대한 상실수익이 있다. 이때 장해의 정도에 따라 보상액은 달라진다. 물론 최종적인 장해진단은 의사의 몫이지만, 일방적으로 맡기고 따르는 것은 아니다. 셋째, 보상담당 직원들에 대한 의료교육과 관리지

침을 마련하는 업무가 있다. 현장에서 직접 의사나 환자와 대면하는 보상담당자들도 의료지식이 필요하기 때문이다. 그들에 대한 교육을 통해서 보다 타당한 보상이 이루어지도록 하고 객관적인 지침을 마련하여 참고할 수 있도록 한다.

• 손해보험회사 의료담당 간호사의 전망

손해보험회사에서 근무하는 간호사는 크게 장해보상 간호사와 치료비전담 간호사로 나뉜다. 대부분의 보험사들에서 치료비전담 간호사는 보통 재택근무를 하며, 보수는 수당 형식으로 받는 경우가 많다. 보다 전문적인 능력이 요구되는 장해보상 업무를 맡는 간호사들은 의료팀이나 보상지원부서에 소속되어 근무한다. 물론 구체적인 운영 방식은 회사별로 상이하다.

참고로 교보자동차보험의 경우 치료비와 장해보상 심사업무를 분리하지 않고 통합해서 운영한다. 환자 개인의 치료 시작부터 끝까지 한 명의 간호사가 전담하는 방식이다. 본사에 7명, 지방에 2명의 간호사가 독립된 의료팀으로 활동한다. 그린화재의 경우는 본사 보상지원부에 의료 영역을 총괄하는 간호사가 있고, 보상서비스센터에 9명의 간호사, 치료비전담 간호사가 1명이 있다.

• 손해보험회사 의료담당 간호사가 되려면

우리나라 손해보험회사에 간호사가 진출하기 시작한 것은

1987년 무렵이다. 그 이전까지만 해도 보상담당 직원들이 관례에 따라 치료비나 후유장해에 대한 보상금을 책정했다. 처음 한 보험사에서 간호사를 채용해 전문적인 지식을 바탕으로 부당청구 등으로 인한 불필요한 치료비 등을 삭감하는 효과를 보자, 다른 보험사들도 필요성을 절감하면서 대부분의 보험사에서 간호사를 채용하게 되었다. 관련 업무 경험자 및 대형병원 임상 경력자를 주로 선호한다.

처음 간호사들의 업무는 치료비 심사 영역에 국한되어 있었다. 그러나 갈수록 자동차 사고에 따르는 치료나 보상 문제가 복잡해지고 있기 때문에 간호사들의 역할도 더욱 중요해지고 있다. 현재 우리나라에는 3개의 다이렉트 보험회사를 포함해 10여 개의 손해보험회사와 외국계 보험회사들이 있다. 그곳에서 일하고 있는 의료담당 간호사는 150명이 넘는다.

+ Tip 09 **사회복지를 아는 의료 전문가** 치매주간보호센터 간호사

• 치매주간보호센터란

노인장기요양보험은 65세 이상의 노인 또는 65세 미만자로서 치매, 뇌졸중, 파킨슨병 등 노인성 질환으로 6개월 이상 혼자 일상생활을 수행하기 어려운 사람을 대상으로 2008년 7월부터 국가에서 시행하는 사회보험제도이다. 급여 종류는 아래와 같다.

- 시설 급여(노인요양시설, 노인요양 공동생활가정에 입소해 생활함)
- 재가 급여(자택에 거주하면서 받을 수 있는 서비스로 방문요양, 방문목욕, 방문간호, 주야간보호, 단기보호, 기타 재가 급여가 해당됨)

방문요양 장기요양요원이 수급자의 가정 등을 방문하여 신체활동 및 일상생활을 지원하는 급여

방문목욕 장기요양요원이 수급자의 가정 등을 방문하여 목욕을 제공하는 급여

방문간호 간호사 등이 의사, 한의사 또는 치과의사의 지시서에 따라 수급자의 가정 등을 방문하여 간호, 진료보조, 요양에 관한 상담 또는 구강위생 등을 제공하는 급여

주야간보호 수급자의 하루 중 일정한 시간(3~12시간) 동안 장

기요양기관에 보호하여 신체활동 지원 및 심신기능의 유지
향상을 위한 교육과 훈련 등을 제공하는 급여

주야간보호에 해당하는 것이 주간보호센터이며 요즘은 '데이
케어센터'로 불린다. 주로 사회복지관에서 치매주간보호센터를
운영하며 필요인력으로 의료지식을 갖춘 간호사를 선호한다.

• 치매주간보호 간호사가 하는 일

병원에 입원해 있는 환자들은 물론 힘겹게 살아가는 치매 노
인들을 데려와 함께 시간을 보내는 것이 주된 업무이다. 아침부
터 담당 지역을 돌며 환자들을 데려와 혈압과 혈당을 체크하고
미술, 음악, 놀이, 요리, 식물재배 등 다양한 프로그램을 통해 인
지기능을 높여 치매의 극복에 도움을 준다. 치매 환자를 돌보는
가족들의 스트레스를 해소하고 케어해주는 일도 병행한다.

우리나라는 치매 노인을 병원에 입원시키지 않으려는 경향이
있다. 비용적인 부분도 크지만 병든 노인을 내다버렸다는 주위
의 따가운 시선이 더 큰 문제이다. 가족들이 돌보면 좋겠지만 자
칫하면 병을 악화시킬 수 있고 가정파괴의 원인도 될 수 있다.
이런 차원에서 그 가족을 이해해주고 쉴 수 있는 시간을 주는 등
가족 간 협조가 우선돼야 하지만, 그들의 어려움을 이해하고 고
통을 덜어줄 수 있도록 지원하는 것도 간호사의 몫이다.

• 치매주간보호 간호사의 전망

병원에 입원해 있는 치매 환자는 그나마 행복한 사람들이다. 대부분 치매 노인들을 방에 가둬놓는 경우가 허다하기 때문이다. 이처럼 소외된 이들을 위해서는 주간보호서비스 등 공공의료사업에 자치단체의 과감한 투자가 필요하고, 또한 점차 늘어날 것으로 전망된다. 국가 차원에서 치매센터의 설립을 구상 중이며, 만약 실현된다면 치매 환자와 가족들에게 정확한 진단과 꾸준한 치료, 간호 등 사회복지 측면에서 소위 말하는 전인간호를 사명감을 가지고 일할 수 있는 분야이다.

+Tip 10 **간호임상과 구급 현장의 만남** 서울종합방재센터 의료지원팀 간호사

• 서울종합방재센터 의료지원팀 간호사

빌딩은 갈수록 높아지고 지하 시설물들은 거미줄처럼 얽혀 있다. 그로 인해 각종 사고와 재난, 재해 위험도 복합화 및 대형화되고 있다. 그래서 보다 종합적이고 유기적인 방재 체계만이 피해를 최소화하고 안전을 극대화할 수 있다. 이에 따라 모든 재난, 재해 상황신고를 119로 일원화하고 접수에서 출동, 상황처리, 긴급구조, 응급복구 등 현장활동의 원격지휘, 통제에 이르기까지 서울종합방재센터가 통합 관리하는 시스템을 구축하게 되었다. 그중 2002년 국내 최초로 개설된 서울종합방재센터 의료지원팀Medical Control & Guidance에서는 의사와 간호사가 조를 이뤄 24시간 지킨다. 한 손에는 무선전화기, 한 손에는 펜, 두 눈은 환자들이 이송될 병원의 현황이 실시간으로 종합되는 병원정보 상황판과 현장에 출동한 구급대원들의 상황을 알리는 모니터를 오간다.

• 의료지원팀 간호사가 하는 일

사고 현장을 목격한 사람은 119와 환자를 연결해주는 데 아주 중요한 역할을 한다. 응급상황을 인식하고 환자를 도와줄 수 있

기 때문이다. 현장 사람들은 신속하고 정확하게 행동해야 한다.
또한 무조건적인 피해자의 병원이송이 아니라 위험 지역의 환자
를 접근가능하고 안전한 지역으로 옮겨 현장에서 피해자를 돌보
는 것이 중요하다. 대형화재나 붕괴사고 현장, 재난 사고에도 의
료지원팀이 출동 관리를 한다. 떡을 삼키다 기도가 막힌 노인에
서부터 경기를 일으키는 아이 때문에 허둥대는 초보엄마, 자살
을 하겠노라며 몇 시간이고 그 이유를 말하는 사람, 호흡곤란이
올 때마다 전화를 걸어오는 공황장애 환자 등 소소해 보이기까
지 하는 응급상황들이 생사를 결정하는 위중한 순간이라는 것을
구조 현장에서 깨닫게 된다. 의료지원팀 간호사는 이 상황들에
대처하는 법을 모두 배우고 활용한다.

• 의료지원팀 간호사가 되려면

서울종합방재센터는 119를 상위에서 관할하는 곳이다. 전화
로 환자와 보호자, 또는 신고자, 현장에 출동한 구급대원들에게
의료지원을 하기 때문에 현장에 있는 듯 대처해야 한다. 그래서
의료지원팀 소속 간호사들은 풍부한 임상을 경험한 경력자인 동
시에, 응급구조 현장에서 구급대원으로 활동한 전력이 있는 응
급구조 자격증 소유자들이다. 대학병원급 응급실에서의 경력과
일선 소방서 구급대원으로서의 경력이 필요하다. 임상과 현장을
두루 경험해야 구급 분야를 기획하고 관리하는 위치에 오를 수
있다.

+Tip 11 **간호와 법률의 만남** 의료분쟁 컨설팅 간호사

• 의료분쟁 컨설팅 간호사란

의료분쟁 전문 컨설팅 회사인 한국의료분석원은 진료기록 분석 및 상담 업무를 하는 곳이다. 2002년에 설립되어 임상과 손해보험사에서 모두 경력이 있는 간호사들에 의해 운영되고 있다. 의료기술의 복잡성 및 각종 외과적 수술의 위험성으로 의료사고가 증가함에 따라 소비자도 주권의식이 높아져 의문을 제기하고 이에 따른 소송의 비율도 증가하고 있다. 그러나 아직 의료정보가 갖는 내용 및 용어의 특수성으로 일반인의 접근이 어려운 것이 현실이다. 대개 의료사고가족협의회 등의 차원에서 이런 문제를 다루고 있지만 현장에서의 경험 및 의료정보에 대한 이해, 손해보험사에서의 소송 업무 경험을 토대로 새로 개척되는 간호사 분야이다. 의료분쟁 전문 변호사 사무실에서 담당 변호사의 법률적 지식과 간호사의 의료적 지식이 결합한 형태로 의료사고에 있어 효과적인 변론에 도움을 주는 역할도 맡을 수 있다.

• 의료분쟁 컨설팅 간호사의 전망

미국에는 LNC Legal Nurse Consultant 자격증이 있으며, 보통 의무기록에 대한 분석이나 보험사에서 사례관리자 Case Manager로 활동한

다. 아직 우리나라는 이런 제도가 갖춰져 있지 않지만 의료사고와 이에 따른 소송의 증가, 보험의 활성화로 점차 확대될 전망이다. 게다가 민간보험 시장이 커짐에 따라 장해판정 및 감정대행 업무 영역까지 확대된다면 향후 수요는 더욱 증가할 것이다.

간호사 출신 변호사, 손숙명

30대 초반의 남성이 사랑니를 뽑고 감염됐으나 적절한 치료를 받지 못해 사망한 사건이 일어났다. 이처럼 전혀 예상치 못한 죽음의 경우 가족에게는 엄청난 충격과 고통이 따른다. 국내 유일 간호사 출신의 손숙명 변호사는 "의료소송에서는 병원과 의사의 잘못이 있었는지 여부가 명백하지 않은 경우가 많다. 비록 인테리어 업자처럼 '결과'를 보장해주는 것은 아니지만 의료인들은 있는 상황에서 최선을 다해야 하므로 환자에게 질환에 대해 충분히 설명하는 등 배려가 있어야 할 것"이라고 말했다. "이런 점에서는 의사나 변호사나 마찬가지"라고 덧붙였다.

그녀는 자신이 간호사 출신의 변호사라는 것의 이점에 대해 "복잡한 의료문제를 이해하고 진료기록을 읽을 수 있으며, 관련 자료에 쉽게 접근할 수 있어 쟁점 파악이 빠르다는 것"이라고 설명했다. 손숙명 변호사 사무실에는 일반 변호사 사무실에서는 보기 드문 직책이 있다. 바로 의료실장이다. 간호사 출신으로 의료소송 실무경험이 있는 직원과 함께 의료전문 변호사로 일하고 있다.

• 간호사가 할 수 있는 공무원이란

간호사가 할 수 있는 공무원에는 간호직 공무원, 보건직 공무원, 교육공무원(보건교사), 소방공무원(구급대원) 등이 있다. 앞에서 설명한 검시관의 경우 경찰공무원에 해당하며 보건복지부 산하 기관의 공무원도 있다. 대개는 불특정다수와 경쟁하는 행정직 공무원과는 달리, 선발에 있어 간호사 또는 의료인이라는 제한을 두는 제한경쟁 선발제도가 대부분이라 유리한 부분도 있다. 그렇다고 해서 경쟁률이 낮은 것은 결코 아니다.

간호직 공무원은 주로 간호사 면허를 감안하여 8급에서 시작하며 보건소, 의료원 등 공공의료의 목적이 강한 기관에서 주로 업무를 한다. 그래서 간호사만 지원이 가능하고 3교대를 하는 경우도 고려해야 한다.

보건직 공무원은 간호사를 비롯 약사, 의사, 한의사, 치과의사, 임상병리사, 또는 보건대학원 학생 중 소정의 과목을 이수한 사람에게 기회가 있다. 9급과 7급 선발제도가 있으며, 보건복지부 및 산하 여러 단체 보건직 공무원으로 활동할 수 있다.

교육공무원은 간호학과 재학 중 교직을 이수하고 중등교사 자격증을 취득할 수 있다. 일반교사처럼 임용고시를 거치는데, 사립학교의 경우 임용고시 없이 취업이 가능하다. 요즘은 예전 '양호실'의 개념이 아닌 보건교사도 담임을 맡고 보건교육을 직접 담당하고 있다.

소방공무원은 2년의 간호사 경력이 필요하고 지원에 있어 남녀구별이 없으며, 체력장 및 필기시험으로 선발된다. 3교대 근무가 아닌 당직의 개념으로 119가 출동할 때 구급대도 동시에 출동하여 응급상황에 대처하는 역할을 한다.

• 간호사로서 공무원의 전망

행정자치부에서 실시하는 행정직에 간호사 면허를 가지고 있으면 도전할 수 있는 폭이 넓어진다. 국가 기관에는 행정자치부만 있는 것이 아니라 보건복지부를 비롯해 여러 부처가 있기 때문이다. 불특정다수의 경쟁보다는 제한경쟁 선발제도가 좀 더 유리한 것은 사실이다. 간호사가 보건복지부 장관에도 발탁되는 것을 보면 분명 간호사 중에서도 뜻있는 공무원이 많이 나와야 할 것이다.

+ Tip 13 **새로운 영역에서 꿈을 펼치다** 간호사의 창업

• 운동에 간호사의 전문성을 접목한 건강 관련 업종

웰빙 열풍으로 건강 분야가 전성기를 맞이했다. 일반적인 헬스나 운동은 물론 요가, 기공 등 민간요법에 근거하여 운동 효과를 기대하는 활동은 당연히 인체를 먼저 이해하고, 파급 효과에 대해 정확한 예측과 설명이 가능해야 한다. 또한 이를 근거로 효율적인 움직임이나 생리적인 변화를 유도할 수 있어야 한다. 이러한 핵심가치에 간호사는 동작의 근거와 효과를 알고 싶어 하는 소비자에게 일반 트레이너와 차별화된 모습으로 대응할 수 있다. 앞으로 간호사의 전문성은 운동 분야뿐만 아니라 건강식품과 관련된 분야에서도 강점으로 작용할 것이다.

• 헬스케어 등 비즈니스 서비스 업종

비즈니스 서비스 산업은 기업경영 프로세스의 일부를 외부에서 생산하고 공급하는 아웃소싱의 대상이 되는 산업 및 업종들을 말한다. 대표적으로 리서치, 상품기획, 판매대행, 직원교육 등이 있으나 헬스케어나 의료 산업 분야 내에서 점점 더 대형화될 것이고, 무역개방으로 외국 기관과의 경쟁 또한 치열해질 전망이다. 이 분야에 대한 비즈니스 서비스 산업 역시 간호사가 진

출할 수 있어 매우 유망하다. 즉 헬스케어 산업에서 간호사의 감각과 지식으로 시장의 수요에 맞출 수 있고, 간호의 기술을 주요 전략으로 사용할 수도 있다. 구체적으로 헬스케어 전문 리서치 회사, 건강 상품 전문 기획사, 건강 보험 상품 판매 및 청구 대행사, 병원직원 교육사업 등이 유망 업종으로 분류된다.

• 조산원과 산후조리원의 접목

일반적으로 웰빙은 자연주의를 근간으로 하는데, 산후조리원도 이러한 사회적 이슈에 동참할 수 있는 요소를 충분히 가지고 있는 업종이다. 다만 급격하게 감소하는 출산율과 막연한 불안감을 포함한 부정적 인식을 어떻게 극복하는가가 성공 여부를 결정할 것이다. 따라서 조산원을 개업할 때는 또 다른 부가가치를 더하여 소비자를 이해시켜야 하는데, 그 방안 중 하나가 산후조리원의 장단점을 고려하여 리모델링하는 것이다. 산후조리원은 자격이나 허가가 필요 없고 최근 10여 년 동안 큰 성장을 한 업종이었다. 그러나 지금은 시설경쟁과 공급초과 및 비전문 경영자의 높은 사고율 등으로 사양업종이 되어가고 있다.

조산원은 자연스러운 환경에서 안전하게 출산할 수 있고, 산후조리원은 편안하게 산후조리와 신생아 관리를 할 수 있다는 장점이 있다. 이 두 핵심가치는 간호의 전문성과 장점으로 더욱 강화할 수 있으며, 과다경쟁과 소비자의 이해부족은 전문화와 홍보로 극복할 수 있을 것이다.

+Tip 14 **간호사가 운영할 수 있는 노인전문 요양시설** 너싱홈

• 너싱홈 Nursing Home 이란

현대의학의 발달로 인간의 평균 수명이 크게 증가했고, 노인 인구의 증가로 만성 퇴행성 질환 유병률 또한 늘었다. 이로 인한 노인의 신체적 · 정신적 기능장애, 사회적 고립 등의 문제가 대두되고 있다. 외국에서는 장기요양 보호산업이 발달하여 가족들에게는 휴식의 기회, 노인들에게는 개별적인 특성을 고려한 각종 서비스 프로그램을 제공하는데 대표적인 시설이 바로 너싱홈이다. 병원에 장기간 입원할 대상은 아니나 지속적인 간호가 필요한 환자들을 돌봐주는 병원과 가정의 중간 형태의 유료 노인전문 요양시설이다.

• 너싱홈의 형태

국내의 너싱홈은 크게 두 가지 형태로 나눌 수 있다. 첫 번째는 의료기관 또는 실버타운과 병행하여 설립되는 경우이다. 대표적으로 서울시니어스타워나 삼성노블카운티와 같은 실버타운이나 의료기관과 연계하여 설립된 것들이다. 이런 경우 운영 주체는 의료기관이나 실버타운이며, 간호사는 종사자로서의 역할을 수행한다. 실버타운 거주자, 의료기관 환자가 잠재적인 너싱홈의

고객이다. 두 번째는 간호사가 설립한 너싱홈이다. 1998년 은성
너싱홈을 시작으로 대부분 정신간호 또는 가정간호 전문 간호사
들이 수용인원 10~20명 정도의 규모로 독자적으로 운영한다.

• 너싱홈의 전망

2001년 이후 너싱홈의 규모도 급성장했고, 향후 시장은 더욱
밝을 것으로 예측된다. 우리나라는 급성기병상을 위주로 의료공
급이 이루어져 의료비 지출이 증가한 상황이다. 결국 보건의료
비 지출을 억제하기 위해 장기요양 서비스에 대한 수요가 높아
질 것이고, 의료시장 개방도 필연적이기 때문에 너싱홈의 정착
이 필요한 시점이다. 관심이 있는 사람은 직접 찾아가서 어떤 형
태로 운영되고 있는지 견학해보는 것도 좋은 경험이 된다.

간호사 면허를 취득한 후 관할 관청에 신고하면 너싱홈을 운
영할 수 있지만, 자격요건에 전문성이 요구되어 쉽게 개업하지
못하는 것도 사실이다. 또한 초기 투자비용이 많고 여러 분야의
전문가를 고용해야 하는 등 실제 창업에 있어서는 어려운 부분
이 더 많다. 갈수록 시설 및 규모의 경쟁도 심화될 것이므로 창
업 시 이에 대한 대처도 같이 이루어져야 한다. 우선 작은 규모
로 수익을 내기 위해서는 도심에 입지하여 인건비를 줄이고, 다
양한 단기 프로그램을 활용하는 것이 유리하다. 교외에 입지하
여 개업할 경우에는 입지적인 약점을 보완할 수 있는 규모와 높
은 수준의 시설로 경쟁력을 갖추어야 한다.

• 호주

대학에 학사 편입해 졸업하거나, 외국인 간호사를 위한 단기 교육 과정을 마치면 검증을 거쳐 호주에서 간호사 면허를 받을 수 있다. 단, 면허시험 제도는 없다. 학생비자나 워킹홀리데이비자로 나가 면허를 취득한 후, 이민수속을 밟으면 된다. 호주 한인간호협회 관계자에 따르면 단기교육 과정이 매우 엄격하게 진행되며 영어능력, 임상경력, 성적증명서(실습시간 기재) 등을 검증한 후 허가한다고 한다. 현재 국립보건의료원 등 몇 개 대학과 유학원에서 호주의 간호대학과 연계하여 간호학사 취득 및 공인 간호사등록을 주선하고 있다.

• 캐나다

취업이민이 쉽지 않은 나라로 외국인 간호사가 차지할 일자리가 극히 적다는 게 현지 반응이다. 그러나 국가 경제가 좋아지고 있어 앞으로 수요가 창출될 가능성이 있다. 간호사로 캐나다에서 일하려면 우선 캐나다 간호사 면허를 취득한 후 각 주에 있는 간호협회에 등록해야 한다. 면허시험에 응시하기 위해서는 간호협회의 자격심사를 통과해야 한다. 밴쿠버가 속해 있는 브리티

시콜롬비아주에서는 한국 간호사 면허를 가진 사람들에게 토플 550점 이상, TSE(영어말하기) 50점 이상, 대학 성적증명서, 병원 경력증명서 등을 요구한다. 병원 근무 경력이 없거나 경력이 있더라도 일을 하지 않은 지 5년이 넘은 경우에는 간호협회에서 지정한 대학에서 재교육을 받아야만 응시자격을 준다. 모든 서류는 반드시 간호협회의 서류 양식에 맞춰 준비해야 한다.

영어성적 결과는 시험 주관기관에서 직접 캐나다 간호협회로 통보하는데, 서류심사를 통과할 자신이 있을 때 간호협회에 연락해 등록담당관으로부터 양식을 받아 응시준비를 하는 것이 좋다. 캐나다 간호사 면허시험은 1년에 4회(1, 6, 8, 10월) 실시한다. 한 사람이 평생 3번 응시할 수 있으며, 문제의 80퍼센트 정도가 캐나다의 사회, 문화적 특성을 바탕으로 출제된다. 캐나다 간호사 자격 취득 후 업무 지장이 없는 영어능력이면 취업할 수 있다.

• 뉴질랜드

뉴질랜드에서는 간호사 면허를 취득할 수 있는 길이 활짝 열려 있다. 매년 세계 70여 개국에서 2,000여 명의 외국인 간호사들이 뉴질랜드 간호사 면허를 받기 위해 찾아온다. 간호사 면허 취득, 등록, 관리 등 제반 업무는 보건성 산하 정보기구인 뉴질랜드간호협회에서 담당한다. 외국인 간호사가 면허를 얻기 위해서는 서류심사 및 영어능력 평가를 거쳐 자격을 인정받아야 한다. 첫 단계로 서류심사를 받아야 한다. 신청서와 함께 한국 간호사 면허, 간호학사학위 취득 여부를 입증할 수 있는 서류를 제출하면 된다. 임상경력은 필수조건은 아니지만 학사학위는 반드시 있어야 한다. 뉴질랜드 대학의 간호교육은 모두 학사 과정이기 때문이다. 전문대학 졸업자는 뉴질랜드 간호대학에 편입해 졸업한 후 학사학위와 간호사 면허를 취득할 수 있다. 서류심사를 통과하면 영어능력 평가에 들어간다.

미국 간호사 면허시험이나 CGFNS(외국인 간호사 자격시험 주관위원회) 합격자, 최근 2년 내 영어권 국가에서 근무한 경력이 있는 사람은 그대로 통과된다. 이외에는 토플 600점, 또는 IELTS 7.0(10점 만점)을 얻어야 한다. IELTS 시험은 서울에 있는 영국문화원 어학교육원에서 주관한다. 모든 심사가 끝나고 뉴질랜드간호협회로부터 면허증을 받기까지 8~12개월 정도 걸린다. 매년 1,500여 명의 외국인 간호사가 면허를 취득하고, 이후에는 현지인과 동등한 취업 기회와 대우를 보장받는다.

• 사우디아라비아

1977년부터 1994년까지 3,700여 명의 간호사가 파견될 정도로 취업이 활발했다. 그러나 국내 임금이 높아지면서 지원자가 급격히 줄어들자 1995년부터 사우디 측에서 선발을 중단해버리기도 했다. 하지만 최근에 다시 한국 간호사 1,000여 명을 모집한다고 말한 바 있다. 사우디왕립병원 및 지방 병원에 근무할 영어능력이 우수한 간호사를 우선 선발한다.

• 미국

미국 간호사는 정규 간호사인 RN Registered Nurse 그리고 간호조무사인 AN Aid Nurse, 그리고 RN과 AN 사이에 LPN Licenced Practical Nurse이라는 자격증이 있다. 환자를 간호하는 위치로서 투약과 기록을 담당하며, 의사에게 환자의 상태를 보고하는 업무를 한다. RN을 취득하기 위해서는 학사학위가 있어야 하며, 국가에서 실행하는 NCLEX-RN 시험을 통과해야 한다. 외국에서 간호대학을 졸업하고 자국의 간호사 자격증을 소지한 사람 역시 그 시험에 응시할 수 있다.

영어를 모국어로 사용하지 않는 국가의 간호사가 NCLEX-RN 시험을 보려면 소정의 영어시험 TOEFL 점수를 요구한다. 그러나 캘리포니아주에서는 영어시험을 따로 보지 않기 때문에 한국인은 주로 그곳에서 자격증을 취득하려 한다. 타 주에 기거하는 사람도 캘리포니아주에서 시험을 볼 수 있으며, 시험은 현지에서 치러야 한다. 캘리포니아주 자격증 소지자가 타 주에서 근무를 희망할 경우 각 주마다 각기 요구하는 시험을 봐야 하는데, 원하는 주의 보건복지부에 캘리포니아주 자격증을 제시하고 그 주의 자격증을 신청하면 소정의 테스트용 책자를 보내준다. 주어진 기일 안에 답안지를 작성해서 반송하면 그 결과에 따라 그 주의 RN 자격증을 발급받을 수 있다.

+ Tip 16 **전문 간호사 되기**

현대 모든 직종에서 전문성이 요구되듯이 간호계도 분야별로 전문화의 필요성이 점점 대두되고 있다. 대한간호협회는 전문직 간호사 위상 제고를 위해 전문 간호사 법제화를 마련했다. 다음은 전문 간호사 제도에 대한 대한간호협회의 내용이다.

• 전문 간호사의 정의

전문 간호 분야의 전문 교육 과정을 통해 특수한 지식과 기술을 습득한 후 법적으로 인정받고 상급실무를 수행하는 간호사이다.

• 전문 간호사의 종류
- 보건 전문 간호사
- 마취 전문 간호사
- 가정 전문 간호사
- 정신 전문 간호사
- 응급 전문 간호사
- 산업 전문 간호사
- 종양 전문 간호사
- 임상 전문 간호사

　- 아동 전문 간호사

　- 노인 전문 간호사

　- 호스피스 전문 간호사

　- 감염관리 전문 간호사

　- 중환자 전문 간호사

• 전문 간호사의 자격

　간호사 면허를 소지하고 해당 분야 간호실무 3년 이상의 경력
자로서 대학원(전문 간호사 과정) 또는 그 수준에 준한 전문 간호사
교육 과정을 이수하고 전문 간호사 자격시험에 합격한 자.

• 전문 간호사의 자격인정

　보건복지부장관이 인정하는 것으로 자격은 5년마다 갱신해야
하며 매년 간호사 보수 교육을 받아야 한다. 보수 교육 미이수자
는 자격시험 재시험에 응시해야 한다.

• 전문 간호사의 역할

　전문 간호는 임상간호술뿐 아니라 관련 지식이 뛰어난 실무자
가 간호 대상자에게 안전하고 질적이며 효과적인 간호를 제공하
는 것을 말한다. 이를 위한 전문 간호사의 구체적인 역할은 전문
가적 간호실무 수행자, 교육자 및 상담자, 자문과 협동 조정자,
연구자, 지도자, 변화촉진자, 윤리적 의사결정자, 일반간호의 역

할모델 등이다.

• 전문 간호사의 교육 및 교육기간

이론 최소 24학점, 실습 최소 400시간 이상을 이수해야 한다. 이론의 경우 공통과목은 간호이론, 간호연구, 간호전문직 쟁점(법과 윤리 포함), 상급신체사정, 약리학, 병태생리학 등으로 구성된다. 전공과목은 13학점 이상으로 하며 이론강의 16시간을 1학점으로 한다. 실습 1학점은 32시간으로 한다. 교육기간은 1년 이상.

• 전문 간호사 시험

1차 시험은 전문 분야별 종합시험(필기), 2차 시험은 실기시험 및 면접으로 한다.

• 전문 간호사 교육기관

교육기관은 3차 진료기관을 가진 4년제 간호대학 및 간호학과, 3차 진료기관을 가진 간호학 전공이 있는 대학원으로 한다. 교수요원은 전공 영역별 전임교수 1인 이상과 실습지도 전문 간호사 3인 이상을 갖춰야 한다. 실습기관은 대한간호협회가 인정하는 기관으로 한다.